印度专家拉摩·德沃·帕尔德瓦吉采访季先生。

印度孟买电视台记者采访季先生。

季羨林學術著作選集

本书出版得到了季羡林基金会的部分资助

佛教

李南　编

新世界出版社
NEW WORLD PRESS

图书在版编目（CIP）数据

佛教 / 季羡林著 ; 王树英编. -- 北京 : 新世界出版社, 2017.9
（季羡林学术著作选集 ; 9）
ISBN 978-7-5104-6260-3

Ⅰ. ①佛… Ⅱ. ①季… ②王… Ⅲ. ①佛教–文集
Ⅳ. ①B948-53

中国版本图书馆CIP数据核字(2017)第083317号

佛 教

编　　者：李　南
责任编辑：张世林
审　　读：杨汝模
封面设计：贺玉婷
版式设计：张世林
责任印制：王宝根
出版发行：新世界出版社
社　　址：北京市西城区百万庄大街24号（100037）
总编室电话：+86 10 6899 5424　　6832 6679（传真）
发行部电话：+86 10 6899 5968　　6899 8705（传真）
本社中文网址：http://www.nwp.cn
本社英文网址：http://www.newworld-press.com
本社电子信箱：nwpcn@public.bta.net.cn
版权部电子信箱：frank@nwp.com.cn
版权部电话：+86 10 6899 6306
印　　刷：北京亚通印刷有限责任公司
经　　销：新华书店
开　　本：710×1000　1/16
字　　数：220千字　　印　　张：20.5
版　　次：2017年9月第1版　2017年9月北京第1次印刷
印　　数：1－1400册
书　　号：ISBN 978-7-5104-6260-3
定　　价：1200.00 元（全十二册精装）

季羡林学术著作选集编辑委员会

《季羡林学术著作选集》编选说明

季羡林先生是北京大学资深教授、著名学者，长期以来，季先生的作品畅销于世，受到社会各界人士的热烈欢迎。但这些作品大多为季先生各时期创作的散文。季先生一生创作出版散文集二十余部，一百五十万字以上，其中有许多精品脍炙人口，他完全可以称得上是一位散文家。但是，季先生毕竟主要是一位学者，他终生笔耕不辍，孜孜以求的是他的学术研究，他对社会的主要贡献也是他的学术成就，散文只是他的一种“余兴”。

季羡林先生是一位百科全书式的学者，他毕生从事的学术研究的对象涉及语言、文学、美学、艺术、宗教、中外文化交流等众多领域。其学术著作大致包括以下内容：印度古代语言、印度历史与文化、中印文化关系、中国文化与东方文化、佛教、比较文学与民间文学、东西方文化比较、糖史、吐火罗文研究等。这些著作都具有很高的学术价值，得到国内外学术界的高度评价。而且，季先生的学术著作，深入浅出，联系实际，独辟蹊径，发人深省，为广大读者所喜爱。

为了便于读者阅读，我们编辑了这套选集。本选集从季羡林先生的学术著作中，精选出论著二百余篇，辑为十二卷，依次为《印度古代语言及吐火罗文研究》（葛维钧编）、《印度历史与文化》（王树英编）、《印度作家作品评论集》（刘建编）、《佛教》（李南编）、《糖史》（葛维钧编）、《中印文化交流》（王树英编）、《中国文化与东方文化》（刘建编）、《东西文化比较》（张光璘编）、《比较文学与民间文学》（薛克翘编）、《学海泛槎——学术回忆录》（薛克翘编）、《回忆中国学人及文化问题新思考》（张光璘编）、《序跋集》（王树英编）。选集所选内容基本涵盖了季先生学术研究的各个领域，所选论文皆为季先生在各学术领域中的代表作。

我们怀着敬仰和缅怀的心情编选这套选集，尽管我们殚精竭虑、费尽心力地收集、编选季羡林先生的文章，但仍难免有遗漏或不当之处，殷切希望得到读者的指教和帮助。

季羡林学术著作选集编辑委员会

2013 年 1 月

目　录

我和佛教研究

我接触到佛教研究，已经有五十年的历史了。1935年，我到了德国哥廷根，开始学习梵文、巴利文和吐火罗文，算是我研究佛教的滥觞。从那以后，在长达半个世纪的漫长的年代里，不管我的研究对象“杂”到什么程度，我对佛教研究始终锲而不舍，我在这方面的兴趣也始终没有降低。

“你研究佛教是不是想当和尚呀？”有人曾半开玩笑地问过我。我从来没有信过任何宗教，对佛教也不例外。而且我还有一条经验：对世界上的任何宗教，只要认真地用科学方法加以探讨，则会发现它的教义与仪规都有一个历史发展过程，都有其产生根源，都是人制造成的，都是破绽百出，自相矛盾的，有的简直是非常可笑的。因此，研究越深入，则信仰越淡薄。如果一个研究者竟然相信一种宗教，这件事情本身就说明，他的研究不实事求是，不够深入，自欺欺人。佛教当然也是如此。

那么为什么还要研究佛教呢？要想圆满地回答这个问题，应该先解决对佛教评价的问题。马克思主义对宗教的评价是众所周知的，从本质上来看，也是正确的。（参阅赵复三《究竟怎样认识宗教的本质》，《中国社会科学》1986年第三期）佛教这个宗教当然也包括在里面。但是我感觉到，我们过去对佛教在中国所产生的影响的评价多少有点简单化、片面化的倾向。个别著名的史学家几乎是用谩骂的口吻来谈论佛教。这不是一个好的学风。

谩骂不等于战斗，也不等于革命性强，这个真理早为大家所承认，可惜并不为这位史学家所接受。平心而论，佛教既然是一个宗教，宗教的消极方面必然会有。这一点是不能否认的。如果我们说佛教简直浑身是宝，完美无缺，那也不是实事求是的态度。

但是佛教在中国产生的仅仅是消极的影响吗？这就需要我们平心静气仔细分析。从整个世界自古至今文化发展的情况来看，一个文化，不管在某一时期内发展得多么辉煌灿烂，如果故步自封，抱残守缺，又没有外来的新成分注入，结果必然会销声匿迹，成为夏天夜空中的流星。打一个未必很恰当的比方。一种植物，必须随时嫁接，方能永葆青春，放任不管，时间一久，就会退化。中华民族创造了极其卓越的文化，至今仍然没有失去活力，历时之久，为世界各民族所仅见。原因当然是很多的，重要原因之一，我认为，就是随时吸收外来的新成分，随时“拿来”，决不僵化。佛教作为一个外来的宗教，传入中国以后，抛开消极的方面不讲，积极的方面是无论如何也否定不了的。它几乎影响了中华文化的各个方面，给它增添了新的活力，促其发展，助其成长。这是公认的事实，用不着再细加阐述。

我们过去在评价佛教方面，不是没有问题的。一些史学家、哲学史家等等，除了谩骂者以外，评价也往往失之偏颇，不够全面。他们说，佛教是唯心主义，同唯心主义作斗争的过程，就是中国唯物主义发展的过程。用一个通俗的说法就是，佛教只是一个“反面教员”。我们过去习惯于这一套貌似辩证的说法，今天我们谁也不再满足于这样的认识了。我们必须对佛教重新估价。一百年以前，恩格斯已经指出来过，佛教有辩证思想。我们过去有一些论者，言必称马恩，其实往往是仅取所需的狭隘的实用主义。任何社会现象都是极其复杂的，佛教这个上层建筑更是如此。优点和缺点有时纠缠在一起，很难立即作出定性分析。我们一定要屏除一切先入之见，细致地、客观地、平心静气地对佛教对中国文化的影响进行分析，然后再作出结论。只有这样的结论才真有说服力，因为它符合客观事实。

现在大家都承认，不研究佛教对中国文化的影响，就无法写出真正的中国文化史、中国哲学史甚至中国历史。佛教在中国的发展是一个非常有意义的研究课题。公元前传入中国以后，经历了试探、适应、发展、改变、渗透、融合许许多多阶段，最终成为中国文化、中国思想的一部分。至于在中国发展起来的禅宗，最终发展到诃佛骂祖的程度，几乎成为佛教的对立面，也是人类思想史上的一个有趣的现象，值得深入研究的。佛教在中国产生了许多宗派，有的流布时间长，有的短。几乎要跟佛教“对着干”的禅宗流传的时间反而最长，也是一个值得深思的现象。

我还想在这里谈一谈整个宗教发展的问题。冯定同志在世时，我有一次同他谈到宗教前途问题。我提出了一个问题：是宗教先消灭呢，还是国家、阶级先消灭？最终我们两人的意见完全一致：国家、阶级先消灭，宗教后消灭。换句话说，即使人类进入大同之域共产主义社会，在一定的时期内，宗教或者类似宗教的想法，还会以某种形式存在着。这看起来似乎类似怪论，我却至今深信不疑。我记得，马克思讲过一句话，大意是：宗教是有宗教需要的人们所创造的。“宗教需要”有多种含义：真正的需要、虚幻的需要，甚至麻醉的需要，都属于“需要”的范畴，其性质大相径庭，其为需要则一也。否认这一点，不是一个唯物主义者。

那么，我们是不是就不要宣传唯物主义、宣传无神论了呢？不，不，决不。我们信仰马克思主义，我们是唯物主义者。宣传、坚持唯物主义是我们的天职，这一点决不能动摇。我们决不能宣传有神论，为宗教张目。但是，唯其因为我们是唯物主义者，我们就必须承认客观实际，一个是历史的客观实际，一个是眼前的客观实际。在历史上确实有宗教消灭的现象，消灭的原因异常复杂。总起来看，小的宗教，比如会道门一类，是容易消灭的。成为燎原之势的大宗教则几乎无法消灭。即使消灭，也必然有其他替代品。举一个具体的例子，佛教原产生于印度和尼泊尔，现在在印度它实际上几乎不存在了。现在的一些佛教组织是人为地创办起来的。为什么产生这个现象呢？印度史家、思想史家有各种各样的解释，什么伊斯兰的侵入呀，什么印度教的复活呀。但是根据马克思的意见，我们只能说，真正原因在于印度人民已经不再需要它，他们已经有了代用品。佛教在印度的消逝决不是由于什么人，什么组织大力宣传，大力打击的结果。在人类历史上，靠行政命令的办法消灭宗教，即使不是绝无仅有，也是十分罕见。

再看一看眼前的客观实际。世界上第一个社会主义国家苏联，建国至今快七十年了。对无神论的宣传可谓不遗余力，对宗教的批评也可谓雷厉风行。然而结果怎样呢？我们现在从许多刊物上都可以读到，在苏联，宗教并没有被消灭，而且还有一些抬头之势。“一边倒”的时代早已一去不复返了。我们决不认为苏联什么都好，但是苏联的经验和教训，确实是值得我们借鉴的。

总之，我认为，对任何宗教，佛教当然也包括在内，我们一方面决不能去提倡；另一方面，我们也用不着故意去“消灭”。唯一的原因就是，这样做毫无用处。如果有什么地方宗教势力抬头了，我们一不张皇失措，二不忧心忡忡。张皇无用，忧心白搭。宗教是在人类社会发展到某一阶段产生出来的，它也会在人类社会发展到某一阶段时消灭。操之过急，徒费气力。我们的职责是对人民进行唯物主义、无神论教育。至于宗教是否因之而逐渐消灭，我们可以不必过分地去考虑。

宗教会不会成为社会发展、生产力发展的障碍呢？会的，但并非决定性的。研究宗教史，我们会发现一个很有趣的现象：宗教会适应社会的发展、生产力的发展而随时改造自己，改变自己。在欧洲，路德的宗教改革是一个例证。在亚洲，佛教小乘改为大乘，大小二乘在个别国家，比如说在日本，改为和尚能结婚，能成家立业，也是一个例证。在日本，佛教不可谓不流行，但是生产力也不可谓不发达，其间的矛盾并不太突出。我刚从日本回来，在日本，佛教寺院和所谓神社，到处可见，只在京都一处，就有一千七百多所。中国所谓“南朝四百八十寺”，同日本比起来，简直是小巫见大巫了。我参观的几所寺庙占地都非常大。寺里绿树参天，净无纤尘，景色奇秀，幽静宜人，同外面的花花世界，形成鲜明的对照，人一走进去，恍如进入另一世界。日本人口众多，土地面积狭小，竟然留出这样多的土地供寺院使用，其中必有缘故吧。我个人认为，这是一个非常有趣，非常有意义的现象，值得我们深入研究。我们是否可以这样说：佛教在日本，不管是以什么形式存在，一方面能满足人们对宗教的需要，另一方面又不妨碍生产力的发展，所以才能在社会上仍然保持活力呢！我感觉到，我的这些议论颇有点怪论的味道。但是，我确实是这样想的，我不愿意欺骗别人，所以就如实地写了出来，以求教于方家。

话说得太远了，我们还是回头谈中国佛教吧。我个人研究佛教是从语言现象出发的。我对佛教教义，一无兴趣，二无认识。我一开始就是以一个语言研究者的身份研究佛教的。我想通过原始佛典的语言现象来探讨最初佛教的传布与发展，找出其中演变的规律。让我来谈佛教教义，有点野狐谈禅的味道。但是，人类思维有一个奇怪的现象：真正的内行视而不见的东西，一个外行反而一眼就能够看出。说自己对佛教完全是外行，那不是谦虚，而是虚伪，为我所不取。说自己对佛教教义也是内行，那就是狂妄，同样为我所不取。我懂一些佛教历史，也曾考虑过佛教在中国发展的问题。我总的感觉是，我们在这一方面的研究还非常落后。同日本比较起来，落后很远。我们现在应该急起直追，对佛教在中国历史上和文化史、哲学史上所起的作用，更要细致、具体、实事求是地加以分析，以期能作出比较正确的论断。这一件工作，不管多么艰巨，是迟早非做不行的，而且早比迟要好，否则我们就无法写什么中国哲学史、中国思想史、中国文化史，再细分起来，更无法写中国绘画史、中国语言史、中国音韵学史、中国建筑史、中国音乐史、中国舞蹈史，等等。总之，弄不清印度文化，印度佛教，就弄不清我们自己的家底。而且印度佛教在中国的影响决不仅限于汉族，其他兄弟民族特别是藏族和蒙族，都受到深刻的影响。在这方面，我们的研究更为落后，这种现象决不能让它继续下去了。

现在《文史知识》——一个非常优秀的刊物——筹组了这样

一期类似专号的文章，我认为非常有意义，非常有见地。《文史知识》真正做到了雅俗共赏，不但对一般水平的广大读者有影响，而且对一些专家们也起作用。通过阅读本期的文章，一方面可以获得知识，另一方面，也是更重要的一方面，还可以获得灵感，获得启发，使我们在研究佛教的道路上前进一步，以此为契机，中国的佛教研究的道路将会越走越宽广，越走越深入。佛教研究的万紫千红的时期指日可待了。

1986年6月24日

研究佛教史的意义和方法

源于尼泊尔和印度的佛教是世界三大宗教之一。它本身产生、发展、传布和衰微的规律，非常有研究的价值。这对于一般宗教学的研究有重要意义，对于印度历史，甚至对于中国历史和中国思想史的研究也是不可缺少的。不弄清印度佛教思想的发展，中国思想史的研究是无从着手的。

佛教史从全世界范围来看，可以说是一门显学。在我国用多种文字翻译的佛典，数量居世界之首。对我国的思想、文化、艺术、语言、文学产生过极大的影响。过去我国学人曾对佛教发表了大量或长或短的著作。到了今天，在建设社会主义的过程中，研究佛教也不是可有可无的工作。在国外，在欧美、日本都有很多成绩卓著的佛教史专家。日本佛教史专家的数目，哪一国也比不上。各国已经出版了很多佛教史专著，英、德、法、意、荷兰、俄、日等语言都有。零篇的论文更不计其数。现在世界上许多国家，许多大学里都设有佛教课程，都开设了梵文、巴利文和中亚古代语言的课程。研究势头方兴未艾，行将见有更多的人力投入其中。

至于研究方法，则很难定于一尊。“师父领进门，修行在个人”，这两句俗语在这里也是正确的。据我个人的看法，在今天的中国，研究佛教首先必须懂得马克思主义。我并不是说，照抄马克思主义的词句，生吞活剥，生搬硬套，断章取义，捕风捉影。那种做法本身就是违反马克思主义的。我只是说，我们必须掌握马克思主义的精神实质，缺少这一点，必将陷入迷途而不能自拔。

其次，必须掌握多种外国语言。有一点梵文和巴利文的知识也是必要的。千万不要不懂装懂，连梵文字母都不认识而自称是梵文专家。此外，英文、德文、法文、日文、俄文，最好多会几种。“韩信将兵，多多益善”，不懂外文，无法进行佛教史的研究。

另外，对于中国思想史和欧洲思想史必须具备一定的水平。过去唯心主义哲学家那一套思维方式，推理方式，也必须熟悉。能钻得进去，又能摆脱出来。

以上意见，卑之无甚高论。但真想做到，还必须付出极大的劳动，必须锲而不舍，持之以恒，方克有成。科学研究是老老实实的工作，半点假也不容许搀的。做学问还是老实一点好。

1987年3月8日

玄奘与《大唐西域记》
——校注《大唐西域记》前言

一　引言

《大唐西域记》的作者玄奘（公元600—664）[1]，俗姓陈，名祎，是唐代洛州缑氏人(在今河南偃师县陈河村附近)。他是唐代著名的高僧，佛教唯心主义理论家，不畏艰险的旅行者，卓越的翻译大师，舍生求法的典型，中印友好的化身。

要想准确地理解和评价《大唐西域记》这一部蜚声中外的名著，首先必须准确地评价玄奘其人和他西行求法的动机和效果。要想准确评价玄奘其人和他西行求法的动机和效果，又必须从当时中国和印度的时代背景谈起。

二　唐初的中国

先谈中国方面的情况。这里包括五个方面：一、佛经的翻译与翻译组织；二、佛教教义的发展与宗派的形成；三、佛教与儒家和道教的关系；四、唐初统治者对宗教的态度；五、唐代的寺院经济。

(一) 佛经的翻译与翻译组织

佛教是公元前传入中国的，具体的时间现在还无法确定。最初不是直接从印度传来的，而是间接经过中亚细亚和新疆一带的、有些今天名义上已经不存在的民族，如大月支、安息、康居等国传入的。这从最初译经者的姓名以及梵文译音[2]中可以清楚地看到。流传很广的所谓汉明帝夜梦金人、派人西行求法的故事，是捏造的；摄摩腾和竺法兰的故事也是完全靠不住的。[3]

初期的译经者差不多都是从中亚一带来华的高僧，后来也逐渐有了从印度直接来的。到印度去留学的中国和尚最初是没有的。最早译过来的佛经不是直接根据梵文或巴利文，而是经过中亚和新疆一带今天已经不存在的许多古代语言转译过来的，比如焉耆语（吐火罗语A）和龟兹语（吐火罗语B）等等都是。

因为汉文和梵文以及中亚这些古代语言都是很难掌握的，从外国来华的和尚想要翻译佛经，必须同中国和尚或居士合作才能胜任。僧祐《出三藏记集》卷一说："或善胡义而不了汉旨，或明汉文而不晓胡意。"[4]说的就是这种情况。《梁高僧传》卷一《维祇难传》说："时吴士共请出经。难既未善国语，乃共其伴律炎，译为汉文。炎亦未善汉言，颇有不尽。志存义本，辞近朴质。"[5]同卷《支楼迦谶传》说："（安）玄与沙门严佛调共出《法镜经》。玄口译梵文，佛调笔受。理得音正，尽经微旨。郢匠之美，见述后代。"[6]《宋高僧传》卷三说："初则梵客华僧，听言揣意。方圆共凿，金石难和。椀配世间，摆名三昧。咫尺千里，觌面难通。"[7]这里说的也都是这种情况。

在这样的情况下，直译就在所难免。比如《梁高僧传》卷一《支楼迦谶传》说："（竺佛朔）弃文存质，深得经意。"[8]所谓"质"，就是勉强把意思表达出来，文采却无法兼顾。当然，在后汉三国时代，译经方法也并不完全整齐划一。比如支谦的译文就比较接近于意译。这在当时算是一个例外，而且他的意译还是处在比较原始的阶段，不能算是开创一代新的译风。一直到了晋代的道安，情况还没有变化。《梁高僧传》卷五《道安传》说："初经出已久，而旧译时谬，致使深义，隐没未通。"[9]可见翻译佛经问题之大。道安虽然是一位很有学问而又非常虔诚的和尚，但由于自己不通梵文，也只好提倡直译。他说："诸出为秦言，便约不烦者，皆蒲陶酒之被水者也。"[10]为了不让蒲陶（葡萄）酒被水，只有直译一途。在《出三藏记集》卷八《摩诃钵罗若波罗蜜经抄序》中，他提出"五失本"、"三不易"的学说。他说："前人出经，支谶、世高审得胡本难系者也。叉罗、支越斲凿之巧者也。巧则巧矣，惧窍成而混沌终矣。"[11]这是道安对后汉三国译经的批评。在《出三藏记集》卷十《十四卷本鞞婆沙序》中，他又转述赵政的意见说："昔来出经者，多嫌胡言方质，而改适今俗，此政所不取也。何者？传胡为秦，以不闲方言求知辞趣耳。何嫌文质？文质是时，幸勿易之。"[12]他自己说："遂案本而传，不令有损言游字，时改倒句，余尽实录也。"[13]所有这些话都清楚表明道安主张直译的理论与根据。

在这个直译的阶段中，有许多佛经文句是从梵文原文逐字逐句译过来的，因而异常难懂。如果不与梵文原文对照，简直不知所云。梵汉两种语言，语法结构是非常不相同的。梵文不但名词、代词、形容词的变格和动词的变位异常复杂，而且词序也同汉语完全不同，如果直译，必然会产生诘屈聱牙的文体。这当然会影响佛教教义的宣传；但是在初期阶段，这情况有时是难以避免的。

这种直译的风气一直到了鸠摩罗什才有了根本的改变。慧皎《梁高僧传》卷五《道安传》说：安终后十六年，什公方至。什恨不相见，悲恨无极。”[14]可见罗什对道安之推重。但是他们的译风却是很不相同的。鸠摩罗什“不严于务得本文，而在取原意。”《梁高僧传》卷二《鸠摩罗什传》中说：“什既率多谙诵，无不究尽，转能汉言，音译流便。既览旧经，义多纰缪，皆由先度失旨，不与梵本相应。”[15]僧祐《出三藏记集》卷一说：“逮乎罗什法师，俊神金照；秦僧融肇，慧机水镜；故能表发翰挥，克明经奥，大乘微言，于斯炳焕。”“然文过则伤艳，质甚则患野，野艳为弊，同失经体。故知明允之匠，难可世遇矣。”[16]这里说的是，完全直译不行，这有点“野”，只注意文笔华丽也不行，这有点“艳”。只有罗什可以做到得乎其中。《梁高僧传》卷六《僧叡传》说：“昔竺法护出《正法华经·受决品》云：‘天见人，人见天。’什译经至此，乃言：‘此语与西域义同，但在言过质。’叡曰：‘将非人天交接，两得相见？’什喜曰：‘实然。’”[17]这一个生动的例子，可见罗什的译风。

但是，如果仔细推究起来，就连这一位号称“转能汉言”的鸠摩罗什，也并不能华梵兼通。《出三藏记集》卷十僧叡《大智释论序》说：“法师（鸠摩罗什）于秦语大格，唯识（译）一法（往），方言殊好犹隔而未通。苟言不相喻，则情无由比。不比之情，则不可以托悟怀于文表；不喻之言，亦何得委殊涂于一致，理固然矣。”[18]这里对翻译的困难说得非常清楚，连一代大师鸠摩罗什也不能例外。外国来华的高僧，不管他们的汉文学到什么程度，因为他们毕竟是外国人，所以必须同中国僧人配合协作，才能把翻译的工作做好。这个道理是非常清楚的。

道安的弟子慧远曾企图折衷直译与意译。《出三藏记集》卷十慧远《大智论抄序》说:“于是静寻所由，以求其本，则知圣人依方设训，文质殊体。若以文应质，则疑者众；以质应文，则悦者寡。……令质文有体，义无所越。”[19]但是影响不大，不能算是开辟了一个新阶段。

在佛经翻译史上，玄奘可以说是开辟了一个新的时代。他不像隋僧彦琮那样幻想废译，人人学梵。彦琮说:“则应五天正语充布阎浮；三转妙音并流震旦；人人共解，省翻译之劳，代代咸明，除疑网之失。”[20]他也深切了解翻译中的困难与问题。他本人既通华言，又娴梵语，在印度留学十几年，参加过印度宗教哲学的大辩论，对印度各教派，对佛教中的各宗派都有深刻的研究。他怀着一腔宗教的虔诚，总结了在他以前几百年翻译工作的经验，创立了一种前所未有的新的译风。《续高僧传》卷四《玄奘传》说:“自前代以来，所译经教，初从梵语倒写本文，次乃回之，顺同此俗。然后笔人乱理文句。中间增损，多坠全言。今所翻传，都由奘旨，意思独断。出语成章；词人随写，即可披玩。”[21]

这种新的译风还表现在另外一些方面。《大唐大慈恩寺三藏法师传》卷十说：至(显庆)五年春正月一日起首翻《大般若经》。经梵本总有二十万颂。文既广大，学徒每请删略，法师将顺众意，如罗什所翻。除繁去重。作此念已，于夜梦中，即有极怖畏事，以相警诫。或见乘危履崄，或见猛兽搏人，流汗战栗，方得免脱，觉已惊惧。向诸众说。还依广翻。”[22]

他可能做这样的梦。但我认为，如果真做这样的梦的话，也只是他主观愿望的一种表现：他不赞同鸠摩罗什那种删略梵文原文的做法。他主张忠实地翻译原文全文。

《续高僧传》卷四《玄奘传》又说:"前后僧传往天竺者,首自法显、法勇,终于道邃、道生,相继中途,一十七返,取其通言华梵,妙达文筌,扬导国风,开悟邪正,莫高于奘矣。"[23]又说:"世有奘公,独高联类。往还震动,备尽观方,百有余国,君臣谒敬。言议接对,不待译人。披析幽旨,华戎胥悦,故唐朝后译,不屑古人。执本陈勘。频开前失。"[24]

玄奘不但毕生亲自参加翻译实践,而且根据穷年累月积累的经验,创立有关翻译的理论。"唐奘法师论五种不翻:一秘密故,如陀罗尼。二含多义故,如薄伽梵具六义。三此无故,如同浮树,中夏实无此木。四顺古故,如阿耨菩提,非不可翻,而摩腾以来常存梵音。五生善故,如般若尊重,智慧轻浅。"[25]

近代学者对玄奘也有很高的评价。比如章太炎说:"佛典自东汉初有译录,自晋、宋渐彰,犹多皮傅。留支、真谛术语稍密。及唐玄奘、义净诸师,所述始严栗合其本书。盖定文若斯之难也。"[26]这种对玄奘的赞美,我认为,他是当之无愧的。

要想具体细致地描述玄奘新创的译风,需要很多的篇幅,这里不是最适当的地方。简而言之,我们可以说,他的译风,既非直译,也非意译,而是融会直意自创新风。在中国翻译史上达到了一个新的高峰,开辟了一个新的时代。如果允许我们借用辩证法术语来表达的话,这种发展可以说是完全合乎辩证法的规律:这是否定之否定。如果允许我们再借用黑格尔的说法的话,这种发展可以说是符合他的三段式:正题——反题——合题。由低级阶段向高级阶段发展时,高级阶段保留了低级阶段的某一些肯定的特点,向前发展下去,达到更高的阶段。

因为翻译工作必须有多人协作，这就需要有一个组织。最初的组织人少，也很简单，而且松散，基本上只有两个人：一个懂梵文的为主译，一个通汉文的为笔受。佛经梵文原本最初没有写本，全凭记忆；直到法显时代基本上还是这样子。所以，有时先要有一个人口诵，另外一个人或者第三个人先依其所诵写成梵字或胡字，然后才加以翻译。《出三藏记集》卷七道安《合放先光赞略解序》说："《光赞》，护公执胡本，聂承远笔受。"[27]同卷《普曜经记》说："(法护)手执胡本，口宣晋言。时笔受者沙门康殊帛、法炬。"[28]同书卷九《长阿含经序》说："凉州沙门佛念为译，秦国道士道含笔受。"[29]

后来参加人数渐多，分工渐细，逐渐形成了一个组织，叫做译场。道安可能是最初译场的创建者之一。《梁高僧传》卷五《道安传》说："安既笃好经典，志在宣法。所请外国沙门僧伽提婆、昙摩难提及僧伽跋澄等，译出众经百余万言。常与沙门法和诠定音字，详核文旨。新初众经，于是获正。"[30]这些外国沙门译经，都是在译场中进行的。

在翻译组织方面，南北朝可以说是一个过渡阶段。在这时期，情况已经同后汉有所不同了。译经不再依靠外国僧人。中国和尚到印度去求法的人多了起来。他们归国以后，既通梵语，又善华言。译起经来，自然可以避免前一阶段的那种情况，既不伤文，也不伤质。法显就是一个最著名的例子。《梁高僧传》卷三《法显传》讲到他到印度学习的经过。他精通梵文是不成问题的。但是他回国以后，仍然同外国和尚协作译经。《法显传》说："遂南造京师，就外国禅师佛驮跋陀于道场寺译出《摩诃僧祇律》、《方等泥洹经》、《杂阿毗昙心（论）》，垂百余万言。”[31]这恐怕只说明，法显感到集体翻译比个人单干要好，译场这样的组织是可取的；并不像以前那样，中国和尚一离开外国和尚就寸步难行了。

在翻译组织方面，鸠摩罗什开辟了一个新的时代。他比法显稍早一点。他的译场规模非常庞大。《梁高僧传》卷二《鸠摩罗什传》说：“兴少（达）崇三宝，锐志讲集。什既至止，仍请入西明阁及逍遥园，译出众经。……于是兴使沙门僧䂮、僧迁、法钦、道流、道恒、道标、僧叡、僧肇等八百余人，谘受什旨。”[32]僧叡《大品经序》说，译《大品经》时，参加翻译工作的有五百人。[33]译《法华经》时，“于长安大寺集四方义学沙门二千余人，更出斯经。”[34]译《思益经》时：“于时谘悟之僧二千余人。”[35]译《维摩诘经》时有义学沙门千二百人参加。[36]《续高僧传》卷三《波颇传》说：“昔苻姚两代，翻经学士乃有三千。今大唐译人，不过二十。”[37]

这些记载，虽然可能稍有铺张，但基本上是可靠的。罗什门下之盛，译场规模之大，恐怕是空前的了。

译场当然不限于上述的这一些。从《梁高僧传》等书的记载中可以找到下列这一些译场：东晋时有庐山慧远的般若台，陈代富春之陆元哲宅，陈隋间广州之制旨寺。国立译场有姚秦长安之逍遥园，北凉姑臧之闲豫宫，东晋建业之道场寺，刘宋建业之祇洹寺、荆州之辛寺，萧梁建业之寿光殿、华林园、正观寺、占云馆、扶南馆、元魏洛阳之永宁寺及汝南王宅。北齐邺之天平寺，隋长安之大兴善寺，洛阳之上林园，唐长安之弘福寺、慈恩寺、玉华宫、荐福寺等等。这都是最著名的译场。[38]

我们上面已经谈到，翻译工作到了玄奘手中，达到了一个新的阶段。在翻译的组织，所谓译场方面，尽管玄奘自己华梵兼通，但仍然继承了过去的传统，仍然建立了译场。从参加人数上来看，可能比罗什的译场为少，但是分工的细致却超过了它。《续高僧传》卷四说："既承明命，返迹京师，遂召沙门慧明、灵润等，以为证义，沙门行友、玄赜等，以为缀缉，沙门智证、辩机等，以为录文，沙门玄模以证梵语，沙门玄应以定字伪。其年五月，创开翻译《大菩萨藏经》二十卷，余为执笔，并删缀词理。"[39]《大唐大慈恩寺三藏法师传》卷六说：

> 三月己巳，法师自洛阳还至长安，即居弘福寺将事翻译。乃条疏所须证义、缀文、笔受、书手等数，以申留守司空梁国公玄龄。玄龄遣所司具状，发使定州启奏。令旨依所须供给，务使周备。夏六月戊戌证义大德、谙解大小乘经论为时辈所推者一十二人至，即京弘福寺沙门灵润、沙门文备、罗汉寺沙门慧贵、实际寺沙门明琰、宝昌寺沙门法祥、静法寺沙门普贤、法海寺沙门神昉、廓州法讲寺沙门道深、汴州演觉寺沙门玄忠、蒲州普救寺沙门神泰、绵州振向寺沙门敬明、益州多宝寺沙门道因等。又有缀文大德九人至，即京师普光寺沙门栖玄、弘福寺沙门明濬、会昌寺沙门辩机、终南山丰德寺沙门道宣、简州福聚寺沙门静迈、蒲州普救寺沙门行友、栖岩寺沙门道卓、豳州昭仁寺沙门慧立、洛州天官寺沙门玄则等。又有字学大德一人至，即京大总持寺沙门玄应。又有证梵语梵文大德一人至，即京大兴善寺沙门玄謩。

目（？）余笔受书手所司供料等并至。[40]

玄奘于大唐贞观二十二年五月十五日于长安弘福寺翻经院翻译《瑜伽师地论》时有下列参加人员：

弘福寺沙门知仁笔受

弘福寺沙门灵雋笔受

大总持寺沙门道观笔受

瑶台寺沙门道卓笔受

清禅寺沙门明觉笔受

大总持寺沙门辨（辩）机证文

简州福众寺沙门靖迈证文

蒲州普救寺沙门行友证文

普光寺沙门道智证文

汴州真谛寺沙门玄忠证文

弘福寺沙门明濬正字

大总持寺沙门玄应正字

弘福寺沙门玄谟证梵语

弘福寺沙门文备（备字原缺）证义

蒲州栖岩寺沙门神泰证义

廓州法讲寺沙门道深证义

宝昌寺沙门法祥证义

罗汉寺沙门慧贵证义

宝澄寺沙门明琰证义

大总持寺沙门道洪证义

除了和尚以外，还有官僚参加：

银青光禄大夫行太子左庶子高阳县开国男臣许敬宗监阅。

大唐内常侍轻车都尉菩萨戒弟子观自在敬写西域新翻经论。[41]

参加人员之多，分工之细致，可以说是已经达到很高的程度。这只是《瑜伽师地论》这一部佛经翻译时译场组织的情况，玄奘翻译其他佛典时情况也差不多，这里不再详细论述了。

在唐太宗活着的时候，玄奘努力翻译。太宗逝世以后，他的努力并未少辍。《大唐大慈恩寺三藏法师传》说："（贞观二十三年五月）庚午帝崩于含风殿。时秘不言，还京发丧，殡太极殿。其日皇太子即皇帝位于梓宫之侧。逾年改元曰永徽。万方号恸，如丧考妣。法师还慈恩寺。自此之后，专务翻译，无弃寸阴。每日自立程课。若昼日有事不充，必兼夜以续之。过乙之后，方乃停笔。摄经已，复礼佛行道，至三更暂眠，五更复起。读诵梵本，朱点次弟。拟明旦所翻。"[42]玄奘用力之勤可以想见。

玄奘利用那样一个详密的、能网罗天下人材的译场组织，再加上自己惊人的努力与精力，从贞观十九年二月元日至龙朔三年十月，十九年间，译出了佛经七十五部，一千三百三十一卷[43]，每年平均七十卷，而在最后四年间（显庆五年至龙朔三年），每年平均乃至一百七十卷。从隋初（公元581年）至唐贞元五年（公元789年）共二百零八年，译人五十四，译经四百九十二部，二千七百十三卷。玄奘一个人就译了七十四部，一千三百四十一卷。因此，无论从译经的量来看，还是从质来看，玄奘都是空前绝后的。《大唐故三藏玄奘法师行状》说："今日法师，唐梵二方，言词明达，传译便巧。如擎一物掌上示人，了然无殊。所以岁月未多，而功倍前哲。至如罗什称善秦言，译经十有余年，唯得二百余卷。以此校量，难易见矣。”[44]我想，我们都会同意这些话吧。玄奘以后，译场的组织继续存在而且发展。我在这里简单地举几个例子。

《宋高僧传》卷三《菩提流志传》谈到菩提流志的译场组织的分工情况时说：“此译场中，沙门思忠、天竺大首领伊舍罗等译梵文。天竺沙门波若屈多、沙门达摩证梵义。沙门履方、宗一、慧觉笔受。沙门深亮、胜庄、尘外、无著、怀迪证义。沙门承礼、云观、神暕、道本次文。次有润文官卢粲，学士徐坚，中书舍人苏瑨，给事中崔璩，中书门下三品陆象先，尚书郭元振，中书令张说，侍中魏知古，儒释二家，构成全美。”[45]润文这个角色，一般都由大官，大概都是儒家来担任。儒佛合作，这可以说是译坛的佳话吧。同书《戒法传》说：“其本道节度使杨袭古与龙兴寺僧请法为译主。翻《十地经》，法躬读梵文并译语，沙门大震笔受，法超润文，善信证义，悟空证梵文。”[46]同书《莲华传》中说：“至（贞元）十二年六月，诏于崇福寺翻译。罽宾沙门般若宣梵文，洛京天宫寺广济译语，西明寺圆照笔受，智柔、智通缀文，成都府正觉寺道恒、鉴虚润文，千福寺大通证义。澄观、灵邃详定。神策军护军中尉霍仙鸣、左街功德使窦文场写进。”[47]

玄奘以后的伟大的翻译家应该首推义净。《宋高僧传》卷一《义净传》谈到义净的译场。他翻译《金光明最胜王》等等二十部佛经时，“北印度沙门阿儞真那证梵文义，沙门波仑、复礼、慧表、智积等笔受证文。沙门法宝、法藏、德感、胜庄、神英、仁亮、大仪、慈训等证义。成均太学助教许观监护。”[48]后面又说：“暨和帝神龙元年乙巳，于东洛内道场，译《孔雀王经》。又于大福先寺出《胜光天子香王菩萨咒》、《一切庄严王经》四部。沙门盘度读梵文，沙门玄伞笔受，沙门大仪证文，沙门胜庄、利贞证义，兵部侍郎崔湜、给事中卢粲润文正字，秘书监驸马都尉杨慎交监护。帝深崇释典，特抽叡思制《大唐龙兴三藏圣教序》。又御洛阳西门宣示群官新翻之经。二年净随驾归雍京。置翻经院于大荐福寺居之。三年诏入内。与同翻经沙门九旬坐夏。帝以昔居房部幽厄无归。祈念药师，遂蒙降祉。荷兹往泽，重阐鸿猷。因命法徒，更重传译于大佛光殿。二卷成文曰《药师琉璃光佛本愿功德经》。帝御法筵手自笔受。睿宗永隆元年庚戌。于大荐福寺出《浴像功德经》、《毗柰耶杂事》、《二众戒经》、《唯识宝生所缘释》等二十部。吐火罗沙门达磨末磨。中印度沙门拔弩证梵义。罽宾沙门达磨难陀证梵文。居士东印度首领伊舍罗证梵本。沙门慧积、居士中印度李释迦度颇多读梵本。沙门文纲、慧诏、利贞、胜庄、爱同、思恒证义。玄伞、智积笔受。居士东印度墨昙金刚、迦湿弥罗国王子阿顺证译。修文馆大学士李峤、兵部尚书韦嗣立、中书侍郎赵彦昭、吏部侍郎卢藏用，兵部侍郎张说、中书舍人李又二十余人，次文润色。左仆射韦巨源、右仆射苏环监护。秘书大监嗣虢王邕同监护。景云二年辛亥，复于大荐福寺译《称赞如来功德神呪》等经。太常卿薛崇嗣监护。”[49]监护的和润文正字的都是官员，有的甚至是大官。连皇帝本人都亲自御法筵笔受，可见李家王朝对翻译是怎样地重视。

从这样的分工中，可以看到，义净的译场对以前的译场组织有所继承，又有所发展。义净以后，唐朝译经的和尚仍然有译场的组织，《宋高僧传》中有极详细的叙述，这里不再引用。

《宋高僧传》卷三之末，赞宁把中国译经的组织作了一个小结：

或曰："译场经馆，设官分职，不得闻乎？"曰："此务所司，先宗译主。即赍叶书之三藏明练显密二教者充之。次则笔受者，必言通华梵、学综有空、相问委知。然后下笔。西晋伪秦以来，立此员者，即沙门道含、玄赜、姚嵩、聂承远父子。至于帝王，即姚兴、梁武、天后，中宗，或躬执干，又谓为缀文也。次则度语者，正云译语也。传度转令生解，亦名传语。如翻《显识论》沙门战陀译语是也。次则证梵本者，求其量果密能证知，能诠不差所显无谬矣。如居士伊舍罗证译《毗柰耶》梵本是也。至有立证梵义一员，乃明西义得失，贵令华语下不失梵义也。复立证禅义一员，沙门大通充之。次则润文一位，员数不恒。令通内外学者充之。良以笔受在其油素，文言岂无俚俗，倘不失于佛意，何妨刊而正之。故义净译场，则李峤、韦嗣立、卢藏用等二十余人次文润色也。次则证义。盖证已译之文所诠之义也，如译《婆沙论》，慧嵩、道郎等三百人考正文义，唐复礼累场充任焉。次则梵呗，法筵肇启，梵呗前兴，用作先容令生物善，唐永泰中方闻此位也。次则校勘，雠对已译之文，隋前彦琮复疏文义，盖重慎之至也。次则监护大使，后周平高公侯寿为总监检校，唐财房梁公为奘师监护。相次许观、杨慎交、杜行颁等充之。或用僧员，则隋以明穆、昙迁

> 等十人，监掌翻译事，诠定宗旨，其处则秦逍遥园、梁寿光殿瞻云馆、魏汝南王宅。又隋炀帝置翻经馆，其中僧有学士之名。唐于广福等寺，或宫园不定。又置正字、字学玄应曾当是职。后或置或否。朝廷[50]罢译事，自唐宪宗元和五年至于周朝，相望可一百五十许岁，此道寂然。[51]

赞宁这个总结是符合实际情况的。至于宋朝和宋朝以后的情况。是在我讨论范围以外的，我们就不再谈了。

（二）佛教教义的发展与宗派的形成

佛教传入中国以后，作为一个外来的宗教，首要的任务就是要努力挣扎立定脚根。要想立定脚跟。必须依附于一个在中国已经流行的、有了基础的宗教学说。必要时，甚至不惜作出一些伪装，以求得蒙混过关。在中国人方面，首先信仰这个外来的宗教的并不是普通的老百姓，而是一些上层的统治阶级的人物。他们对一个外来的、完全陌生的宗教也不能立刻了解，他们也总是拿自己固有的宗教观念去比附。这在世界上其他宗教外传时也是常常遇到的现象。

当佛教传入中国时，正是谶纬之学盛行的时候。当时一些皇室贵族，包括个别皇帝在内，比如东汉光武帝和明帝，都相信谶纬之学。在一般人心目中，佛教也纯为一种祭祀，它的学说就是鬼神报应。他们认为佛教也是一种道术，是九十六种道术之一，称之为佛道或释道。佛道并提是当时固定的流行的提法。《后汉书·光武十王列传·楚王英传》说:“楚王诵黄老之微言,尚浮屠之仁祠。”襄楷上书说(《后汉书》卷六十下):“闻宫中立黄老浮屠之祠。”许多人,包括汉桓帝在内,并祭佛老二氏。佛教就在这样的伪装之下,在中国社会里生了根。王充《论衡》对于当时的学术、信仰、风习等都痛加贬斥,然而无一语及佛教。可见当时佛教并不怎么流行,在思想界里并不占什么地位。

为了求得生存,初期的译经大师,如安世高、康僧会之流,都乞灵于咒法神通之力,以求得震动人主和人民的视听。一直到晋代的佛图澄(公元310年至洛阳)还借此为弘教手段。不管这些和尚自己是否相信这一套神通咒法,反正他们不能不这样做。《梁高僧传》卷九《佛图澄传》中多次提到佛图澄的神异,说得活龙活现,神乎其神。“(石勒)召澄问曰:‘佛道有何灵验?’澄知勒不达深理,正可以道术为征。因而言曰:‘至道虽远,亦可以近事为证。’即取应器盛水烧香咒之,须臾生青莲花,光色曜目。勒由此信服。”[52]从这一个小例子中可见一斑。

从三国开始一直到晋代,佛教又附属于玄学。玄学是儒家封建伦理思想的另一种表现形式,它在当时是为门阀士族地主阶级服务的。佛教依附上玄学,不但有能力存在下去,而且还能得到发展。玄学讲什么《周易》、老、庄,讲什么道。有人就用这个道同佛教的般若波罗蜜多相比附,牵强附会当然难免。然而佛教教义却因而得到承认与发展。

从佛教本身的教义的输入和发展来看,最初传到中国来的是小乘教说一切有部和禅定。这同佛教在印度本土发展的历史是相适应的。在印度是先有小乘，到了公元前三世纪阿育王时代，才开始有大乘思想的萌芽。又到了公元后一世纪，中观派的理论，所谓空宗（创始者为龙树）才开始产生。佛教小乘有些部派多少还有一点唯物主义的因素。大乘佛教则完全继承了奥义书的唯心主义。只不过是使这种唯心主义更细致化、更系统化而已。最早的《四十二章经》是否是印度佛经的译本，还是个问题。汉桓帝建和二年（公元148年）到中国来译经的安世高译出了三十余部经，主要是说一切有部的毗昙学和禅观的理论。

同安世高同时来洛阳译经的，以支楼迦谶为最有名。他译的经多半属于大乘中观派，所谓空宗的经典，比如《道行般若经》就属于这一宗。同时稍晚一点支谦译的《大明度经》就是同一部经。朱士行西行求法，求的也是大品般若，结果在大乘盛行的于阗得到梵文《放光般若经》。这就说明，在公元二世纪的时候，印度佛教大乘的中观派理论已经传入中国。但是，这种学说并没有立刻引起注意，当然更谈不到广泛流行。时隔一百五十多年，直至魏晋以后南北朝时期，才开始引起注意。原因在哪里呢？这同我们谈到的佛教自附于玄学，是分不开的。当时的佛教理论家并没有完全忠实地按照印度空宗的理论去理解它，而是杂糅了魏晋玄学唯心主义的观点，也讲什么“以无为本”，与老庄相混淆。

晋代的高僧道安（公元312—385年），虽然曾说过“先旧格义，于理多违”，实际上却并没能脱出“格义”的框框。他的弟子很多都读儒书或老庄之书。《梁高僧传》卷五《昙徽传》说：“释昙徽，河内人。年十二投道安出家。安尚其神彩，且令读书。二三年中，学兼经史。十六方许剃发。”[53]同上书卷五《道立传》说：“少出家事安公为师，善《放光经》。又以庄、老、三玄微应佛理，颇亦属意焉。”[54]同上书卷五《昙戒传》说：“居贫务学，游心坟典。”[55]同上书卷六《慧远传》说：“故少为诸生，博综六经，尤善庄、老。”[56]又说：“远乃引庄子义为连类，于是惑者晓然。是后安公特听慧远不废俗书。”[57]同上书卷六《慧持传》说：“释慧持者。慧远之弟也。冲默有远量。年十四学读书，一日所得，当他一旬。善文史，巧才制。”[58]因为利用儒书和老庄牵强附会来宣传佛教更容易为人们所接受，所以他就听弟子“不废俗书”。道安还劝苻坚迎鸠摩罗什。为大乘开基，他又集诸梵僧译《阿毗昙》，为小乘作贡献。

在这个时期，由于中国还是统一的，所以佛教还没有形成南北两大派。到了南北朝时期，南北分裂，各自独立，佛教也因之而形成两大派：南方重理论，偏于思辨，不重禅法，所谓“宏重义门，至于禅法，盖蔑如也。”（《续高僧传》卷十七《慧思传》）[59]就是指的这个现象。盛行的佛学是《般若》、《三论》、《成论》，基本上都是大乘空宗的学说。北方重修持、禅定，倾向于苦行，盛行禅法与净土的信仰，偏重戒律，并杂以阴阳方术，汉代佛法的残余似乎流行于此，汉代儒家经学的传统也似乎比较有力；在这里学风比较朴实，继承了北方宗教传统的衣钵。这是政治上南北对立在宗教上的反映。但是南北也有互相交流的一面。禅法与义学的界限并不是绝对的。隋唐之际，许多大师都主张“定慧双开”，“禅义兼弘”，可见其中消息。总的来说，这实际上是魏晋玄学的延续，不脱三玄的规范，并配合玄学，为门阀士族的特权辩护。

同佛教在中国形成了南北两大派差不多同时，印度佛教大乘瑜伽行者派所谓有宗也开始形成。这比起大乘的形成来要晚很多。比起中观派所谓空宗的形成来，也晚不少。传说这一派的创始者是弥勒（Maitreya-nātha，约公元350—430年）。这个人的存在是值得怀疑的，有的学者说实有其人，有的学者则说纯属虚构。肯定是历史人物的是无著（约公元395—470年）和世亲（约公元400—480年）。[60]尽管这二人的生卒年月也还不清楚，但生在四五世纪是没有问题的。这里特别值得提出的是，在无著和世亲以后，这一派出了几个著名的逻辑（因明）学者，比如陈那（六世纪）和法称（七世纪）。讲因明，必须讲因果关系，因果关系就包含着一些辩证法的因素。释迦牟尼首倡的十二因缘，属于这一类。大乘初期的创始者是反对或歪曲因缘论的。比如龙树，他不敢公然反对十二因缘，却歪曲说，十二因缘就正证明了一切事物皆非真实。有宗的这些因明学者都有勇气承认Pramāna（旧译作"量"或"形量"，认识工具），承认pratyaksa和Anumāna的正确性，法称公然说："人类所有的成功的活动都必须以正确的知识为前提。正确的知识有两种：一种是知觉，一种是推理。"[61]他们的学说对印度直接经验Anumāna哲学产生了很大的影响。因为瑜伽派比中观派的建立要晚二三百年，所以传到中国来的时间也相应地晚了。在中国，传译介绍有宗法相唯识之学的。在南方有陈代（公元557—589年）真谛，他译有《摄大乘论》等经典，有人就说，真谛建立了摄论宗。此外，真谛还译了一些有关因明的论著。在北方有菩提流支、勒那摩提，活动时期较真谛略早，所译有《十地经论》等，有人又说他们创立了地论宗。仔细研究起来，在当时还只能有学派，不可能有宗派，称之为宗，是有点勉强的。

到此为止，印度佛教的大小乘，大乘中的空宗、有宗，随着印度佛教的发展，都介绍到中国来了。印度这些宗派之间的矛盾也与之俱来。有人说，在中国这种矛盾不激烈。这是不符合实际情况的。宗教与宗教之间的斗争是很激烈的，但是一个宗教内部斗争往往比对外矛盾还要激烈，这是中外宗教史上常见的现象。中国也不能例外。首先遇到的是小乘和大乘的斗争。《梁高僧传》卷四《朱士行传》说："(士行)既至于阗，果得梵书正本凡九十章，遣弟子不如檀、此言法饶，送经梵本还归洛阳。未发之顷，于阗诸小乘学众遂以白王云：'汉地沙门，欲以波罗门书，惑乱正典。王为地主，若不禁之，将断大法。聋盲汉地，王之咎也。'王即不听赍经。士行深怀痛心，乃求烧经为证。王即许焉。于是积薪殿前，以火焚之。士行临火誓曰：'若大法应流汉地，经当不然。如其无护命也如何。'言已投经火中，火即为灭。"[62]很显然，这一段神话是站在大乘立场上说出来的。僧祐《出三藏记集》卷五《小乘迷学竺法度造异仪记》，记载了竺法度"执学小乘，云无十方佛，唯礼释迦而已。大乘经典，不听读诵。"[63]僧祐是站在大乘立场上的，故称之为"小乘迷学"。

大小乘有矛盾，大乘空、有也有矛盾。最著名的、最有代表性的例子就是罗什与觉贤的矛盾。觉贤，梵名佛驮跋多罗，或佛驮跋陀，亦作佛大跋陀罗[64]、佛度跋陀罗。[65]他生于天竺，以禅律驰名。他游学罽宾。受业于大禅师佛陀斯那。罽宾一向是小乘萨婆多部（说一切有部）的流行地。《梁高僧传》卷二《佛陀跋陀罗传》说："常与同学僧伽达多共游罽宾。"[66]他在那里受到萨婆多部的影响是很自然的。《出三藏记集》中之萨波多部目录说："长安城内齐公寺萨婆多部佛大跋陀罗。"[67]可见他原隶说一切有部。秦沙门智严到了罽宾，请他同来中国。同罗什见了面。罗什宣扬的是大乘空宗，而觉贤服膺的是大乘有宗。罗什的禅法，也与觉贤不同。《出三藏记集》卷九《华严经记》说："请天竺禅师佛度跋陀罗手执梵文，译胡为晋。沙门释法业亲从笔受。"[68]《华严经》属于大乘有宗。可见觉贤信仰之所在。觉贤是介绍世亲有宗入中国的最早的和尚之一。《出三藏记集》卷二讲到《大方广佛华严经》等十部经的翻译时说："晋安帝时，天竺禅师佛驮跋陀（罗）至江东，及宋初于庐山及京都译出。"[69]同卷讲到《大般泥洹》等十一部经的翻译时说："法显以隆安三年游西域，于中天竺师子国得胡本，归京都，住道场寺。就天竺禅师佛驮跋陀（罗）共译出。"[70]

觉贤既然与罗什有这样的矛盾，必不能融洽共处。《梁高僧传》本传说："闻鸠摩罗什在长安，即往从之。什大欣悦，共论法相，振发玄微，多所悟益。"[71]但是接着就说："因谓什曰：'君所释不出人意，而至高名何耶？'什曰：'吾年老故尔，何必能称美谈。'"[72]参阅《出三藏记集》卷十四《佛大跋陀传》。[73]这话说得很尴尬。两人论空，意见相左。结果"遂致流言，大被谤渎，将有不测之祸"。可见问题之严重了。这不是两人之间个人的问题，最根本的原因是二人的信仰空、有的矛盾。由于信仰而致杀身者，中外历史不乏先例。觉贤受迫害也就不足为怪了。

尽管大、小有矛盾，空、有有矛盾，但只能说是学派之争，还不能说是宗派之争。到了隋唐，南北统一了。一方面，佛教有了融合统一的可能性，此时不少人主张"定慧双开"、"禅义兼弘"，就是这种趋势的朕兆。但是，佛教在中国毕竟已经过了幼年期，可以说是已经成熟了。对于佛教教理方面的一些问题，看法越来越分歧，成见越来越深。久而久之，就形成了不少的宗派。到了此时，只有到了此时，我们才能谈佛教的宗派。

宗派的滥觞好像是在北方，而盛于南方。最初萌芽的宗派几乎都属于空宗。只有流传时间极短暂的摄论宗、地论宗属于有宗。这是同印度佛教思想的发展相一致的。空宗传入中国的时候，有宗还没有出现，当然更谈不到传入中国了。

谈到宗派的形成，我上面已经谈到，在南北朝时期大体上只能有学派，还不能有宗派，很多中外的佛学研究者说中国有十宗或八宗，而且从南北朝时期已开始。这是不大符合实际情况的。梁启超《中国佛法兴衰沿革说略》中提到的宗有：大乘摄论宗、小乘俱舍宗、十地宗、三论宗、法华宗、涅槃宗、天台宗、法相宗（唯识宗、慈恩宗）、华严宗、净土宗、律宗、密宗、禅宗，有人还添上地论宗、摄论宗。在这些宗派中，各宗都有自己的教规。律宗不能成为宗，净土宗没有自己的专有理论，也不能算宗；成实、俱舍都只能算是学派，不是宗派；三论宗后被天台、禅宗所吸收，不能独立成宗。能够成为宗派的只有天台宗、华严宗、法相宗和禅宗。天台源于北齐、南陈，创于隋，流行于江浙、湖北一带，倾向于统一综合，南方义学和北方禅定都去学习，企图通过禅定来证悟般若。华严宗兴起于陈隋之间，形成于武则天时，根据地在终南山和五台山。法相宗创始者为玄奘、窥基。禅宗源于北魏菩提达摩，盛于唐，先流行于庾岭、广东、湖南、江西，然后遍及全国，流行时间最长，实际上已成为一个呵佛骂祖的宗派，已成为佛教的对立面，简直已经不是佛教了。

自南北朝以来，大量的佛经翻译过来了，印度佛教主要的经典几乎都有了汉译本，有的经典汉译本不止有一个，而是有许多个，中外僧徒翻来复去地翻译。佛教宗派一个个地形成，佛教本身也在统治者扶持之下，流行起来了。这时在佛教教义方面，矛盾和分歧突出出来了。大乘、小乘有矛盾。大乘中空宗、有宗又有矛盾。为了调和和弥补理论上的分歧，加强内部的团结，各宗派都建立了判教的体系。换句话说，各宗派都根据自己的观点、理论，把佛教各宗的理论加以批判、整理和估价。判教源于何时，现在还说不清，最早的有慧观法师，他曾区分顿、渐、不定三教。判教之说大概起源于北凉昙无谶，盛行于北方，与宗派的形成关系很大。

在这时候，各宗派讨论批判的理论问题很多，其中最突出的就是关于佛性的问题。什么叫佛性问题呢？就是人能不能够成佛的问题。在我们看来，这个问题同西欧中世纪基督教神学家讨论一个针尖上能够站多少天使同样地荒诞不经，滑稽可笑。然而，在佛教徒看来，这却是一个天大的问题。为了麻痹善男信女，扩大自己的地盘，巩固自己手中的经济，必须提出这个问题，而且必须给以回答。

在印度佛教史上，虽然提法不同，这个问题也是有过的。怎样成佛？何时成佛？同在中国佛教史上一样，有许多说法。一般说起来，小乘要求比较高，也就是说，他们卖天国入门券，讨价高，出手比较悭啬。他们主张，必须累世修行，积累功德，然后才能成佛。后汉安世高所译的佛经大概都是这种主张。这样做当然比较艰苦，令人望而却步。这表现了守旧派为了维护人世间的不平等的封建等级制所进行的努力。又有人主张逐渐修行，到了一定阶段，来一个飞跃，然后再修行，即可成佛。道安就是这样主张。这比第一种说法容易一点，然而也还有不少的麻烦。这对于维护封建特权来说，是有好处的；然而对麻痹信徒来说，却有其不利的一方面。天国入门券如果太贵，有些人就望望然而去之了。到了鸠摩罗什的大弟子竺道生身上发生了一个巨大的变化。慧皎《梁高僧传》卷七《竺道生传》说：

> 于是校阅真俗，研思因果，乃立善不受报，顿悟成佛。又著《二谛论》、《佛性当有论》、《法身无色论》、《佛无净土论》、《应有缘论》等，笼罩旧说，妙有渊旨。而守文之徒，多生嫌嫉，与夺之声，纷然竞起。又六卷《泥洹》（东晋义熙十三年［公元417年］译出——引者）先至京师。生剖析经理，洞入幽微，乃说“一阐提人皆得成佛”。于时《大本》未传，孤明先发，独见忤众。于是旧学以为邪说，讥愤滋甚。遂显大众，摈而遣之。……后《涅槃大本》至于南京，果称阐提悉有佛性，与前所说合若符契。”[74]（参阅《出三藏记集》卷十七，内容几乎完全一样。）

北凉昙无谶译《大般涅槃经》四十卷本，卷二二《光明遍照高贵德王菩萨品》中说。

> 犯四重罪，谤方等经，作五逆罪，及一阐提悉有佛性。[75]

这说法与竺道生的说法完全相同。这真是石破天惊，佛坛佳话。中印相距万里，而想法竟如是之相似，可见买廉价的天国入门券也是有规律可循的。麻痹信众，维护阶级利益，竺汉相同，这也大概可以算是阶级斗争的规律吧。南朝阶级斗争激烈，贫富悬殊，于是先秦两汉已经提出来的一个问题又被提来了：人生有贵贱，人性是否也有贵贱呢？《涅槃经》解答了这个问题，可以说正是时候，佛教从般若学转到了涅槃学是佛教发展的一个关键阶段。般若和涅槃都属空宗，但在佛性问题上，涅槃可以说是抢先了一步。

其实这种想法在个别小乘经中，在大乘的《法华经》、《维摩诘经》已有所流露。《法华经》卷四《授学无学人记品》第九说："悉皆与授记，未来当成佛。"[76]《常不轻菩萨品》第二十说："我不敢轻于汝等，汝等皆当作佛。"[77]《法华经》还讲到龙女成佛的故事。到了《涅槃经》只是说得更具体、更切实而已。但是这种学说在南北朝时，庶族地主还没能在政治上占重要地位，因而还没能得到广泛的承认。到了唐代，唐王朝统治者有意打击门阀士族，他们逐渐失势，庶族地主阶级靠科举往上爬，反映在佛教教义方面，顿悟成佛就大大流行起来，禅宗把这个学说发扬光大。渊源于北齐、南陈，创于隋，盛于唐的天台宗的祖师爷之一的湛然（公元711—782年）提出了"无情有性"的学说，把成佛的可能与范围更扩大了，意思是连没有情的东西，像草木砖石都有佛性，都能成佛，进入极乐世界，人类能成佛当然更不在话下了。

玄奘创立的法相宗怎样呢？

前面谈到的各个宗派都是属大乘空宗的。创于唐初的法相宗是属于有宗的，玄奘和窥基所想继承的是印度无著和世亲等有宗大师的衣钵。这一派主张现实世界的一切事物都是众多感觉经验的集合体，都是“识”的变现。这有点像欧洲唯心主义经验论者贝克莱（公元1684–1753年）的学说。列宁在《唯物主义和经验批判主义》一书中首先批判的也就是这一种学说。为了开辟通向最高境界、真如世界（变相的天国）的道路，法相宗提出了“三性”、“三无性”的学说。这一派完完全全接受印度瑜伽行者派的关于八识的学说，说什么第八识阿赖耶识中包含着有漏种子和无漏种子，有漏种子通过善行的熏习可以转化为无漏种子，只有断尽了有漏种子才能成佛，而只有佛才能断尽有漏种子。我们姑且不谈这里面无法解决的矛盾。只是这种成佛的途径就非常艰辛而且毫无把握。同禅宗和其他宗派提出的“放下屠刀，立地成佛”、“一阐提人皆有佛性”、“无情有性”等等学说比较起来，其难易的程度有如天壤，人们舍此而就彼，不是很自然的吗？还有一点是法相宗同其他各宗不同的地方：法相宗是教条主义，几乎是全盘接受印度有宗的那一套学说，它利用相对主义翻来复去地论证现实世界虚妄不实，但却认为“识”是存在的，它几乎没有什么创造与修正，没有或者很少配合当时阶级斗争的形势，适应经济基础的需要。而其他各宗都或多或少地中国化了，也就是说，密切配合阶级斗争为统治者服务。这些宗派，特别是禅宗，之所以能长久流行于中国，而法相宗只流行了几十年，创立人一死，宗派也就立刻消逝，其原因也就在这里。我们可以得出一个结论：一个宗派流行时间的长短是与它们中国化的程度成正比的。谁的天国入门券卖得便宜，谁就能赢得群众，就能得到统治者的支持。反之，就不能。这种情况，在印度佛教史上，同样可以发现，其中是有规律可循的。在中国，同在印度一样，还可以发现一个规律，就是天国入门券，越卖越便宜。法相宗的入门券卖得贵了一点，所以买的人就少。它以后的华严宗和禅宗，就便宜得多。华严宗宣扬，进入佛国不必努力苦修，不必等到遥远的将来，只要在眼前改变一下对现实世界的看法，立刻就可以成佛。禅宗的“放下屠刀，立地成佛”是最有名的，也是最简便便宜的。禅宗流行的时间特别长，地域特别广，难道是偶然的吗？

有人[78]主张玄奘企图沟通中观与瑜伽两派，他在印度著《会宗论》就是为了达到这个目的。梁启超说：“会通瑜伽般若两宗，实奘师毕生大愿。”[79]我看，这个说法恐怕不够确实、全面。玄奘实际上是在空宗（般若）的基础上建立自己的佛学体系的。[80]他并不把般若与瑜伽等量齐观。至于说，玄奘思想中有辩证法因素，那倒是符合实际情况的。这个问题下面再谈。[81]

在印度佛教史上，大乘有宗产生得最晚。它最有资格总结整个的佛教史。它也确实这样做了。在有宗一部重要的经典、玄奘亲自翻译的《解深密经》卷二《无自性相品》第五中，它以三时判别佛教各宗的高下：

尔时胜义生菩萨复白佛言：“世尊！初于一时，在婆罗痆斯仙人堕处施鹿林中，惟为发趣声闻乘者，以四谛相转正法轮。虽是甚奇甚为希有，一切世间诸天人等先无有能如法转者；而于彼时所转法轮，有上有容是未了义。是诸诤论安足处所。世尊！在昔第二时中，惟为发趣修大乘者，依一切法皆无自性，无生无灭，本来寂静，自性涅槃，以隐密相转正法轮，虽更甚奇甚为希有，而于彼时所转法轮，亦是有上有所容受，犹未了义，是诸诤论安足处所。世尊！于今第三时中，普为发趣一切乘者，依一切法皆无自性，无生无灭，本来寂静，自性涅槃，无自性性，以显了相转正法轮，第一甚奇，最为希有。于今，世尊所转法轮，无上无容，是真了义，非诸诤论安足处所。”[82]

意思就是说，第一时是小乘说有教，第二时是大乘空宗，这两时都不行。只有第三时有宗，才是最高的真理，最正确，“第一甚奇，最为希有”。

这种说法，我觉得很有意思，好像也符合印度佛教的发展实际情况。我在这里再借用黑格尔的三段式的说法：正题（小乘的有）——反题（大乘的空）——合题（大乘的有）。如果借辩证法的术语，也就是否定之否定。佛教传入中国后，其发展阶段，几乎完全与印度本土佛教的发展相适应，玄奘可以说是代表佛教教义的最高的发展。在他以后，虽然佛教还颇为流行，但已有强弩之末的趋势，在中国在印度都是这样。从这个观点上来看玄奘在佛教史上的地位，在佛教教义中的地位，是可以说是既得鱼又得筌的。至于法相宗究竟是一个什么样的宗派，可参阅任继愈《汉唐佛教思想论集》、《法相宗哲学思想略论》，这里就不再谈了。

（三）佛教与儒家和道教的关系

在中国思想史上，儒、道、佛三家，一向起着很重要的作用。

其中儒家起源于孔子，这是清清楚楚的。佛教源于释迦牟尼，这也是毫不含糊的。独有道教，虽然自称是老子、庄子的信徒，汉初黄、老之道也曾盛极一时，但是汉以后的道教实际上却是张道陵创建的。在这三家中，儒道两家是土生土长的，佛教是从印度传来的。佛道二者都算是正宗的宗教。儒家一般不被认为是一个宗教。南北朝以来，笼统言之，称之曰三家或者三教。陶弘景说："百法纷陵，无越三教之境。"（《茅山长沙馆碑》）。他是把三家都称为"教"的。

我在这里想谈的是自从佛教传入中国以后一直到唐代玄奘时期三家的相互关系。

先谈佛、道关系。

佛教在汉朝传入中国以后，自附于鬼神方术，这就同道教发生了关系。当时许多帝王，比如楚王英和桓帝并祭二氏。《后汉书》卷四二《光武十王列传·楚王英传》说："晚节更喜黄老，学为浮屠斋戒祭祀。"《资治通鉴》卷五五，桓帝延熹九年（公元166年），襄楷上书说："闻宫中立黄、老、浮屠之祠，此道清虚，贵尚无为，好生恶杀，省欲去奢。"但是佛道二家也有矛盾。从理论基础来看，佛教有一整套的理论。道教的理论底子就比较薄，最初实在拿不出什么成套的东西来。它同外来的佛教碰头以后，由于理论方面的矛盾（骨子里是经济方面的矛盾）两者难免磕磕碰碰。道教除了一些服食、炼丹等方术以外，在理论方面根本不是佛教的对手。交手打了几个回合，就败下阵来。道教徒于是就施展出以后常常使用的手法：一方面拚命反对佛教；另一方面又偷偷摸摸地抄袭佛教的学说。《太平经》就是这种手法的产品。此外，还施展出一种以后也常常被人使用的手法：你说浮屠好，他其实是中国人，老子入夷狄化胡，命令尹喜托生为释迦牟尼。《老子化胡经》就是这种手法的产品。这一部书传说是西晋道士王浮所伪造，恐怕也是根据旧闻而加以创造的，是代表一种思潮的。连鱼豢《魏略·西戎传》也说："浮屠所载，与中国《老子经》相出入。盖以为老子西出关，过西域，之天竺，教胡浮图属弟子别号二十有九。"可见魏时老子化胡的故事已经传播。今天我们有的那一部《道藏》里面剽窃佛经的地方，比比皆是，我们在这里不详细论述了。

道教在理论上虽然不是佛教的对手，但它是土生土长的，用它来对抗外来的佛教，最容易奏效。因此，它就常为统治者所利用。我们甚至可以这样说：如果没有佛教的传入与兴隆，道教也许传播不开。汉族有一整套伦理教条：君君，臣臣，父父，子子，等等。这是统治的基础。这当然是儒家思想，但道教并不违反它。而佛教却偏偏破坏这一套。在佛教同道教和儒家的斗争中，这是对它很不利的一个方面。

按照世界宗教史上的一般规律，宗教都是具有排他性的。在这里，原因并不像一般人所相信的那样是由于宗教信仰和学说的不同。如果这样说，那只是皮毛之论。关键是经济利益。打击别人，争取信徒，也就是争取布施，争取庙产。佛道斗争也不能例外。

我们在这里讲的汉末的佛道斗争，只能算是滥觞。这个斗争还一直继续了下去，甚至可以说是与中国古代历史相始终。南北朝时，北方元魏道教天师寇谦之（公元365—448年）集道教方术之大成，又兼修儒教。他通过崔浩怂恿元魏太武帝摧毁佛法，教帝立崇虚寺，供养道士。但是道士本身实无方术可言，以后的皇帝又重佛法。至孝明帝时，佛道争论于殿庭之上，道教几败。

周武帝最初也因循事佛，但又想励精图治，觉得佛道皆非其选，只有尊崇儒术，最后发展到灭佛的地步。所谓"三武灭佛"，魏太武帝是其一，周武帝也是其一。

在南朝，则有葛洪（公元284—364年）、陶弘景（公元456—536年）等重要道教代表人物。葛洪著有《抱朴子》一书，提出了"玄"这一个概念作为天地万物的根源。他大力提倡服食丹药、求神仙等方术。陶弘景著有《真诰》一书。他也是一个著名的炼丹家，又是一个政客，号曰"山中宰相"。葛、陶都大肆宣扬白日飞升，得道成仙，长生不老。这种幻想恰恰投合了统治者的心意。在表面上与佛教的基本思想形同水火。佛教主张生为空幻，要追求解脱，追求涅槃，想要跳出"轮回"，主张"无生"。因而引起了激烈的论争。梁僧祐《弘明集》和唐道宣《广弘明集》所载诸文与道家抗辩者几占三分之一。可见二者矛盾之尖锐。但是在骨子里，二者差别并不大。它们同世界上一切宗教一样，都是兜售天国的入门券，不过方式不同而已。因此，它们就有了互相学习，互相影响的余地，能够为同一个封建统治者服务。李老君的诞生的奇迹，完全是从释迦诞生的故事抄来的。道教的戒律也完全是模仿的佛教。佛教天台宗二祖南岳慧思（公元515—577年）的《誓愿文》又抄袭了道家，反复提到神仙、芝草、内丹，想借外丹力修内丹，祈求长生。陶弘景的三传弟子司马承祯（公元647—735年，贞观二十一年至开元二十三年），吸收了北朝的精神，不重视炼丹、服食、法术变化的神仙方术，而偏重道教的理论研究，主张摒见闻，去知识，修心，主静。在这里，他显然是受到了佛教的影响。

上面这几个简单的例子，就充分能够说明佛、道两家是如何互相学习、互相影响了。

但是佛道的矛盾并没有减少。到了唐初，这个矛盾达到了一个新的阶段。道教是民族形式的宗教，又得到唐初统治者的大力提倡，因此在两教斗争中显然占了上风。在这时期，最突出的事件是所谓“傅奕辟佛”。傅奕生于梁敬宗绍泰元年（公元555年），死于唐太宗贞观十三年（公元639年）。他是隋与初唐的著名的无神论者、自然科学家。他作太史令，主管天文和历算。也许因为他作过《老子注》，佛教徒就称他为道士。唐彦琮《唐护法沙门法琳别传》说：“有前道士太史令傅奕，先是黄巾，党其所习，遂上废佛法事十有一条。”[83]其中可能有诬蔑的意思，是“人身攻击”。对我们来说，这无关重要。《旧唐书》卷七九《傅奕传》说，武德七年，奕上疏，请除去释教，“故使不忠不孝，削发而揖君亲；游手游食，易服以逃租赋”。短短几句话，却说出反佛的根本原因。前两句讲的是维护封建社会秩序，后两句讲的是佛教破坏生产，逃避租赋。这二者都是封建统治者的命根子，是碰不得的。傅奕又说：“且生死寿夭，由于自然；刑德威福，关之人主。”这是从理论上驳斥佛教的。唐道宣选集的《广弘明集》中选了傅奕许多奏折。这些奏本说：“缙绅门里翻受秃丁邪戒；儒士学中，倒说妖胡浪语。”[84]又说：“不事二亲，专行十恶。”[85]他又说：“海内勤王者少，乐私者多；乃外事胡佛，内生邪见；剪剃发肤，回换衣服。出臣子之门，入僧尼之户；立谒王庭，坐看膝下，不忠不孝，聚结连房。”[86]他又说：“西域胡者，恶泥而生，便事泥瓦；今犹毛臊，人面而兽心，土枭道人，驴骡四色，贪逆之恶种。”[87]这简直是破口大骂，“人身攻击”达到了极点。不过论点还是不出上面说的两点：一是维持封建伦理道德，维护封建秩序；一是保护生产力，保护国家财赋。傅奕临终诫其子曰：“老、庄玄一之篇，周、孔六经之说，是为名教，汝宜习之。”[88]可见他是站在道家和儒家的立场上向佛教猛烈开火，大有不共戴天之势。

现在再谈一谈儒道关系。

上面已经谈到，儒道两家都是在中国土生土长的。因此，即使有时也难免有点矛盾，但是总起来看，二者的关系是比较融洽的。中国历来传说，孔子是老子的学生。不管这是否是事实，它至少反映出二者关系的密切。中国古代有几个皇帝兼奉儒道。比如汉武帝是古代的明君。为了巩固封建统治，他尊崇儒术，罢黜百家；但晚年却求神仙，信方士，这就接近了道家。夏曾佑在所著《中国古代史》(第256页)中评论秦始皇与汉武帝说：“综两君生平而论之，其行事皆可分为三大端。一曰尊儒术，二曰信方士，三曰好用兵。此三者，就其表而观之，则互相牴牾，理不可解。既尊儒，何以又慕神仙？既慕神仙，何以又嗜杀戮？此后人所以有狂悖之疑也。”不管怎样，这些例子都说明儒道两家是可以并存、可以共处的。在以后漫长的历史上，儒道两家之间的关系，都不像它们同佛教的关系之紧张。长久的历史事实证明了同一个道理。

最后再谈一谈儒佛关系。

佛教初传入时，儒佛没有什么矛盾。后汉牟融作《理惑论》，以通两家之义。三国时代，康僧会本身是一个佛徒，却力主调和两家之论。据《梁高僧传》卷一《康僧会传》，康僧会回答孙皓说:“易称积善余庆，诗咏求福不回。虽儒典之格言，即佛教之明训。”[89]

两晋南北朝时，儒者或兼采佛教名理以自怡悦，或漠然置之，好像世间根本没有这种学说。东晋时流行的玄学是儒家封建思想的表现。这时佛、儒两家思想互相结合，互相补充，更看不出什么矛盾。孙绰本是儒家，曾撰《论语注记》。又与名僧支遁游，作《喻道论》，阐明孔释本是一家。他说:“周、孔即佛，佛即周、孔，盖内外名之耳。”此时儒门之士，多归心佛法，而缁门佛徒，亦不废儒学。所谓庐山十八高贤中的雷次宗、宗炳等都以儒者而修持净土。慧远以高僧而深研儒学。这是最典型的例子。萧梁时，两教并重。这也是大家熟知的事实。北齐颜之推，儒释并重。隋王通以儒者而推崇释、道，大有融合三教之势。南北朝一直到隋唐，许多义学高僧都出身于儒家士族，这些家族成员中一旦失势，又往往寄情于佛学。其中消息，耐人寻味。这些人在转入释教以前，已有儒学和玄学的修养。儒、佛二者关系之密切也概可想见了。玄奘本人就出身于儒家，这个问题以后再谈。[90]

在这时候，佛教主要攻击的对象是道教，对于儒家则很少敢于非议。因为儒家是钦定的，非议儒家就等于非议朝廷。但也不是完全如此，只要有机会，佛家总对儒家射上几支冷箭的。比如华严宗判教：一、人天教；二、小乘教；三、大乘法相教；四、大乘破相教；五、一乘显性教。五教之外，还有最低的教：道、儒。[91]在这里佛家把儒家放在最低的地位上。有点讽刺意味的是，尽管华严宗判教，把儒家判到最低级。但是，宋朝的理学家程、朱之流则拼命抄袭佛家学说，特别是华严宗的学说。程、朱宣扬的“体用一源，显微无间”，实际上就是华严宗“理事无碍法界，事事无碍法界”思想的翻版。

唐朝儒生反对佛教，态度比较一致，理论比较肤浅。最著名的辟佛者是韩愈，他就是肤浅的典型。从他的名著《原道》来看，他大概并不大通佛理。他只是从保护民族文化，坚持中国的学术传统，就是所谓道统，维护儒家格物、致知、诚意、正心、修身、齐家、治国、平天下那一套修养经来反对佛教。佛家只讲个人修行，不关心国家大事。这一点使儒者韩愈很不满。一个人一出家就不再从事生产，统治阶级的剥削和经济利益就会受到损害。这一点更使韩愈不满。他因此就辟佛。他是以唯心主义来反对唯心主义的。他的辟佛实与哲学体系无关。柳宗元和刘禹锡情况差不多。他们基本上都是唯物主义者，但是都尊崇佛教。柳宗元说："自幼好佛，求其道积三十年。"(《送巽上人序》)可见其爱佛之深。刘禹锡也把儒、佛并提，毫无辟佛之意。他又认为儒家“罕言性命”，适合于治世；佛家讲心性，大悲救诸苦，是有神论，适合于乱世。总之，他们俩以唯物主义者而崇信佛教教义，可见也与理论体系无关。看来，他们不过是想在彼岸世界（涅槃）寻求精神安慰而已。

唐代的儒佛关系，当然不限于上面讲的这些情况，也不限于韩愈、柳宗元和刘禹锡几个人。在佛教传入中国以后，在整个的中国思想史上，儒、佛的关系都占有一定的地位，其间的关系，也是很错综复杂的。因为与我们现在讲的关系不大。我们也就不再细谈了。[92]

(四)唐初统治者对宗教的态度

在资本主义社会以前的(包括资本主义社会本身)中外的统治者几乎都想利用宗教,为巩固自己的统治服务。而宗教为了巩固自己的地位,也都介入政治。马克思的名言“宗教是人民的鸦片烟”,就是为此而发的。但是,各国各时代的统治者利用宗教,又有其不同的策略与措施。

唐朝最高统治者李家出身北周贵族,利用隋末天下大乱的时机,在太原起兵,终于打败群雄,篡夺了农民革命的胜利果实,登上了皇帝宝座。唐初的统治者(主要是太宗),总结经验,觉得必须对老百姓(主要是农民),在政治、经济方面让点步,才能保持并巩固自己的统治。唐太宗对大臣们说:“甲兵武备,诚不可阙。然炀帝甲兵岂不足耶?卒亡天下。若公等尽力使百姓安乂,此乃朕之甲兵也。”[93]

在政治经济方面让点步,但在思想领域内则必须加强控制,才能达到巩固统治的目的。在这里,首先碰到的是宗教问题。唐承北朝之制,专设管理宗教的机构。另一方面,从隋代起,一直到唐高宗、武则天,在拥立问题上,宗教都或多或少地介入了。人主看宗教对自己有用的程度而决定取舍和抑扬。所谓有用,包括六个方面:一、哪一个宗教拥立了自己?二、哪一个宗教对眼前或将来的统治有用?三、哪一个宗教能为自己的门楣增光?对调整品级结构,抑制名门大族,抬高庶族地位,确定族望与官品相结合的等级结构有用？四、哪一个宗教有利于扩大版图？五、哪一个宗教有利于长生不老？六、如果是一个女皇，哪一个宗教能抬高妇女的地位？最后这一个看来是个小问题，但可也是统治者关心的问题。根据这一些考虑，可能还有其他考虑，隋唐统治者就对儒、道、佛三家有压有提，有抑有扬，随时变化，随地变化，随人变化，呈现出错综复杂的景象。

儒家一方面宣扬“死生有命，富贵在天”的宿命论，另一方面又讲一套君君、臣臣、父父、子子的伦常道德，最利于稳定社会秩序。使大家各安其分，不敢妄生非分想，因而也就最利于封建统治。所以孔子的地位越来越高。在唐初，周公的地位还在孔子之上。但是不久周公就下了台，孔子一人独占儒席，而且官封到大成至圣文宣王这个吓人的高度。

道家，传说是老子李耳所创。唐代统治者姓李，为了给自己门楣涂上色彩，就想在古代名人中找一个祖宗，找来找去，找到李耳，便自称为李耳之后。

至于佛教，它讲的那一套道理是舶来品，首先处在不利的地位。它又讲什么出家人不拜君父，直接违反中国上千年的封建道德。这个问题在印度，特别是在中国，一直争论不休，对佛教的发展不利。但是，我们上面已经谈到，佛教传入中国以后，适应中国的国情，从小乘到大乘，一直发展到禅宗，佛国入门券越卖越便宜，麻醉性越来越大，它反复宣扬当前的痛苦算不了什么，佛国就在眼前，这对封建统治者是有利的。佛教还讲什么涅槃佛性，成佛作祖，乐园净土，这对一些统治者也是有吸引力的。所以佛教有时候也能得到统治者的欢心。道教的长生不老起到同样的作用。此外，唐代有不少人主张治世用儒教，乱世用佛教。《全唐文》卷七八八，十三上李节《饯潭州疏言禅师诣太原求藏经诗序》说："夫俗既病矣，人既愁矣，不有释氏使安其分，勇者将奋而思斗，知者将静而思谋，则阡陌之人，皆纷纷而群起矣。"

此外，和尚、道士，儒生更不必说，很多人热心干预政治，在拥立问题上进行赌博。佛徒和道士助隋反周，女尼智仙有了大功。所以在隋代，佛教地位最高，道教也保有地位，儒家地位最低。到了隋末唐初，佛徒景晖和道士王远知都密助李渊。这当然会影响李渊对他们的态度。后来法琳拥建成，道士王远知拥太宗，法琳几乎被太宗杀掉，厚着脸皮说谎，说什么太宗是现世菩萨，才勉强蒙混过去。太宗晚年，道士拥立高宗。再晚一点，和尚拥立武则天。以后的事我们在这里不谈了。总之，初唐几个皇帝都曾为继承宝座而奋斗过。佛、道两家都曾从中插手，因而在一定的程度上影响了统治者对他们的态度。

专就唐朝的统治者而言，名义上虽然是北周贵族，但并不被看做是名门士族。从三国魏文帝起立九品中正之法，形成了把持政权的世族制度。此制直至隋唐，沿行不辍。唐太宗想造成以唐宗室和大臣为主体的新士族集团，打击传统的门阀士族，以便于长期统治。他命令高士廉等撰《氏族志》，把全国世家士族定为自上上至下下共九等。贞观十二年（公元638年）书成，列崔民干为上上。太宗大怒，斥责了高士廉等人，硬是命令他们重修，才改定以皇族为上上，外戚为上中，崔民干列为上下，这件事情才算了结。

此外，李唐统治者的血统也不是没有问题的。李唐统治者从父系来讲，实际上是李初古拔的后裔，[94]并不是汉族。从母系来讲，什么独孤氏，什么窦氏，什么长孙氏，都不是汉族。所以李唐的血统，在当时看来并不高贵。这一点他们自己心里应当是非常清楚的。

另外还有对外关系方面的考虑。最初只不过是保持边疆的稳定，后来又有了扩大版图的企图。中国自古代起，北方就不断有汉族以外的民族的侵扰。在汉代是匈奴，此后鲜卑曾兴盛过一阵。到了唐初，就换成了突厥。唐高祖起兵太原，准备争夺天下，先向东突厥始毕可汗称臣，以绝后顾之忧。始毕可汗死，弟处罗可汗、颉利可汗相继为主。连年入侵，深入唐境，掳掠烧杀，连长安也遭到严重威胁。唐王朝被迫讲和，甚至想迁都避突厥之锋。由于太宗反对，才没有实现。以后，太宗又多次与东突厥打交道。公元629年，太宗乘东突厥内部不和之机，命李靖等出兵，大破东突厥，俘颉利可汗。从此唐朝声威播及西域。公元630年，四方君长奉太宗为天可汗。东突厥虽然平静下去，但西域并不平静。除了东突厥以外，还有西突厥和一些别的民族，比如铁勒诸部都对唐朝的统治有所威胁。唐王朝的最高统治者不能不加以注意。

上面谈到宗教干预政治在拥立问题上起了作用，谈到士族等级的问题，谈到李唐的民族问题，谈到唐朝西域边疆之患。这些问题表面上都与宗教信仰无关，实际上却有某种联系。这与我们上面谈到的初唐统治者考虑的六个方面是一致的。他们对儒、道、佛三家的态度在一定程度上受这些考虑的影响。我们下面谈这个问题时，就与这些考虑有千丝万缕的关系。

下面谈一谈自高祖一直到武则天四朝对待三教的态度。

李渊登极以后，对三教都想利用，实则是想以儒家思想来约束佛、道。《唐世说》说："高祖尝幸国学，命徐文进讲《孝经》，僧惠乘讲《金刚经》，道士刘进嘉讲《老子》。"这是一个典型的例子。

武德二年（公元619年），令国子监立周公、孔子庙各一所，四时致祭。[95]

武德三年（公元620年）"五月，晋州人吉善行于羊角山，见一老叟，乘白马朱鬣，仪容甚伟，曰：'谓(为)吾语唐天子："吾汝祖也。今年平贼后，子孙享国千岁。"'[96]高祖异之，乃立庙于其地。"

武德四年（公元621年）下诏问僧曰："弃父母之须发，去君臣之章服。利在何门之中？益在何情之外？"[97]

武德五年（公元622年）法琳著《破邪论》驳傅奕，虞世南为之序。

武德六年（公元623年）太子建成等奏上法琳《破邪论》，高祖异焉。

武德七年（公元624年）二月，兴学敕："朕今欲敦本息末，崇尚儒宗；开后生之耳目，行先王之典训。而三教虽异，善归一揆。岂有沙门事佛，灵宇相望；朝贤宗儒，辟雍顿废？"[98]"七月十四日，太史令傅奕上书请去释教。[99]

高祖幸国学，令三教讲经。[100]

武德八年（公元625年）高祖幸国学，下诏：老先，次孔，末后释宗。

武德九年（公元626年）清虚观道士李仲卿、刘进喜造论毁佛。[101]"太史令傅奕上疏，请除佛法。"[102]高祖下诏询皇太子建成沙汰佛教意，建成上疏为佛教声辩。[103]五月（此据《旧唐书》,《新唐书》作“四月”），下诏沙汰天下僧、尼、道士、女冠。表面上佛、道两打击，实则暗助道教。六月，高祖退位，不果行。

贞观元年（公元627年）立弘文馆，精选天下文儒之士于殿内讲论经义，商略政事。[104]诏道士孙思邈入见。将授以爵位，固辞。[105]召沙门玄琬为皇太子诸王授“菩萨戒”。[106]

贞观二年（公元628年）取消周公先圣名义，以孔子为先圣，颜回为先师。[107]太宗说：“梁武帝君臣唯谈苦空。侯景之乱，百官不能乘马。元帝为周师所围，犹讲老子，百官戎服以听。此深足为戒。朕所好者唯尧、舜、周、孔之道，以为如鸟有翼，如鱼有水，失之则死，不可暂无耳。”[108]太宗谓侍臣曰：“神仙本是虚妄，空有其名。”[109]

贞观五年（公元631年）“春，正月，诏僧、尼、道士致拜父母。”[110]

贞观七年（公元633年）春，二月，太子中舍人辛谞与慧净、法琳辩论儒佛优劣。[111]命僧、道停致敬父母。[112]

贞观八年（公元634年）“上谓长孙无忌曰：‘在外百姓，大似信佛，上封事，欲令我每日将十个大德，共达官同人，令我礼拜。观此，乃是道人教上其事。’”[113]

贞观十一年（公元637年）正月十五日，下诏：道士、女冠在僧尼之上。[114]“况朕之本系出自柱下。鼎祚克昌，既凭上德之庆；天下大定，亦赖无为之功。”[115]七月二十四日，修宣尼庙于兖州。[116]

贞观十二年（公元638年）帝命高士廉撰《氏族志》。士廉仍以山东崔姓为第一，太宗斥之。[117]皇太子集诸官臣及三教学者于弘文殿，开明佛法。[118]

贞观十三年（公元639年）判法琳罪。[119]

贞观十四年（公元640年）三月，“太宗幸国子学，亲观释奠”。[120]

贞观十五年（公元641年）帝谓僧曰：“比以老君是朕先祖，尊祖重亲，有生之本，故令在前。”[121]

贞观二十年（公元646年）手诏数萧瑀罪：“至于佛教，非意所遵。虽有国之常经，固弊俗之虚术。何则？求其道者，未验福于将来；修其教者，翻受辜于既往。”[122]

贞观二十一年（公元647年）令法师玄奘翻《老子》为梵文。[123]诏：以左邱明等二十二人配享尼父庙堂，并为先师。[124]

高宗显庆二年（公元657年）二月，诏：“僧尼不得受父母及尊者礼拜。”[125]“七月十一日，太尉长孙无忌等议曰：按新礼，孔子为先圣，颜回为先师。又准贞观二十一年，以孔子为先圣，更以左邱明等二十二人，与颜回俱配尼父于太学，并为先师。今据永徽令文，改用周公为先圣，遂黜孔子为先师，颜回、左邱明并为从祀。”[126]

显庆三年（公元658年）四月，下敕追僧道各七人，入内论议。[127]

乾封元年（公元666年）“正月三十日，追赠孔子为太师。”[128]三月二十日，追尊老君为太上玄元皇帝。[129]

上元元年（公元674年）八月二十四日辛丑，诏：“公私斋会及参集之处，道士、女冠在东，僧、尼在西，不须更为先后。”[130]

武则天天授元年（公元690年）“封孔子为隆道公”。[131]

天授二年（公元691年）“四月二日，敕释教宜在道教之上，僧、尼处道士之前”。[132]

圣历元年（公元698年）正月，条流佛道二教制。[133]

开元二十七年（公元739年）八月二十四日，封孔子为文宣王。[134]

上面这一段按年代顺序列成的图表似的叙述，[135]很有用处。儒、道、佛三家盛衰升降之迹，昭然可见。从这里面我认为，我们至少可以看出下列的情况：

一、唐代前期很多皇帝对三教的态度是不同的，但都曾召集三教的代表到御前去讲论，终唐之世都是这样。这是为什么呢？刘宾客《嘉话录》说：

> 德宗降诞日，内殿三教讲论，以僧监虚对韦渠牟，以许孟容对赵需，以僧覃延对道士郄惟素。诸人皆谈毕，监虚曰：“臣请奏事：玄元皇帝我唐天下，文宣王古今之圣人，释迦如来，西方之圣人，陛下是南瞻部州之圣人。”

这清楚地说明，不管他们感情上对三教怎样，他们对三教都想利用。在某一个侧面，三教对他们的统治都有用处。

二、从武德初年到武后光宅元年（公元618—684年），六十多年中，儒家和道家比较受到最高统治者的重视。原因我们已经谈到过。到了武则天，来了一个大转折。佛教在三教中上升为首位。天授元年（公元690年），僧法明等十人伪造《大云经》四卷，说武则天是弥勒佛转世，当代唐作天子。武则天以一个异姓女子而想夺取唐室宝座，并不是一件容易的事情。她必须利用一切手段来制造舆论，佛教是最有力的手段之一。她也把《华严经》当作《大云经》一类符命祥瑞来表彰。她所作的《〈大周新译大方广佛华严经〉序》中说："朕曩劫植因，叨承佛记；金仙降旨，《大云》之偈先彰；玉扆披祥，《宝雨》之文后及。加以积善余庆，俯集微躬；遂得地平天成，河清海晏。"[136]华严宗也因之大兴。华严宗重神异灵验，讲什么"圆融无碍"，也就是消除一切矛盾，这对于她的统治都是有利的。禅宗南宗的代兴，与庶族地主力量的上升也有关联。武则天大力提倡以文学选拔寒士，推翻旧贵族地主集团的势力。所有的这一些措施，与提倡佛教一致，都是为了巩固自己的统治。

三、不管三教的地位如何变迁不定，在武则天以前，儒家一般都占首要地位。儒家那一套伦理思想自董仲舒以来，完全是为封建统治阶级服务的，而且服务得很好，所以才受到最高统治者的特别垂青。

四、儒佛汇流的现象，在唐以前就有所表现。隋代天台宗的大师智𫖮（公元531—597年）就曾宣传五戒对五常。华严宗五祖宗密（公元780—841年）也说什么"佛且类世五常之教，令持五戒"（宗密《原人论》）。他还宣传孝道是"儒释皆宗之"（宗密《盂兰盆经疏序》）。这些都表明佛教大师进一步修改自己的教义，以适应儒家的封建伦理道德。后来的唯物主义者柳宗元和刘禹锡也宣传这一套。柳宗元《大明和尚碑》说:“儒以礼立仁义,无之则坏;佛以律持定慧,去之则丧。”刘禹锡《袁州萍乡县杨岐山故广禅师碑》说:“(儒佛)犹水火异气,成味也同德;轮辕异象,致远也同功。然则儒以中道御群生,罕言性命,故世衰而寖息;佛以大悲救诸苦,广启因业,故劫浊而益尊。”

五、唐太宗最初对佛教并没有多大兴趣。贞观二十年(公元646年)手诏斥萧瑀说:“至于佛教,非意所遵。”他不但不信佛,连神仙也不信。《贞观政要》记载的贞观二年太宗说的“神仙本是虚妄”那句话,可以为证。他之所以对玄奘友好,是欣赏玄奘的才能,曾两次请法师归俗,并不是欣赏佛教。但是,到了晚年,太宗对佛教的态度大有改变。晚年气力渐衰,往往容易想到身后事。太宗不但对佛宽容,连方士药石都相信起来。最终还是服食长生之药断送了性命。《旧唐书》卷一四《宪宗纪》上(又见《太平御览》卷一〇四)说:

> (元和五年)八月乙巳朔。己亥,上顾谓宰臣曰:“神仙之事信乎?”李藩对曰:“神仙之说,出于道家;所宗《老子》五千文为本。老子指归,与经无异。后代好怪之流,假托老子神仙之说,故秦始皇遣方士载男女入海求仙,汉武帝嫁女与方士求不死药,二主受惑,卒无所得。文皇帝服胡僧长生药,遂致暴疾不救。”

可见唐太宗是因为妄想长生不老,服了胡僧的药,被毒死的。

六、统治者对宗教的态度很多是取决于经济利益。唐代几个皇帝的信佛和毁佛，都或多或少与经济利益有关。为了在政治上得到好处，就信任佛教，让老百姓出家为僧、尼。一旦僧、尼人数太多，光吃饭不劳动，于是就找一个借口灭佛。这种例子许多朝代都有，唐代更显得特别突出。

（五）唐代的寺院经济

东晋初期，寺院还没有独立的经济。《梁高僧传》卷五《道安传》说：

> 高平郄超遣使遗米千斛，修书累纸，深致殷勤。安答书云："捐米千斛，弥觉有待之为烦。"[137]

可见当时僧徒生活是靠大官捐助的。《道安传》又说：

> （道安）谓徒众曰："今遭凶年，不依国主，则法事难立。"[138]

可见其中的消息。《道安传》又说：

> （安）神智聪敏，而形貌甚陋，不为师之所重，驱役田舍。[139]

这时可能寺院已经有了一些田地，而在和尚中间地位已经有了分化，这是社会上阶级分化在僧伽中的反映。这情况在别人的传记里也有所反映。《梁高僧传》卷三《法显传》说：

> 尝与同学数十人于田中刈稻。时有饥贼欲夺其谷。诸沙弥悉奔走。唯显独留。[140]

《梁高僧传》卷三《昙摩密多传》说：

> 遂度流沙，进到敦煌，于闲旷之地，建立精舍，植㮏千株，开园百亩。[141]

南北朝时期，随着佛教的发展，寺院开始有了自己独立的经济。在南朝宋代和齐代，寺院开始占有土地，并采取一般地主的剥削方式。以后，寺院经济的力量一天天强大起来，除了收租以外，还放高利贷，在南朝名义上叫做“长生库”，即质库，还招纳佃客，并享有免役免税的特权。唐道宣《续高僧传》卷十七［此据《大正新修大藏经》，（下面缩写为㊅），有的本子作“二十一”］《智𫖮传》说：

> 陈宣帝下诏曰：“禅师佛法雄杰，时匠所宗。训兼道俗。国之望也。宜割始丰县调以充众费，蠲两户民用供薪水。”[142]

这说明陈朝皇帝指定一个县的租税的一部分供寺院僧众支配。《续高僧传》卷二十一《慧光传》说：

又尔朱氏举兵北伐，征税僧尼，用充军实。[143]

这说明，齐代僧尼都有了钱财，否则怎么会有人向僧尼征税呢？《续高僧传》卷二十一《昙瑗传》说：

有司准给衣食，勿使经营形累，致亏功绩。[144]

这说明，陈宣帝让官员供给僧众衣食。所有这些例证都说明，刘宋以后，佛教之所以能够大发展，是与寺院经济有密切的关联的。

在北魏，由于皇帝的保护，佛教得到很大的发展。《魏书·释老志》说：

（肃宗时）京城内寺，新旧且百所，僧尼二千余人。四方诸寺六千四百七十八，僧尼七万七千二百五十八人。

又说：

正光以后，天下多虞，工役尤甚，于是所在编民，相与入道。假慕沙门，实避调役，猥滥之极，自中国之有佛法，未之有也。略而计之，僧尼大众二百万矣，其寺三万有余。

当时僧尼入道实际上是为了逃避国家的赋役。寺院占有广大田地，这种现象，在南朝是没有的。

到了隋唐时期，寺院经济的发展达到一个新的阶段。有人[145]认为，唐太宗正处在普通地主大土地所有制和佃户制形成和走向成熟的阶段。在这之前，从战国到南北朝是中国封建社会的前期，大族豪强地主大土地所有制和部曲佃客制居优势地位。唐太宗时期是一个过渡时期。隋唐实行的均田制是一个过渡阶段。如果这个看法能成立的话，那么寺院经济的成长就是与普通地主阶级的成长同时兴起，共同发展的。

均田法的内容大概是这样子的：男丁十八岁以上给田一顷。其中十分之二为世业，八为口分。老男、残废人、寡妻、寡妾递减。户主加二十亩。受田人身死，世业田可以继承，口分归官，另行分配。[146]总的精神是鼓励了农民开垦土地的积极性。但是地主阶级凭借武力，夺取开垦的土地。田地开辟愈多，地主掠夺也愈烈。正如杜佑《通典》所说的："兼并之弊，有逾于汉成、哀之间。"均田法实际上已经失效了。

皇亲官僚都受永业田，僧寺道观也不被排除在均田法之外。道士、僧人每人给田三十亩，女冠、女尼二十亩。寺院有常住田，一百人以上，不得超过十顷；五十人以上，不得超过七顷；五十人以下，不得超过五顷。实际上这只不过是一纸空文。到了武则天时，天下公私田宅，多为僧寺所有。已经成为民生大害了。[147]

寺院既然有了田产，那自然就会出现两种现象。第一，寺院内部产生了两极分化。一少部分和尚,所谓方丈之类霸占了庙产,垄断了寺院经济,享用奢华,交通官府。甚至飞扬跋扈,无恶不作,实际上成了僧侣地主。绝大部分和尚受到压迫,他们在庙里干些杂活,实际上处在同世俗社会佃户一类的地位上。第二,同世俗地主一样,僧侣地主也从事兼并田地。其结果正如《新唐书》卷一四六《李吉甫传》所说:

> 又国家自天宝以来,宿兵常八十余万,其去为商贩、度为佛老、杂以科役者,率十五以上。天下常以劳苦之人三奉坐待衣食之人七。

《资治通鉴》卷二二四,《唐纪》四十,代宗大历二年(公元767年)说:

> 胡僧不空,官至卿监,爵为国公,出入禁闼,势移权贵,京畿良田美利,多归僧寺。

僧侣地主一旦形成,他们就展开了两个方面的斗争。一方面是僧伽内部的矛盾斗争。这种一般僧侣与特权僧侣的矛盾,是唐中期以后,中小地主阶级势力渐大、抨击贵族地主阶级矛盾的反映。中国佛教史上许多为人津津乐道的“传法”的故事,比如慧能与神秀的斗争的故事,实际上同世俗地主阶级的土地财产继承权一样,是大少爷二少爷之间的勾心斗角。各个宗派都规定了一套衣钵传授制度,这同封建宗法制度没有什么不同。实际上是大地主的和尚把学说与田产一并传给弟子。另一方面是僧侣地主阶级与世俗地主阶级的矛盾斗争。他们争夺土地，争夺劳动力。韩愈的排佛的意见是有代表性的。他在《原道》中说：

> 古之为民者四，今之为民者六。古之教者处其一，今之教者处其三。农之家一，而食粟之家六。工之家一，而用器之家六。贾之家一，而资焉之家六。奈之何民不穷且盗也。

他在《送惠师》这一篇诗中又说：

> 佛法入中国，尔来六百年。齐民逃赋役，高士著幽禅。官吏不之制，纷纷听其然。耕桑日失隶，朝署时遗贤。[148]

可见韩愈的辟佛，完全是由于经济考虑。

佛徒那免税、免役的特权，不但直接加重农民负担，也不能不加重一般地主阶级的负担。这就更加剧了地主阶级与僧侣地主阶级之间的矛盾。

佛教之屡被排挤，十有八九是出于这种原因，而不是出于宗教原因。佛、道都受到世俗地主阶级的排挤，因而，尽管他们有时候也有矛盾和斗争，但是矛盾不十分尖锐。尖锐的是他们与世俗地主之间的矛盾斗争。

与僧侣有联系的不仅仅是寺院经济这样一个经济基础问题，而且与上层建筑问题也有关联。当时寺院无形中成了文化知识、宗教教育的中心。僧侣对佛教教义既有烦琐的分析，又有普及的宣传。除了用佛教教义麻醉老百姓这一面以外，还有传播文化知识的一面。由汉至唐的佛教徒，特别是从印度来的高僧，有的不但精通佛法，而且还具备多种技能，比如天文学、历算、医药。现在中译《大藏经》中还保存了一些科学著作。有的来华僧人本身就是天文学家、数学家、医学家等等。后来欧洲天主教传入中国的初期，也有类似的情况。这可能是由于有了这样一些科技知识有利于传教的原故。

玄奘住过的寺院经济情况怎样呢？有没有独立的寺院经济呢？在这方面材料不多。现将《大唐大慈恩寺三藏法师传》中的有关资料钩稽如下：

> 令旨依所须供给，务使周备。[149]
>
> 敕加供给及时服卧具，数令换易。[150]
>
> （道恭、慧宣想要袈裟）帝并不与，各施绢五十匹。[151]
>
> （太宗死后）群公欢喜辞去，癸卯各舍净财，共修书遣使参法师。[152]
>
> 为皇太子设五千僧斋，人施帛三段。[153]
>
> 皇后施法师衲袈裟一并杂物等数十件。[154]
>
> 其法师营葬所须，并宜公给。[155]
>
> 大帝以法师先朝所重，嗣位之后，礼敬逾隆。中使朝臣，问慰无绝。嚫施绵、帛、绫、锦，前后万余段，法服纳袈裟等数百事。[156]

再补充上一条《续高僧传》卷四《玄奘传》的资料：

“又赐山纳，妙胜前者，并时服玩百有余件。[157]

看来玄奘和同他共事的和尚们吃饭穿衣都由国家供给。玄奘声望日隆，几乎天天陪伴君王，他住过的寺院情况可能与一般寺院不同。但是和尚既然不参加劳动，又不像缅甸、泰国那样，天天沿门托钵乞食，除了国家供给以外，还有什么办法呢？

三　六七世纪的印度

现在再谈印度方面的情况。这里包括三个方面：一、社会发展的阶段；二、佛教的发展与衍变；三、统治者对宗教的态度。

（一）社会发展的阶段

一般研究印度历史的学者，特别是苏联的学者，大都认为，印度封建社会到了公元后六七世纪才开始形成。[158]我认为，这个看法是有问题的。许多历史事实证明，随着土地所有制的出现，农奴和地主的矛盾形成了，在生产中农业所占的比重逐渐超过了牧畜业，生产力因而大大地提高，从公元前五六世纪起，印度就开始向封建社会过渡。到了六世纪末七世纪初，也就是中国隋末唐初的时代，印度正处在封建社会高度发展的阶段。政治上比较统一，经济上很繁荣，对外关系加强了，在土地方面，出现了大规模开垦的情况，只是到了后期，政治上才又开始分崩离析，经济、贸易又开始衰退。印度封建社会的高度发展，既不能用欧洲社会发展的情况来衡量，也不能用中国的情况来衡量。在普遍规律的指导下，印度社会自有其发展的特点。

从印度历史总的发展趋势来看，印度当时正处在由合到分的过渡阶段。世界各国的历史都表明了一个共同的现象：分久必合，合久必分。在印度历史上，外族的入侵往往引起分合的变化。公元前四世纪，希腊马其顿亚历山大大王入侵印度以后，结果结束了长期分的局面，产生了比较统一的孔雀王朝（合）。公元后五六世纪白匈奴族入侵北印，又在印度社会里促成了一个转折点，继阿育王之后，从公元320年起比较大规模地统一了北印度的笈多王朝，被称作印度历史上的"黄金时代"。法显到印度去的时候，正是旃荼罗笈多二世（超日王）在位的时候。他提倡文学艺术。印度古代最伟大的诗人迦梨陀娑可能就生活在他的朝廷上。对于白匈奴（哌哒）的入侵，笈多也成功地抵挡了一阵子。但是笈多王朝渐渐又衰落下来，到了六世纪中叶终于崩溃。印度社会又开始分了。英国史学家史密斯称之为社会方面的一次革命。统一的大帝国从内部瓦解了，北印度各地又纷纷独立，出现了不少小国，互相攻伐，连年征战，造成了整个印度分崩离析、动荡不安的局面。

后期笈多

在笈多王朝根据地的那些省份里出现了一系列的统治者。除了一个以外，他们的名字都以"笈多"这个字收尾。史学家因此称之为后期笈多王朝。但是他们是否真正是笈多王族的后裔，现在还说不清楚。他们是否从一开始就统治摩揭陀，现在也还说不清楚。反正他们后来统治了摩揭陀，有人甚至说，他们的统治一直扩大到摩腊婆（Mālwā）地区，直到戒日王时期才结束。这个世系出了几个很有力量的大王，打过许多胜仗。在五六世纪的混战中，后期笈多王朝有时参加到这一边，有时又参加到那一边，在混战中苟延残喘。公元500—570年之间，最后的大王幼日王曾成功地抵御了白匈奴的入侵，打败了摩醯罗矩罗（Mahirakula，玄奘译为“大族”，是Toramāṇa之子），把他俘虏，又释放了。玄奘对于这件事有比较详尽的叙述。公元650—670年，还有人自称皇帝，并与穆克里族结盟。

梅特腊卡

在纷纷独立的小国中，最先挺身出来反对笈多王朝的是梅特腊卡部落。他们在索拉什特立（Saurāṣṭra，玄奘译为“苏剌侘”）建立了一个王国，还包括案达罗在内，定都于伐腊毗。玄奘在《大唐西域记》卷十一中描绘这座城市说：“居人殷盛，家室富饶，积财百亿者乃有百余室矣。远方奇货，多聚其国。”又说：“今王，刹帝利种也，即昔摩腊婆国尸罗阿迭多王之侄，今羯若鞠阇国尸罗阿迭多王之子婿，号杜鲁婆跋吒。”这一座城市后来在七世纪结束时成为商业、贸易、文化、学术的中心。八世纪50—75年之间这个小王国被信德的阿拉伯人推翻。

耶输达曼

在曼达索，有一个耶输达曼王，曾打败过白匈奴王摩醯罗矩罗。

穆克里族

穆克里族在恒河流域上游建立了一个强大的王国。领地囊括今天的北方邦等地，首都是曲女城。《大唐西域记》卷五对这座城市也有生动的描绘："其长二十余里，广四五里。城隍坚峻，台阁相望，花林池沼，光鲜澄镜。异方奇货，多聚于此。居人丰乐，家室富饶。花果具繁，稼穑时播。气序和洽，风俗淳质。"可见这里风光之美，贸易之兴隆，人民之富庶。这个王族的成员征服了摩揭陀的部分地区。有一些成员自加尊号曰"大王中之王"（Mahārājādhirāja）。他们的统治一直扩展到伽耶地区。他们也成功地抗御了白匈奴的侵扰。另一方面，他们也同后期笈多王朝又斗争，又联盟，约在七世纪初覆亡。

高达族

孟加拉和阿萨姆曾经包括在笈多帝国之内。笈多帝国一衰落，孟加拉也分成了几个国家。约在公元525年，鸳伽国（Vaṅga）建立。这些事实多半是由碑铭来证明的，其他历史资料非常少。因此对这一地区的详细情况，我们到现在还是不十分清楚的。

到了七世纪上半，这里出了一个国王名叫设赏迦。对于这个人我们所知甚少。他属于哪一族，也不清楚。他简直像是一个彗星，一霎时发出耀眼的光芒，立刻就又消逝了。玄奘对于这位国王有相当详尽的记述。《大唐西域记》卷六拘尸那揭罗国："其后设赏迦王毁坏佛法，众僧绝侣，岁月骤淹，而婆罗门每怀恳恻。"卷八摩揭陀国："近设赏迦王者，信受外道，毁嫉佛法，坏僧伽蓝，伐菩提树，掘至泉水，不尽根柢，乃纵火焚烧，以甘蔗汁沃之，欲其燋烂，绝灭遗萌。"在这里，设赏迦王是一个仇视佛法的国王。《大唐西域记》卷五羯若鞠阇国，讲到他谋害王增的情况。在这里，他又是一个阴谋家。他定都于羯罗拿苏伐剌那（Kaṇasuvaṇa金耳，今穆尔希达巴德Murshidābād附近），穷兵黩武，四出征讨，吞并了奥里萨，他同戒日王打仗，胜负不分，一直到公元619年，他还是气焰万丈。戒日王起兵复仇。他的死年不详，大概在公元637年以前不久。当时玄奘还在印度。死后孟加拉为戒日王所并。

根据《大唐西域记》的记载，当时在印度西北部、西部和北部，还有几个比较大的国家。迦毕试国是一个大国，被玄奘置于印度范围之外，但是印度境内却有几个国家役属迦毕试国，比如滥波国、那揭罗曷国、健驮逻国、伐剌拿国等。呾叉始罗国“往者役属迦毕试国，近又附庸迦湿弥罗国”。磔迦国也有许多属国：茂罗三部卢国、钵伐多国。迦湿弥罗国是一个大国，属国有：呾叉始罗国、僧诃补罗国、乌剌尸国、半笯蹉国、罗曷补罗国。摩腊婆国是西印大国，有契吒国、阿难陀补罗国作为属国。信度国也是西北印大国，有属国：阿点婆翅罗国、臂多势罗国、阿軬荼国。

普西亚布蒂王朝

五世纪末或六世纪初，乘白匈奴骚乱之际，在萨他泥湿伐罗建立了普西亚布蒂王朝（Puṣyabhūti）。初期的历史，我们不十分清楚。到了波罗羯罗伐弹那（光增）自加尊号曰“至高无上统治者大王中之王”（Paramabhaṭṭāraka Mahārājādhirāja）。领土包括整个旁遮普。他死于公元606年。他的儿子曷逻阇伐弹那（Rājyavardhana，意思是王增）时代，因为有了玄奘的记载，历史就豁然开朗。玄奘说：

今王，本吠奢种也，字曷利沙伐弹那（唐言喜增）。

> 君临有土，二世三王。父字波罗羯罗伐弹那（唐言光增）。兄字曷逻阇伐弹那（唐言王增）。王增以长嗣位，以德治政。时东印度羯罗拿苏伐剌那（唐言金耳）国设赏迦王（唐言月），每谓臣曰："邻有贤主，国之祸也。"于是诱请，会而害之。人既失君，国亦荒乱。时大臣婆尼（唐言辩了）职望隆重，谓僚庶曰："国之大计，定于今日。先王之子，亡君之弟，仁慈天性，孝敬因心，亲贤允属，欲以袭位。于事何如？各言尔志。"众咸仰德，尝无异谋。于是辅臣执事咸劝进曰："王子垂听：先王积功累德，光有国祚。嗣及王增，谓终寿考；辅佐无良，弃身雠手，为国大耻，下臣罪也。物议时谣，允归明德。光临土宇，克复亲雠，雪国之耻，光父之业，功孰大焉？幸无辞矣！"王子曰："国嗣之重，今古为难，君人之位，兴立宜审。我诚寡德。父兄遐弃，推袭大位，其能济乎？物议为宜。敢忘虚薄？"[159]

下面讲到，他到观自在菩萨像前去祈请。菩萨允许他即王位。"即袭王位，自称曰王子，号尸罗阿迭多（唐言戒日）。"中国史籍里也有关于他的记载。《旧唐书》卷一九八说："当武德中，其国大乱。其嗣王尸罗逸多练兵聚众，所向无敌。象不解鞍，人不释甲。居六载，而四天竺之君，皆北面以臣之。威势远振，刑政甚肃。"《新唐书》卷二二一上说："武德中，国大乱。王尸罗逸多（即尸罗阿迭多——引者）勒兵，战无前。象不弛鞍，士不释甲。因讨四天竺，皆北面臣之。"

两个《唐书》所记相同。可见戒日王确实统一了北印度，成为笈多王朝以后的一个大国。同玄奘的记载完全一致。

此时北印度林立的国家中，出现了两个联盟：一个是设赏迦王与摩腊婆的联盟，一个是萨他泥湿伐罗与穆克里的联盟。这两个联盟是两股敌对的力量。穆克里王伽罗诃伐摩（Grahavarman）娶波罗羯罗伐弹那之女曷罗阇室利（Rājyaśrī）。孟加拉的金耳国王设赏迦突然率兵袭击穆克里首都，杀死伽罗诃伐摩，俘虏了曷罗阇室利。她的哥哥王增立刻率骑兵一万，败摩腊婆军。然后率军赴曲女城，路上为设赏迦所杀。残兵回萨他泥湿伐罗（公元606年）。上面我们已经谈过，玄奘说出于设赏迦的诡计，但不一定可靠。王增既死，其弟曷利沙伐弹那（喜增，即戒日王）即位。《释迦方志》卷上说：

> 号尸罗逸多，吠奢姓。初欲登位，殑伽岸有观自在像，乃请之，告曰："汝本此林兰若比丘。金耳月王既灭佛法，王当重兴；愍物在怀，方王五境。慎勿升师子座及称大王号也。"王乃共童子王，[160]平殄外道月王（设赏迦——羡林）徒众。又约严令：有啖肉者，当截舌；杀生者，当斩手。乃与寡妹共知国事。[161]

喜增听到消息说他妹妹已被释放，遁入文底耶大森林中。正当她要投火自焚的时候，她哥哥赶到救了她。关于这一位戒日王的妹妹，《大唐西域记》里没有提到。但是上面引用的《释迦方志》提到了她。《大唐大慈恩寺三藏法师传》卷五也讲到了她：

> 王有妹，聪慧利根，善正量部义。坐于王后，闻法师序大乘，宗涂奥旷，小教局浅，夷然欢喜，称赞不能已。[162]

这里讲得更仔细，连她崇信哪个宗派都提到了。关于正量部的问题，我们下面再谈。

玄奘同戒日王和迦摩缕波国拘摩罗王都见过面，而且有了很深厚的友谊。他在《大唐西域记》里对这一件事有详尽的记载，见同书卷五羯若鞠阇国。玄奘对于同两位国王的会见以及曲女城大会，都描绘得非常生动，可见这一件事给他留下的印象之深。关于曲女城大会，《大唐故三藏玄奘法师行状》说：

> 王曰："师论太好。在此诸师，并皆信伏。恐余国小乘外道，尚守愚迷。望于中印度曲女城，为师作一会。命五印度沙门婆罗门外道等，发显大乘，使其改耶（邪？）从正。不亦大哉。"是日发敕，普告集曲女城，观支那法师论。自冬初而进至臈（腊）月，方到会场。四方沙门婆罗门外道等，蕴义洽闻之辈，到者数千人。王先令造殿，容千余人。于中安尊像，陈香花音乐。设食行施讫，请法师升座，标举论宗。命诸众征击，竟十八日，无一人敢问。王赞叹，施法师银钱三万，金钱一万，上氎衣一百具。又令大臣将法师袈裟，巡众告唱云："支那法师

> 论胜，十八日来，无敢问，并宜知之。”诸众欢喜。为法师各立美号。大乘众号为摩诃那耶那提婆，此云大乘天。小乘者号为木叉提婆，此此（应作“云”——引者）解脱天。烧香散花，礼敬而去。自是德音遐振。[163]

《大唐大慈恩寺三藏法师传》卷五，关于这一次大会记载得更为详细。[164]《释迦方志》卷上也有记载。[165]

但是戒日王为玄奘举行大会，除了曲女城之会外，还有钵罗耶伽无遮大会。在《大唐故三藏玄奘法师行状》里，只有一句话的叙述：“王留更观七十五日大施。”[166]在《大唐大慈恩寺三藏法师传》里却叙述得很详尽：

> 法师先以辞那烂陀诸德及取经像讫，罢论竟至十九日，辞王欲还。王曰：“弟子嗣承宗庙，为天下主，三十余年。常虑福德不增广，法（往）因不相续，以故积集财宝，于钵罗耶伽国两河间，立大会场。五年一请五印度沙门婆罗门及贫穷孤独，为七十五日无遮大施。已成五会。今欲作第六会。师何不暂看随喜。”法师报曰：“菩萨为行福慧双修，智人得果不忘其本。王尚不吝珍财，玄奘岂可辞少停住，请随王去！”王甚喜。至二十一日，发引向钵罗耶伽国就大施场。殑伽河在北，阎牟那河在南，俱从西北东流至此国而会。其二河合处，西有大墠，周围十四五里，平坦如镜。自昔诸王皆就其地行施，因号施场焉。相传云：若于此地施一钱，胜余处施百千钱。

由是古来共重。王敕于墠上建施场，竖芦为篱，面各千步。中作草堂数十间，安贮众宝，皆金、银、真珠、红颇梨宝、帝青珠、大青珠等。其傍又作长舍数百间。贮憍奢耶衣、斑氎衣、金银钱等。篱外别作造食处。于宝库前更造长屋百余行，似此京邑肆行。一长屋可坐千余人。先是王敕告五印度沙门、外道、尼乾、贫穷、孤独，集施场受施。亦有因法师曲女城会不归便往施所者。十八国王亦便逐王行。比至会场，道俗到者五十余万人。戒日王营殑伽河北岸，南印度王杜鲁婆跋吒营合河西，鸠摩罗王营阎牟那河南花林侧，诸受施人营跋吒王西。辰旦其戒日王与鸠摩罗王乘船军，跋吒王从象军。各整仪卫，集会场所。十八国诸王，以次陪列。初一日于施场草殿内安佛像，布施上宝上衣及美馔，作乐散花，至日晚归营。第二日，安日天像，施宝及衣半于初日。第三日安自在天像，施如日天。第四日施僧，僧万余人百行俱坐。人施金钱百文，珠一枚，氎衣一具及饮食香花，供养讫而出。第五番施婆罗门。二十余日方遍。第六番施外道，十日方遍。第七番遍施远方求者，十日方遍。第八番施诸贫穷孤独者，一月方遍。至是五年所积，府库俱尽。唯留象马兵器，拟征暴乱，守护宗庙。自余宝货及在身衣服，璎珞、耳珰、臂钏、宝鬘、颈珠、髻中明珠，总施无复孑遗。一切尽已，从其妹索鹿弊衣着。礼十方佛踊跃欢喜。合掌言曰："某比来积集财宝，常惧不入坚牢之藏，今得贮福田中，可谓入藏矣。愿某生生常具财

> 法等施众生。成十自在满二庄严。”会讫诸王各持诸宝钱物，于诸众边赎王所施。璎珞、髻珠、御服等，还将献王。经数日，王衣服及上宝等服用如故。[167]

《大唐西域记》卷五里面也叙述了这次大会，并且描绘了大施场的情况。他讲到“大施场东合流口，日数百人自溺而死”。这对于了解当时的社会情况很有帮助。

总起来看，尽管当时北印小国林立，但是戒日王确实可以算是一个盟主，有点像春秋战国时齐桓、晋文一类的国王。他的领土包括东旁遮普、北方邦、比哈尔邦、西孟加拉、奥里萨；迦湿弥罗、西旁遮普、信度国、古扎拉特、拉吉普坦、尼泊尔、迦摩缕波都保持独立。玄奘在《大唐西域记》卷五里描述他的战绩说：

> 遂总率国兵，讲习战士。象军五千，马军二万，步军五万，自西徂东，征伐不臣。象不解鞍，人不释甲，于六年中，臣五印度。

这一些描述虽然有一点夸大，但基本上是可靠的。还有一点在这里顺便讲一讲。我在上面引的《旧唐书》和《新唐书》关于戒日王的叙述，有些地方是直接抄袭《大唐西域记》的。

上面谈了当时印度的政治形势，现在再谈一谈社会情况和经济情况。

社会情况，玄奘在《大唐西域记》卷二中有比较详尽的描述。他谈到印度的名称、疆域、数量、岁时、宫室、衣饰、馔食、文字、教育、佛教、族姓、兵术、刑法、致敬、病死、赋税、物产等等方面，其中关于佛教的和经济的，我们在下面再谈。其余的原书俱在，我也不详细探讨。我只想选出一点我认为值得谈的谈一下，这就是族姓。

族姓，我们现在通称为种姓。我们都知道，种姓制度是印度特有的、至少是特别发达的一种社会等级制度。在几千年的印度史上有极大的作用和影响，一直到今天仍然如此。但是这个制度并不是一成不变的。我们在这里不能详细讨论。玄奘说："一曰婆罗门，净行也，守道居贞，洁白其操。二曰刹帝利，王种也，奕世君临，仁恕为志。三曰吠奢，商贾也，贸迁有无，逐利远近。四曰戍陀罗，农人也，肆力畴陇，勤身稼穑。"（《大唐西域记》卷二）但是，从印度种姓的发展来看，婆罗门不总是净行，刹帝利不总是王种，吠奢（吠舍）不总是商贾，戍陀罗（首陀罗）也并不总是农人，这里面有一个演变的过程。在公元前二千纪末期或一千纪初期，种姓刚刚系统化的时候，吠舍大概是物质财富生产者，特别是农民、牧人或者商人。首陀罗大概是手工业者和其他为前三个种姓服役的人。到了公元前几世纪，情况变化不大。这种明确的四个种姓职业的划分大概是出于婆罗门之手，目的是想把这种制度永久化，固定化，以保留自己的特权。但是，社会中实际分工情况却不是这样。根据职业划分的清规戒律早已为事实所粉碎。在这四个种姓里面，变动最大的是吠舍和首陀罗。特别是吠舍这个种姓更是很不固定的。佛经中关于种姓的记载多如过江之鲫。

但排列顺序却与婆罗门教截然不同。他们总是把释迦牟尼出身的刹帝利排在首位。这是完全可以理解的。至于吠舍，连这个名字出现的次数都不多。它总是为居士、长者所代替。所谓居士、长者以商人为多。吠舍这个种姓的这种情况，继续发展下来。到了玄奘时期，在有些著名作家的著作中，这个名称几乎消失不见了。比如在檀丁的著作中，吠舍这个词儿不见了，代之以vaṇij（商人），好像在这个时期第三个种姓主要是商人。[168]商人的地位更加提高了。

就在玄奘的《大唐西域记》中，虽然四个种姓仍然井然俱在，他说吠舍是“商贾也，贸迁有无，逐利远近”，这与檀丁的著作是相适应的；但是种姓却是混乱不堪。大名鼎鼎的戒日王，并非出身刹帝利，而是出身吠舍。还有一些国王出身首陀罗。比如《大唐西域记》卷四秣底补罗国的国王，《大唐大慈恩寺三藏法师传》里说：“遇一婆罗门耕地。”[169]可见婆罗门也有变成农民的。这个现象是“古已有之”的，不过“于今为烈”而已。

在经济方面，笈多王朝与孔雀王朝大不相同。孔雀王朝强迫首陀罗定居下来，从事农业劳动。国家垄断了金属生产。国家参与生产和贸易，需要大量的流通的货币。笈多王朝则是鼓励在新开垦的土地上建立农村公社，收实物地租，不再使用武力强迫首陀罗定居。因为疆域辽阔，使用武力是不可能的，而且没有开垦的土地很多，也不容易把采集食品的野蛮部落从他们土地上赶走。只能利用宗教伴随着贸易深入蛮区，把土地私有制和在种姓制度掩护下的社会阶级结构带到那里去。国家制止地方酋长的战争，抗御蛮族入侵，管理灌溉工作，调整贸易，巡逻商路。这些都通过臣属的封建官吏或省长来执行。自给自足的农村公社的增涨削弱了商品的生产，贸易衰退，许多大城市衰落，贸易集中到港口城市。在朝廷上却有新的豪华的挥霍。[170]政权衰退时，文艺往往发达。迦梨陀娑所以出现在这个时代，是有其规律的。

法显到印度去的时候，正值笈多王朝全盛时代。法显在《佛国记》中有一段描绘当时印度情况的记载，其中有这样两句话："王之侍卫、左右，皆有供禄。"高善必从这段话里得出的结论是："官吏还没有得到封建的权利和权力。"[171]我不知道这个结论是怎样得来的。如果说，因为有"供禄"（俸钱）就不算是封建，那么我们可以拿中国唐代的情况来对比一下。唐代是中国封建主义高度发展的时代。为皇帝服务的官僚们都有俸钱（供禄）。著名诗人元稹的著名的诗篇《三遣悲怀》中说："今日俸钱过十万，与君营奠复营斋。"（见《元氏长庆集》卷九）但是，同时这些官僚们也有田地，他们也是地主。不能说，在印度，因为官僚有供禄就是还没有得到封建的权利和权力。

此外，玄奘在《大唐西域记》卷二有一段描绘印度当时经济情况的非常重要的记载：

> 户不籍书，人无徭课。王田之内，大分为四：一充国用，祭祀粢盛；二以封建辅佐宰臣；三赏聪叡硕学高才；四树福田，给诸异道。所以赋敛轻薄，徭税俭省，各安世业，俱佃口分。假种王田，六税其一。

这一段话把当时印度的土地制度讲得非常具体、准确。其中有两句话:“各安世业,俱佃口分”,过去都完全被理解错了。外国《大唐西域记》的翻译者和注释者没有一个人译得对、注释得对的。按唐朝的均田法,男丁十八岁以上给田一顷,其中十分之二是永业,十分之八为口分。“永业”就是“世业”。当时的印度土地制度,不可能同唐朝完全一样。玄奘也可能是借用中国现成的名称。但是,很可能,印度土地所有者一部分田地是世袭的,一部分是临时的。也可能有一部分人占有世袭的田地,而另一部分人则是临时租佃的或国家分配的。这个问题有待于进一步的探讨。

(二)佛教的发展与衍变

从宗教,特别是佛教发展的情况来看,玄奘留学印度的时期是一个具有关键性的转变时期。从笈多时代起,印度教开始同化正在变化中的佛教,大乘萌芽于公元前三世纪阿育王时代。到了公元后二三世纪,所谓空宗的学说才开始建立。又过了约二百年。到了四五世纪,所谓有宗的理论才形成。大乘的出现标志着佛教的发展,但同时也孕育着衰亡的因素。小乘不承认印度教的一些仪式、恶习,而大乘佛教则逐渐承认下来。这是佛教衰落的朕兆之一。到了后来,释迦牟尼被承认为印度教十大化身之一,被请进了印度教的神殿,然而佛教也随之而逐渐消失了。

玄奘于七世纪二十年代末到了印度,四十年代初才回国。他周游印度各地,对佛教和其他印教教派有细致周密的观察。他在《大唐西域记》卷二对当时印度佛教有一个概括的论述。他说:

> 部执峰峙,诤论波腾,异学专门,殊途同致。十有

八部，各擅锋锐；大小二乘，居止区别。

这里讲的是部派的分歧。下面又讲到：

讲宣一部，乃免僧知事；二部，加上房资具；三部，差侍者祇承；四部，给净人役使；五部，则行乘象舆；六部，又导从周卫。

可见僧伽内部，待遇已大相悬殊。这是社会上封建等级制在僧伽内部的反映。

在以后漫游印度各地时，他又随时随地记述印度佛教和其他教派的情况，从中可以看出当时印度佛教与“异道”（多半是印度教）势力分布的情况，也可以看出佛教内部大小乘势力消长和宗派分布的情况。为了醒目起见，先列表如下：[172]

	佛教			异道	
国名(城名)	伽蓝	僧徒	宗派	天祠	信徒（异道）
北印度					
滥波国	十余所	寡少	大乘	数十	甚多
那揭罗曷国	虽多（“诸窣堵波荒芜圮坏”）	寡少		五所	百余人
健驮罗国[173]	千余所（“摧残荒废，芜漫萧条”）			百数	杂居

	迦腻色迦王伽蓝	减少	小乘		
布色羯罗伐底城	故迦蓝（“庭宇荒凉”）	寡少	小乘		
跋虏沙城	其侧伽蓝	五十余	小乘		
	东门外一伽蓝	五十余	大乘	毗摩天祠	
	山南伽蓝	鲜少	大乘		
乌仗那国	旧有一千四百（“多已荒芜”）	昔一万八千，今渐减少	大乘	十有余所	杂居
钵露罗国	数百所	数千人	学无专习		
呾叉始罗国	虽多（“荒芜已甚”）	寡少	大乘		
	舍头窣堵波伽蓝（“庭宇荒凉”）	减少			
僧诃补罗国	伽蓝	空无僧侣			
		久绝僧侣			
	石窣堵波东伽蓝	百余人	大乘		
	孤山伽蓝	二百余人	大乘		
乌剌尸国	傍有伽蓝	寡少	大乘		
迦湿弥罗国	百余所	五千余人	小乘[174]	“外道天祠，特留意焉”	
	佛牙伽蓝	三百余人			
	故伽蓝（“芜漫良甚”）	三十余人	大乘		
	大众部伽蓝	百余人	小乘大众部[175]		

半笯蹉国	五所（“并多荒圮”）城北伽蓝	少有			
曷逻阇补罗国	十所	寡少		一所	甚多
磔迦国	十所			数百	
	故城僧伽蓝	百余人	小乘		
至那仆底国	十所			八所	
	答秣苏伐那僧伽蓝	三百余人	说一切有部		
阇烂达罗[176]国	五十余所	二千余人	大小二乘	三所	五百余人（涂灰）
屈露多国	二十余所	千余人	多学大乘，少习诸部	十五所	杂居
中印度					
设多图卢国	十所（“庭宇荒凉”）	鲜少			
波理夜呾罗国	八所（“倾毁已甚”）	寡少	小乘	十余所	千余人
秣兔罗国	二十余所	两千余人	大小二乘	五所	杂居
萨他泥湿伐罗国	三所	七百余人	小乘	百余所	甚多
窣禄勤那国	五所	千余人	多学小乘，少习余部	百所	甚多
秣底补罗国	十余所	八百余人	说一切有部	五十余所	杂居
	德光伽蓝	五十余人			
	大伽蓝	二百余人	小乘[177]		

婆罗吸摩补罗国	五所	寡少		十余所	杂居
瞿毗霜那国	三所	百余人	小乘	三十余所	杂居
垩醯掣呾罗国	十余所	千余人	小乘正量部	九所	三百余人（事自在天涂灰）
毗罗删拿国	二所	三百余人	大乘	五所	杂居
劫比他国	四所	千余人	小乘正量部	十所	杂居
	城东大伽蓝	数百人	正量部		
羯若鞠阇国	百余所	万余人	大小二乘	二百余所	数千余人
纳缚提婆矩罗城	三伽蓝	五百余人	小乘说一切有部		
阿逾陁国	百余所	三千余人[178]	大小二乘	十所	寡少
阿耶穆佉国	五所	千余人	小乘正量部	十余所	杂居
钵逻耶伽国	两所	寡少	小乘	数百	实多
憍赏弥国	十余所（“倾毁荒芜”）	三百余人	小乘	五十余所	实多
迦奢布罗城	故伽蓝（“惟余基址”）				
鞞索迦国	二十余所	三千余人	小乘正量部	五十余所	甚多
室罗伐悉底国	数百（“圮坏良多”）逝多林（“昔为伽蓝，今已荒废”）	寡少[179]	正量部	百所	甚多
劫比罗伐窣堵国	故基千百余所宫侧伽蓝	三十余人	小乘正量部	两所	杂居
蓝摩国	一伽蓝	鲜矣			

拘尸那揭罗国					
婆罗痆斯国	三十余所	三千余人[180]	小乘正量部	百余所	万余人（事自在天）
	鹿野伽蓝	一千五百余人	小乘正量部		
战主国	十余所	减千人	小乘	二十	杂居
摩诃娑罗邑	数伽蓝（“虽多倾毁”）	尚有	大乘		
吠舍厘国	数百（“多已圮坏，存者三五”）	稀少		数十	杂居（露形之徒）
	宫城西北一伽蓝	寡少	小乘正量部		
	湿吠多补罗僧伽蓝		大乘		
弗栗恃国	十余所	减千人	大小二乘	数十	实众
尼波罗国	伽蓝、天祠（“接堵连隅”）	二千余人	大小二乘		其数不详
摩揭陁国	五十余所“伽蓝、天祠及窣堵坡。余址数百，存者二三”	万有余人	大乘	数十	实多
	屈屈吒阿滥摩僧伽蓝				
	德慧伽蓝	五十余人	大乘		
	摩诃菩提僧伽蓝	减千人	大乘上座部[181]		
	那烂陀僧伽蓝	数千[182]			

	迦布德迦伽蓝	二百余人	说一切有部		
	孤山东南伽蓝	五十余人	小乘	数天祠	
伊烂拏钵伐多国	十余所	四千余人	小乘正量部	二十余所	杂居
	二伽蓝[183]	各减千僧	小乘说一切有部		
瞻波国	数十所（“多有倾毁”）	二百余人	小乘	二十余所	杂居
羯朱嗢祇罗国	六七所	三百余人		十所	杂居
奔那伐弹那国	二十余所	三千余人	大小二乘	百所	杂居
东印度					
迦摩缕波国	“宗事天神，不信佛法”			数百	数万
三摩呾吒国	三十余所	二千余人	上座部	百所	杂居（露形尼乾）
耽摩栗底国	十余所	千余人		五十余所	杂居
羯罗拏苏伐剌那国	十余所	二千余人[184]	小乘正量部	五十余所	实多
乌荼[185]国	百余所[186]	万余人	大乘[187]	五十所	杂居
折利呾罗城	五				
恭御陀国	“崇敬外道，不信佛法”			百余所	万余人
南印度					
羯馂伽国	十余所	五百余人	大乘上座部	百余所	甚众（尼乾）
憍萨罗国	百余所	减万人[188]	大乘	七十余所	杂居
案达罗国	二十余所	三千余人		三十余所	实多

驮那羯磔迦国	二十余所（“伽蓝鳞次，荒芜已甚”）	千余人	大乘[189]	百余所	实多
珠利耶国	颓毁	粗有		数十所	（露形外道）
达罗毗荼国	百余所	万余人	上座部	八十余所	（露形外道）
秣罗矩吒国	存者既少	亦寡		数百	甚众（露形）
僧伽罗国	数百所	二万余人	大乘上座部[190]		
恭建那补罗国	百余所	万余人	大小二乘	数百	杂居
	王宫城侧有大伽蓝	三百余人			
摩诃剌侘国	百余所	五千余人	大小二乘	百所	甚多
跋禄羯呫婆国	十余所	三百余人	大乘上座部	十余所	杂居
摩腊婆国	数百所	二万余人	小乘正量部	数百	实众（涂灰）
阿吒厘国	“宗事天神”			十余所	杂居
契吒国	十余所	千余人	大小二乘	数十	众多
伐腊毗国	百余所	六千余人	小乘正量部	百所	实多
西印度					
阿难陀补罗国	十余所	减千人	小乘正量部	数十	杂居
苏剌侘国	五十余所	三千余人	大乘上座部[191]	百余所	杂居
瞿折罗国	一所	百余人	小乘说一切有部	数十	杂居
邬阇衍那国	数十所（“多已圮坏，存者三五”）	三百余人	大小二乘	数十	杂居

掷枳陀国	数十所（“多信外道，少敬佛法”）	少有		十余所	千余人
摩醯湿伐罗补罗国	“宗教外道，不信佛法”			数十	（涂灰之侣）
信度国	数百所	万余人	小乘正量部	三十余所	杂居
茂罗三部卢国	十余所（“多已圮坏，少有僧徒，学无专习”）	少有	无专习	八所	杂居
钵伐多国	十余所	千余人	大小二乘 192	二十	杂居
阿点婆翅罗国	八十余所	五千余人	小乘正量部	十所	（涂灰外道）
狼揭罗国（役属波剌斯国）	百余所	六千余人	大小二乘	数百所	（涂灰外道，其徒极众）
波剌斯国	二三所	数百人	说一切有部	甚多	（提那跋外道）
臂多势罗国	五十余所	三千余人	小乘正量部	二十余所	（涂灰外道）
阿軬荼国	二十余所	二千余人	小乘正量部	五所	（涂灰外道）
伐剌拏国	数十（“荒圮已多”）	三百余人	大乘	五所	（涂灰外道）

我想根据上面这一个表，探讨以下的几个问题：

a. 佛教与外道力量的对比

b. 佛教内部大小乘力量的对比

c. 佛教部派分布的情况

d. 佛教日渐衰微的趋势

a. 佛教与外道力量的对比

玄奘是一个非常细心的观察家。他对宗教现象观察记录得特别细致。他所到之处，不管停留时间多么短暂，他对当时各宗教力量的对比都详加记录。可惜“十余所”、“千余所”、“数十”等数字太多，无法加以详细的统计。粗粗一看，也可以看到佛教与外道，有的地方是势均力敌，有的地方一方占优势。看来外道的力量并不小。在外道中，玄奘有几个地方特别提到事自在天(湿婆)的涂灰之侣，还有露形的尼乾，也就是耆那教的天衣派。可见印度教和耆那教等佛教徒眼中的所谓外道在当时是有相当大的力量的。

b. 佛教内部大小乘力量的对比

我先根据上面的表作一个简略的统计，以当时印度境内各“国”或城，或伽蓝为单位。

崇信大乘的有：

滥波国

健驮罗国两个伽蓝

乌仗那国

呾叉始罗国

僧诃补罗国

乌剌尸国

迦湿弥罗国一个伽蓝

屈露多国,“多学大乘,少习诸部”

毗罗删拿国

战主国数伽蓝

吠舍厘国一伽蓝

摩揭陁国

乌荼国

㤭萨罗国

驮那羯磔迦国[193]

伐剌拿国

崇信小乘[194]的有:

健驮罗国三个伽蓝

迦湿弥罗国一伽蓝,小乘大众部

磔迦国一伽蓝

至那仆底国一伽蓝,小乘说一切有部

波理夜呾罗国

萨他泥湿伐罗国

窣禄勤那国,“多学小乘,少习余部”

秣底补罗国,小乘说一切有部

瞿毗霜那国

垩醯掣呾罗国,小乘正量部

劫比他国,小乘正量部

羯若鞠阇国三伽蓝，小乘说一切有部

阿耶穆佉国，小乘正量部

钵逻耶伽国

憍赏弥国

鞞索迦国，小乘正量部

室罗伐悉底国，小乘正量部

劫比罗伐窣堵国，小乘正量部

婆罗痆斯国，小乘正量部

战主国

吠舍厘国一伽蓝，小乘正量部

摩揭陁国一伽蓝，说一切有部

一伽蓝，小乘

伊烂拿钵伐多国，正量部

二伽蓝，说一切有部

瞻波国

羯朱嗢祇罗国

三摩呾吒国，上座部

羯罗拿苏伐剌那国，正量部

达罗毗荼国，上座部

摩腊婆国

伐腊毗国，正量部

阿难陁补罗国，正量部

瞿折罗国，说一切有部

信度国，正量部

阿点婆翅罗国，正量部

波剌斯国，说一切有部

臂多势罗国，正量部

阿軬荼国，正量部

崇信大小二乘的有：

阇烂达罗国

秣兔罗国

羯若鞠阇国

阿逾陁国

弗栗恃国

奔那伐弹那国

恭建那补罗国

摩诃剌侘国

契吒国

邬阇衍那国

钵伐多国[195]

狼揭罗国

没有说明的或“学无专习”的有：

那揭罗曷国

钵露罗国，“学无专习”

半笯蹉国

曷逻阇补罗国

磔迦国

至那仆底国

设多图卢国

婆罗吸摩补罗国

蓝摩国

拘尸那揭罗国

吠舍厘国

耽摩栗底国

案达罗国

珠利耶国

秣罗矩吒国

掷枳陀国

茂罗三部卢国

不管玄奘观察多么仔细，在当时的情况下，有些数字说不清楚，是完全可以理解的。因此，我们要想作一个十分精密的统计，是不可能的。粗略地看一看：崇信大乘的“国”或伽蓝共有十六个；崇信小乘的有三十七个；崇信大小二乘的有十二个；没有说明或“学无专习”的有十七个。至于信徒人数则无法统计。从单位数字看来，大、小二乘五天竺都有，而小乘的力量，要比大乘强大得多。有一种情况值得注意：有一些“国”内，大小二乘都有；有一句话涵义不太清楚：“大乘、小乘，兼功习学”（阿逾陁国），“大小二乘，兼功习学”（契吒国），这是指的一个人呢，还是一个地方，看来专指一个地方的可能性更大一些，不是一个人既学小乘，又学大乘。

c. 佛教部派分布的情况

在大乘方面大概是空、有两宗都有，因为有些地方没有明确说明，无法统计。至于小乘，大家都知道，部派是非常多的，《异部宗轮论》共记述了十八部。但是这个数目并不是固定的。而且部派的名称也异常复杂，时有异名同部的现象。我们在这里不详细去谈。根据《大唐西域记》的记载，提名的基本上共有四部，统计如下：

[1] 上座部

[2] 大众部

[3] 说一切有部[196]

[4] 正量部

崇奉上座部的是：

三摩呾吒国（东）

达罗毗荼国（南）

崇奉大众部的是：

迦湿弥罗国（北）

秣底补罗国（中）

驮那羯磔迦国（南）

崇奉说一切有部的是：

至那仆底国（北）

秣底补罗国（中）

羯若鞠阇国（中）

伊烂拿钵伐多国（中）[197]

摩揭陀国（中）

迦布德迦伽蓝（中）

瞿折罗国（西）

波剌斯等三国(西)

崇奉正量部的是：

垩醯掣呾罗国(中)

劫比他国(中)

阿耶穆佉国(中)

鞞索迦国(中)

室罗伐悉底国(中)

劫比罗伐窣堵国(中)

婆罗痆斯国(中)

吠舍厘国(中)

羯罗拿苏伐剌那国(东)

摩腊婆国(南)

伐腊毗国(南)

阿难陀补罗国(西)

信度国(西)

阿点婆翅罗国(西)

臂多势罗国(西)

阿奔荼国(西)

伊烂拿钵伐多国(中)

总起来看，上座部流行于南方和东方。大众部流行于北方和中部。说一切有部流行于北方、中部和西方。正量部流行于中部、南方、东方和西方，而以中部和西方为主。

小乘部派既然那样多，为什么当时在印度只有四个部派流行呢？看样子恐怕是部派虽多，有的徒有其名，未必有多少信徒。

在玄奘时代，印度流行的除了大乘佛教外，小乘就只有以上四部。《大唐西域记》还记有说出世部，但那是在梵衍那，玄奘不把它算在印度境内。玄奘的记载正确不正确呢？其他方面的记载都证明了，玄奘的观察是正确的。最有力的旁证，就是晚于玄奘几十年到印度的义净在《南海寄归内法传》的叙述。他说：

> 诸部流派，生起不同，西国相承，大纲唯四。一阿离耶莫诃僧祇尼迦耶。唐云圣大众部分出七部，三藏各有十万颂。唐译可成千卷。二阿离耶悉他陛攞尼迦耶。唐云圣上座部，分出三部，三藏多少同前。三阿离耶慕攞萨婆悉底婆拖尼迦耶。唐云根本说一切有部，分出四部，三藏多少同前。四阿离耶三蜜栗底尼迦耶。唐云圣正量部，分出四部，三藏三十万颂。然而部执所传，多有同异。且依现事言其圣十八，分为五部，不闻于西国耳。其间离分出没，部别名字，事非一致，如馀所论，此不繁述。故五天之地，及南海诸洲，皆云四种尼迦耶。然其所钦处有多少：摩揭陀，则四部通习，有部最盛；罗荼、信度西印度国名则少兼三部，及至量尤多；北方皆全有部，时逢大众；南面则咸遵上座，余部少存；东裔诸国杂行四部。从那烂陀东行五百驿，皆名东裔。乃至尽穷，有大黑山，计当土蕃南畔。传云：是蜀川西南，行可一月余，便达斯岭。此次南畔，逼近海涯，有室利察흞罗国。次东南有朗迦戍国。次东有社和钵底国。次东极至临邑国。并悉极尊三宝，多有持戒之人，乞食社多是其国法。西方见有，实异常伦。师子洲并皆上座，而大众斥焉。

佛教分成许多部派，由来已久。至迟在佛灭度后约一百年，原始佛教就分化成上座和大众两部。最初的原因可能是在律规之争，但是后来也涉及教义。

公元前四世纪时，佛教有三个中心：东方是吠舍厘，流行的是大众部；中部是憍赏弥，流行的是上座部；西方是秣兔罗，流行的是说一切有部。[198]到了七世纪玄奘时代，情况显然有了变化。

说一切有部流行于北部、中部、西部，变化不大。但上座部和大众部却有了很大的变化。原在中部的上座部向东方和南方发展。原在东部的大众部则向北方、中部和南方发展。这个变化对研究印度佛教史是非常有意义的。在流行的四个部派中，从数量上来看，正量部流行的区域更为广阔。连戒日王的妹妹曷罗阇室利信奉的也是正量部，可见它的影响之大。这些问题，以后当专文讨论，这里就不再详说了。

在这里特别值得提出来的是大乘上座部问题。提到大乘上座部的有五个地方：一、摩揭陀国，摩诃菩提僧伽蓝；二、羯馂伽国；三、僧伽罗国；四、跋禄羯呫婆国；五、苏剌侘国。这里就出了问题：一般说，只有小乘才讲上座部、大众部，大乘是没有这种说法的。这里出了大乘上座部，究竟是什么原因呢？这个问题不是三言两语能说得清楚的，以后也当专文讨论。

d. 佛教日渐衰微的趋势

最后我们再把早于玄奘二百多年的法显《佛国记》的记载同《大唐西域记》对比一下：

从以上这个简短的对比中，我们可以看出：

	《佛国记》	《大唐西域记》
那揭罗曷国	边有寺，寺中有七百余僧。	崇敬佛法，少信异道。伽蓝虽多，僧徒寡少，诸窣堵波荒芜圮坏。
醯罗城	精舍门前，朝朝恒有卖花香人[199]。凡欲供养，种种买焉。	诸欲见如来顶骨者，税一金钱。
健驮罗国	此国人多小乘学惠生："而国王好杀，不信佛法。"	

乌仗那国	佛法甚盛。……凡有五百僧伽蓝，皆小乘学。	崇重佛法，敬信大乘。
达丽罗川		亦有众僧，皆小乘学。
秣兔罗国	经历诸寺甚多，僧众万数。过是诸处已，到一国。国名摩头罗。有遥捕那河。河边左右有二十僧伽蓝，可有三千僧，佛法转盛。凡沙河已西天竺诸国，国王皆笃信佛法。	好修冥福，崇德尚学，伽蓝二十余所，僧徒二千余人。
劫比他国	此处僧及尼，可有千人，皆同众食，杂大小乘学。	（城东伽蓝）僧徒数百人。
羯若鞠阇国	有二僧伽蓝，尽小乘学。	邪正二道，信者相半。伽蓝百余所，僧徒万余人，大小二乘，兼功习学。
憍赏弥国	今故有众僧。多小乘学。	伽蓝十余所，倾毁荒芜。僧徒三百人，学小乘教。
劫比罗伐窣堵国	城中都无王民，甚丘荒。只有众僧，民户数十家而已。	伽蓝故基千有余所，而宫城之侧有一伽蓝，僧徒三十余人，习学小乘正量部教。
耽摩栗底国	有二十四僧伽蓝，尽有僧住。	伽蓝十余所，僧众千余人。
伐剌拿国	亦有三千许僧。皆小乘学。	邪正兼崇，不好学艺。伽蓝数十，荒圮已多。僧徒三百余人，并学大乘法教。

一、乌仗那国的情况说明，在法显时代那里还是“皆小乘学”，而到了玄奘时期则变为“敬信大乘”。伐剌拿国的情况说明，原来“皆小乘学”，后来则是“并学大乘法教”。羯若鞠阇国的情况说明，原来“尽小乘学”，后来则是“大小二乘，兼功习学”。大乘

在某一些地区逐渐挤掉小乘的痕迹昭然可见。

二、那揭罗曷国：法显说：“边有寺，寺中有七百余僧。”玄奘则说：“伽蓝虽多，僧徒寡少。”秣兔罗国：法显说：“河边左右有二十余僧伽蓝，可有三千僧。”玄奘则说：“僧伽二十余所，僧徒二千余人。”劫比他国：法显说：“此处僧及尼，可有千人。”玄奘则说：“僧徒数百人。”耽摩栗底国：法显说：“有二十四僧伽蓝，尽有僧住。”玄奘则说：“伽蓝十余所，僧众千余人。”伐剌拿国：法显说：“亦有三千许僧。”玄奘则说：“僧徒三百余人。”以上几个例子说明，玄奘时代僧徒减少了。换句话说：佛教逐渐衰微了。

（三）统治者对宗教的态度

印度的统治者，同中国的以及世界各国的统治者一样，总是想方设法利用宗教，为巩固自己的统治服务。因为所有的宗教都有可供利用之处，所以中印统治者大都不专信一种宗教，在中印历史上专门虔信一种宗教的，像梁武帝那样达到愚信程度的统治者是比较少的。拿印度历史来说，被佛教徒大肆宣扬的所谓“弘法大王”阿育王，实际上也是兼收并蓄的，他大力宣扬的达磨，并不是专指佛教，他也并不是专门虔信佛教，只是到了晚年才有所偏重而已。另一个所谓“弘法大王”贵霜王朝的迦腻色迦的情况也差不多。佛徒之所以大肆宣扬他们，不过是一种一厢情愿的做法。目的是想给自己脸上贴金而已，继孔雀王朝而起的巽加王朝，是专门崇信婆罗门教的。连北印度的希腊统治者也都信奉印度教的湿婆派。

到了笈多王朝兴起，情况改变不大。我们不能说笈多时期是婆罗门的印度教复活时期。笈多诸帝多半崇信印度教，尤其是湿婆派。但是他们对其他宗教也抱宽容态度。这个时期是婆罗门教向印度教转变的时期，是佛教走下坡路的时期。玄奘的《大唐西域记》提供了充分的证据。宗教领域内，除了一神教外。最突出的特点是崇拜多种多样的神。公元前一些时候，佛教传入中国。公元一二世纪，大乘传遍了整个北印度，甚至传到中国新疆一带。但是在大乘佛教的传播中，已埋伏下衰亡的种子。大乘佛教接受了印度教的一些宗教仪式，一些恶习，有时简直同印度教无所差别。从五六世纪起，印度教开始同化正在转变中的佛教。佛教也就逐渐改变性质了。在宗教史上，一个宗教把敌对宗教主神拉入自己的神殿，从而消融对方的例子，是可以找见的。

这时期的印度统治者，同以前的统治者一样，对宗教持所谓“宽容”的态度。比如玄奘大肆宣扬的戒日王祖宗是崇拜太阳神的。戒日王对宗教的态度，在即位初期，是一个湿婆的崇拜者。只是到了晚年，可能在他那个佛教徒的妹妹曷罗阇室利影响之下，倾向于佛教。他同玄奘的来往和友谊，也可能对他的宗教信仰有了影响。据玄奘《大唐西域记》的记载：戒日王在即王位之前，到恒河边上的观自在菩萨像前去祷告，菩萨告诉他，“勿升师子之座，勿称大王之号”。他就自称为“王子”。他对于玄奘非常尊敬。玄奘也对他大肆吹嘘唐太宗。这可能是历史事实；但是，由于《大唐西域记》是写给唐太宗看的，玄奘这样做未必没有阿谀奉承的用意。但是戒日王同阿育王一样，并不专信佛教。《大唐西域记》卷五说：“每于行宫日修珍馔，饭诸异学，僧众一千，婆罗门五百。”可见他仍然供养婆罗门，只是和尚比婆罗门多一倍而已。在曲女城大会上，虽然“戒日王为帝释之服，执宝盖以左侍，拘摩罗王作梵王之仪，执白拂而右侍”，抬着如来佛的金像，奏乐游行。但是在布施食品的时候，他仍然忘不掉婆罗门：“以珍味馔诸沙门、婆罗门。”他还没有忘记请来了五百婆罗门。虽然据玄奘的记载，婆罗门出于忌妒，曾放火烧大台，连他这皇帝陛下都想杀害，又雇恶人行刺，他也只不过把五百婆罗门迁出印度而已。玄奘以一个虔诚的佛徒，对戒日王信佛不无夸大，然而也只能写到这个程度。这是过去印度许多明王的例行做法，戒日王也并非例外。

四　唐初中印交通的情况

我们在上面谈了中印两方面的政治、经济、宗教等方面的情况。现在我们再谈一谈两国之间六七世纪交通的情况。

在整个延续了几千年的中印交通史上，唐初是交通最频繁、来往最密切的时代。上承先秦、汉、魏、南北朝、隋的古老传统，下启中晚唐、宋、元、明的继承和发展。称之为中印交通史上的高峰，是完全当之无愧的。

为了醒目起见，我在下面列一个年表似的东西，一目了然，比逐段叙述更好一点。我这个年表，上限是唐高祖武德元年（公元618年），下限是武则天统治的结束长安四年（公元704年），共有将近九十年的时间。[200]

高祖武德元年（公元618年）

武德二年（公元619年）：

罽宾遣使入唐，送来宝带、金锁、水精醆、颇黎状若酸枣。（《新唐书》卷二二一上《西域列传》上）

武德九年(公元626年)：

中天竺沙门波颇赍梵经至长安。(《续高僧传》卷三《波颇传》,《辩正论》卷四)

太宗贞观元年（公元627年）：

玄奘西行赴天竺求经（据杨廷福）。

贞观二年（公元628年）：

玄奘离高昌（据杨廷福）。

贞观三年（公元629年）：

诏沙门波颇于兴善寺译经。(《续高僧传》卷三《波颇传》，《辩正论》卷四)

贞观四年（公元630年）:

玄奘抵那烂陀寺（据杨廷福）。

贞观六年（公元632年）：

中天竺沙门波颇译诸经毕，敕各写十部散流海内。太子染患,下敕迎颇入内一百余日。(《续高僧传》卷三《波颇传》)

贞观七年（公元633年）：

波颇卒于长安。(《波颇传》)

玄奘抵王舍城。(《佛祖历代通载》卷一一，㊅49，569a）

贞观十一年（公元637年）：

罽宾遣使献名马。遣果毅何处罗拔等厚赍赐其国，并抚慰天竺。(《旧唐书》卷一九八,《新唐书》卷二二一上)

贞观十三年（公元639年）：

有婆罗门僧将“佛齿”来。（《资治通鉴》卷一九五）

贞观十四年（公元640年）：

五月，罽宾遣使送方物入唐。（《册府元龟》卷九七〇《外臣部·朝贡》三）

玄奘著《会宗论》。秋末晤戒日王（据杨廷福）。

贞观十五年（公元641年）：

戒日王（尸罗逸多）遣使至长安，以后数遣使来，并赠郁金香及菩提树等。太宗命梁怀璥持节抚慰。（《册府元龟》卷九七〇，《旧唐书》卷一九八《天竺传》，《新唐书》卷二二一上）

戒日王于曲女城举行无遮大会七十五日，玄奘参加，会后返国（据杨廷福）。

贞观十六年（公元642年）：

乌茶，一曰乌伏（仗）那，亦曰乌苌（《大唐西域记》卷三作“乌仗那”），王达摩因陁诃斯遣使者献龙脑香玺书优答。（《全唐文》卷九九九，《新唐书》卷二二一上）

玄奘发王舍城，入祇罗国。（《佛祖历代通载》卷一一）

三月，罽宾遣使献褥特鼠。（《旧唐书》卷一九八，《新唐书》卷二二一上，又见《全唐文》卷九九九）

贞观十七年（公元643年）：

遣李义表、王玄策使西域，游历百余国。（《佛祖统纪》卷三九）十二月至摩揭陀国。

贞观十八年（公元644年）：

三四月间玄奘抵于阗，上表唐太宗（据杨廷福）。

贞观十九年（公元645年）：

正月七日，玄奘抵长安，三月住弘福寺译经，奉敕撰《大唐西域记》（据杨廷福）。

正月二十七日，李义表、王玄策于王舍城登耆阇崛山勒铭。二月十一日于摩伽陀国摩诃菩提寺立碑。（《法苑珠林》卷二九，《全唐文》卷二六二）

贞观二十年（公元646年）：

章求拔国国王罗利多菩伽因悉立国遣使入唐。悉立国在吐蕃西南，章求拔国又居悉立西南四山之西山，与东天竺接。王玄策讨中天竺时，章求拔发兵有功，由是遣使不绝。（《新唐书》卷二二一上《西域列传》上）

五月，天竺遣使送方物入唐。（《册府元龟》卷九七〇《外臣部·朝贡》三）

玄奘《大唐西域记》成。（《大唐大慈恩寺三藏法师传》卷六）

王玄策归国。

那揭（法显《佛国记》作"那揭"，《大唐西域记》卷二作"那揭罗曷国"）遣使者贡方物。（《新唐书》卷二二一上）

贞观二（一本作"一"）十年：

西国有五婆罗门来到京师，善能音乐、祝术、杂戏、截舌、抽肠、走绳、续断。（《法苑珠林》卷七六，㊅53，859e）

贞观二十一年（公元647年）：

三月，太宗令详录外国送来的珍果、草木及诸杂物，中有罽宾国送来的俱物头花，其花丹白相似，而香远闻；有西蕃胡

国所产石蜜，中国贵之。(《册府元龟》卷九七〇《外臣部·朝贡》三)

以王玄策为正使，蒋师仁为副使，再使印度。(《新唐书》作“二十二”年)。时戒日王死，国大难，发兵拒玄策。玄策发吐蕃、泥婆罗之兵。俘其王阿罗那顺归长安。《大唐故三藏法师行状》说：“永徽之末，戒日王果崩，印度饥荒。”(见㊅50，217a)时间恐有误。

摩揭陀遣使者自通于天子，献波罗树，树类白杨。太宗遣使取熬糖法，即诏扬州上诸蔗，拃沈如其剂，色味愈西域远甚。(《新唐书》卷二二一上《摩揭它》)

李义表自西域还，奏称东天竺童子王(Kumāra)请译《老子》，乃命玄奘翻译。玄奘又译《起信论》为梵文。(《集古今佛道论衡》丙，《续高僧传》卷四《玄奘传》)

有伽没路国[201]，其俗开东门以向日。王玄策至，其王发使贡以奇珍异物及地图，因请老子像及《道德经》。(《旧唐书》卷一九八。参阅《新唐书》卷二二一上)这同上面讲的一定是一件事。(据《宋高僧传》卷二七《含光传》：“系曰：……又唐西域求易《道经》。诏僧道译唐为梵。二教争菩提为道，纷拏不已，中缀。”)(㊅50，879c)可见翻译并没有搞成。《释迦方志》卷上：“然童子王刹帝利姓，语使人李义表曰：‘上世相承四千年。先人神圣，从汉地飞来，王于此土。’”(㊅51，958a)

贞观二十二年(公元648年)：

正月，乌苌遣使入唐。(《册府元龟》卷九七〇《外臣部·朝

贡》三）

三月，罽宾遣使入唐。（同上）

五月，玄策献俘阙下。

王玄策以天竺方士那逻迩娑婆寐（Nārāyanasvāmin）来京师。（《旧唐书》卷一九八，《新唐书》卷二二一上，《唐会要》卷一〇〇）

王玄策议状：沙门不应拜俗。（彦悰《集沙门不应拜俗等事》卷四）

贞观二十三年（公元649年）：

太宗卒。《唐会要》卷五二，《识量》下：太宗饵天竺胡僧长生之药，暴疾崩。胡僧指的就是那逻迩娑寐[202]。（参阅《旧唐书》卷八四《郝处俊传》）沙门道生经吐蕃至天竺。（《大唐西域求法高僧传》上）

高宗永徽元年（公元650年）：

玄照经吐蕃由文成公主送往天竺。（《大唐西域求法高僧传》上）

永徽二年（公元651年）：

十二月，罽宾遣使送来褥池鼠。（《册府元龟》卷九七〇《外臣部·朝贡》三）

永徽三年（公元652年）：

中天竺摩诃菩提寺沙门智光、慧天等遣沙门法常来中国致玄奘书，并赠白氎一双。（《大唐大慈恩寺三藏法师传》卷七；㊅，50，261a-b）

中天竺沙门无极高至长安。（《宋高僧传》卷二；《佛祖统纪》

卷三九）

十月，罽宾遣使入唐。（《册府元龟》卷九七〇《外臣部·朝贡》三）

永徽四年（公元653年）：

十一月，曹国、罽宾国并嗣主新立，各遣使入唐。(同上书卷)

永徽五年（公元654年）：

法常返国，玄奘附书分致智光、慧天。（《大唐大慈恩寺三藏法师传》卷七，㊅50，261c）

四月，罽宾国、曹国、康国、安国、吐火罗国遣使入唐。（《册府元龟》卷九七〇《外臣部·朝贡》三）：

永徽六年（公元655年）：

中天竺沙门那提（福生）来长安。（《续高僧传》卷四《玄奘传》附传）

罽宾国沙门佛陀多罗于白马寺译《圆觉经》。（《佛祖统纪》卷三九）

显庆元年（公元656年）：

敕那提往昆仑诸国采药。（《续高僧传》卷四《玄奘传》附传；《开元释教录》卷九）

高宗在安福门饮酒欢乐，有胡人持刀自刺，以为幻戏。高宗令“如闻在外有婆罗门胡等，每于戏处，乃将剑刺肚，以刀割舌，幻惑百姓，极非道理。宜并遣发还蕃，勿令以往。仍约束边州，若更有此色，并不须遣入朝”。（《太平御览》卷七三七《方术部》十八《幻》，引自《唐书》（查《旧唐书》卷二九《音乐志》二、《新唐书》卷二二《礼乐志》十二均

记高宗下令，禁止“自断手足，刳剔肠胃”的天竺伎入境）

四月，高宗亲临安福门，观玄奘迎御制并书慈恩寺碑文。僧徒甚多，行天竺仪式。（《旧唐书》卷四《高宗本纪》上）

显庆二年（公元657年）：

命王玄策送佛袈裟至天竺。（《法苑珠林》卷一六；《册府元龟》卷四六）

高宗欲放还天竺方士那延娑婆寐，王玄策谏阻。娑婆寐竟死于长安。（《册府元龟》卷四六《帝王部·智识》；《资治通鉴》卷二〇〇《唐纪》十六）

显庆三年（公元658年）：

王玄策撰《中天竺国图》，此据《历代名画记》。但此时王玄策尚在印度，恐无暇撰述。

访罽宾国俗（《旧唐书》卷一九八），以其地为修鲜都督府。（《新唐书》卷二二一上）

八月，南天竺属国千私弗国法陁拔底、舍利君国王失利提婆、摩腊王施婆罗地多并遣使送方物入唐。泛海累月，方达交州。（《册府元龟》卷九七〇《外臣部·朝贡》三）

显庆四年（公元659年）：

王玄策到婆栗阇国（vrjji）。

显庆五年（公元660年）：

九月二十七日王玄策到摩诃菩提寺立碑。

十月一日，天竺菩提寺主戒龙为王玄策设大会。王玄策归国。（《酉阳杂俎》卷一八；《法苑珠林》卷五二）

龙朔元年（公元661年）：

王玄策进天竺所得佛顶舍利。(《佛祖统纪》卷三九)

王名远进《西域图记》。

龙朔初，授罽宾国王修鲜等十一州诸军事兼修鲜都督。(《旧唐书》卷一九八)

龙朔二年(公元662年)：

五月，大集文武官僚议致敬事，非致敬者有王玄策。(《广弘明集》卷二五)

五月，于弗国、摩腊国遣使送方物入唐。(《册府元龟》卷九七〇《外臣部·朝贡》三)(于弗国可能即千私弗国)

龙朔三年(公元663年)：

王玄策第四次赴天竺[203](《大唐西域求法高僧传》卷上《玄照传》)

那提返长安。(《佛祖统纪》卷三九)

麟德元年(公元664年)：

玄奘卒。

麟德二年(公元665年)：

命玄照往迦湿弥啰国取长年婆罗门卢迦逸多。(《大唐西域求法高僧传》卷上)

武皇后赴东岳封禅。天竺、罽宾、乌苌等国使臣相从。(《唐会要》卷七)

司天台太史令瞿昙罗上经纬历。(《新唐书》卷二十六《历志》二)

乾封三年(公元668年)：

五天竺皆遣使入唐。(《新唐书》卷二二一上《西域列传》)

总章元年（公元668年）：

以乌茶国婆罗门卢伽阿逸多为怀化大将军，并令其合“长年药”。(《旧唐书》卷八四《郝处俊传》)

咸亨元年（公元670年）：

三月，罽宾国遣使入唐。(《册府元龟》卷九七〇《外臣部·朝贡》三)

咸亨二年（公元671年）：

义净赴天竺。(《宋高僧传》卷一《义净传》)

咸亨三年（公元672年）：

南天竺赠唐廷方物。(《册府元龟》卷九七〇《外臣部·朝贡》三)

咸亨四年（公元673年）：

义净自室利佛逝至东天竺。《南海寄归内法传》卷四：“咸亨四年二月八日，方达耽摩立底国。”(㊀,54,233b)

咸亨五年、上元元年（公元674年）：

义净抵那烂陀寺。

上元三年、仪凤四年（公元679年）：

五月，中天竺沙门地婆诃罗（日照）表请翻译所赍经夹。(《宋高僧传》卷二《日照传》)

罽宾国沙门佛陀波利礼拜五台。(同上)

永淳元年（公元682年）：

十二月，南天竺送方物入唐。(《旧唐书》卷五《高宗本纪》下)

弘道元年（公元683年）：

南天竺沙门菩提流支来中国。(《宋高僧传》卷三《菩提流支传》)

武则天垂拱三年(公元687年):

菩提流支至东都。(同上,《佛祖统纪》卷三九)

日照卒。(《华严经传记》)

永昌元年(公元689年):

七月二十日。义净初返广州。因经本尚阙,所将梵本并在佛逝,遂于其年十一月一日重返佛逝。(《大唐西域求法高僧传》下;《佛祖统纪》卷三九)。(**羡林按**:《佛祖统纪》谓义净于是年述《南海寄归传》与《求法高僧传》,不甚确。二书撰成于天授二年,在此两年之后。见王邦维著《大唐西域求法高僧传校注》)

天授二年(公元691年)(《旧唐书》卷一九八作“二年”。《册府元龟》卷九七〇《外臣部·朝贡》三作“三年”):

五天竺国皆遣使来:“东天竺王摩罗枝摩、西天竺王尸罗逸多、南天竺王遮娄其拔罗婆、北天竺王娄其那那、中天竺王地婆西那,并来朝献。”(《旧唐书》卷一九八)

五月二十五日,义净将新撰《南海寄归内法传》、《大唐西域求法高僧传》及所译杂经论十卷寄回国。(**羡林按**:此事或系于天授三年。此据王邦维考证之意见,见其所著《大唐西域求法高僧传校注》中附《义净生平年表》。)

天授三年、长寿元年(公元692年):

九月,罽宾国遣使朝贡。(《册府元龟》卷九七〇《外臣部·朝贡》三)

长寿二年（公元693年）：

北天竺沙门阿儞真那（宝思惟）敕于天宫寺安置。（《宋高僧传》卷三《宝思惟传》;《佛祖统纪》卷三九）

南天竺沙门菩提流支上所译《宝雨经》。（《宋高僧传》卷三《菩提流支传》）

天竺沙门慧智于东都授记寺译《观世音颂》。（《宋高僧传》卷二《慧智传》）

证圣元年、天册万岁元年（公元695年）：

义净还至洛阳。（《宋高僧传》卷一《义净传》。《佛祖统纪》卷三九系此事于圣历元年，显误。）

神功二年、圣历元年（公元698年）：

瞿昙罗上光宅历。（《旧唐书》卷二二《历志》一）

圣历二年（公元699年）：

北天竺婆罗门李元谄为新罗僧明晓译《不空羂索陀罗尼经》一卷。（《续古今译经图记》）

圣历三年、久视元年（公元700年）：

于阗沙门实叉难陀又共吐火罗沙门弥陀山（寂友）等译《大乘入楞伽经》。（《宋高僧传》卷二《实叉难陀传》）

七月，武后至三阳宫，有胡僧邀看葬舍利，狄仁杰谏止。（《唐会要》卷二七）

长安四年（公元704年）：

沙门义净于东都少林寺立戒坛，并自制铭。（《金石萃编》卷七〇《少林寺戒坛铭》）

实叉难陀还于阗。（《宋高僧传》卷二《实叉难陀传》）

在整个中印文化交流史上，九十年不能算是一个很长的时间。然而就在不算长的时间里。中印两国几乎年年都有来往，而且内容还非常丰富。其中有政治上的来往，比如梁怀璥、李义表、王玄策等等的奉使；有贸易上的互通有无，古代所谓“进贡”，往往是贸易往来的另一种形式；有文化的交流，每一次往来都或多或少与文化有关；有宗教的往还，佛教继续传入中国，比如大乘有宗比较系统地传入；甚至还有科技方面的互相学习，熬糖法就是一个很好的例子，印度医学传入中国也属于这一类。在唐初印度的眼科在中国似乎特别著名，许多诗人的集子中保留了不少关于这方面的诗歌。比如在《刘梦得文集》卷第七《送僧诗》中有一首《赠眼医婆罗门僧》的诗：

三秋伤望远，终日泣途穷，
两目今先暗，中年已老翁。
看朱渐成碧，羞日不禁风，
师有金篦术，如何为发矇。

可见一斑。这样的诗在唐人集子中还可以找到一些。另外就是“长年药”，就是“长生不老的药”，这当然是一种迷信。但初唐许多皇帝，都相信这玩意儿；连英明如唐太宗者都不例外，可见其影响之大。

在这里，特别值得注意的是玄奘。他对中印文化交流起了很大的作用，我们下面还要谈到他，这里就不再详细谈了。

在中印交通的道路方面，从初唐起开辟了一个新阶段。简略地说，在初唐以前，陆路是最重要的道路，由海路来往的比较少。但是，到了初唐，由于航海技术的突飞猛进，走海路的和尚一下子多了起来。此外，陆路还有一条道路，就是经过西藏、尼泊尔到印度去。这一条路过去走的人非常少。到了初唐义净时代，走这一条路的和尚也多了起来，这主要是由于政治方面的原因。文成公主嫁到西藏去，一方面把中国内地的文化带到了西藏，加强了汉藏两个民族的互相学习，互相了解。另一方面。又给到印度去留学的和尚创造了条件。我们可以拿义净著《大唐西域求法高僧传》作一个典型的例子来分析一下。根据日本学者足立喜六译注《大唐西域求法高僧传》(东京，昭和十七年，第九页)的统计，

往路	陆路	二十三人
	海路	四十人
	不明	二人
归路	陆路	十人
	海路	九人
	不明	五人

唐初往印度求学的和尚所走的道路情况如下：
这充分可以证明我在上面提到的那种情况。

至于初唐中印交通的另一个特点：走西藏、尼泊尔路，这在《大唐西域求法高僧传》里有足够的例证可以说明。足立喜六在书中第五页列举了这一条路的地名：

尼波罗道　鄯城(大散关·四川)→多弥道→苏昆→拉里→吐

蕃→小羊同→呾仓法关→末上加三鼻关→尼波罗→毗舍离

至于走这一条道路的人，有以下几个和尚：

玄照侍者慧轮　　金府→流沙→速利→铁门→睹货罗→雪岭→香池→葱阜→吐蕃→阇阑陀国

道希　　流沙→雪岭→吐蕃

玄太　　吐蕃→尼波罗→中印度

道方　　沙碛→尼波罗

道生　　吐蕃　　　　归途：尼波罗

末底僧诃与师鞭　　　归途：尼波罗

玄会　　　　　　　　归途：尼波罗

复有二人　　　　　　在尼波罗国

在短时间内这样多的人走尼波罗道，是空前的，也是绝后的。之所以走这条路，同文成公主到西藏有密切关系。《玄照传》说："蒙文成公主送往北天。"可见一斑。之所以以后不再走了，其原因见于玄会条最后的夹注："泥波罗既有毒药，所以到彼多亡。""毒药"指的是什么东西？我们不清楚。

五　关于玄奘

我们在上面简略地论述了玄奘西行求法的历史背景。其中包括中国情况、印度情况和中印交通的情况。

玄奘离开中国到印度求法的时候，佛教在中国的传播至少有了六七百年的历史，很多重要的佛典已经译成汉文，有的甚至有不止一个译本。翻译组织已经形成了一个比较固定的体系。佛教教义也已有了很大的发展，中国僧侣已经能够自己创造新的宗派。形成了中国化的佛教。禅宗甚至可以说几乎完全是中国的创造。它实际上已经走向佛教的反面。佛教寺院已经有了自己独立的经济。大和尚成了僧侣地主，同世俗地主有矛盾，同时又剥削压迫僧伽中的劳动者。统治者对宗教的态度是崇尚道教，有时三教并用，佛教并不特别受到重视。

在印度方面，封建社会达到了相当高度的发展。佛教已经分解成为小乘和大乘，小乘的许多宗派渐趋合并，大乘空、有两宗都已出现。外道势力非常强大，佛教已呈现出由盛至衰的情况。中印两国的交通空前频繁，文化交流达到空前的高潮。

在玄奘活动的时期，中印两国的情况大体上就是这样。

综观玄奘的一生，无论是在佛经翻译方面，还是在佛教教义的发展方面，他都作出了划时代的贡献，他在这两方面都成了一个转折点。这一点我们在上面已经有所论述。现在我们再谈一谈玄奘个人的一些情况，其中包括：一、玄奘的家世；二、西行求法前在国内的学习准备阶段；三、西行求法的动机；四、在印度的活动；五、回国后的情况；六、在佛教哲学方面理论与实践的矛盾；七、翻译印度因明可能产生的影响。

(一) 玄奘的家世

魏晋南北朝一直到隋唐许多义学高僧都出身于名门大族的儒家家庭。[204]他们家学渊源，文化水平高，对玄学容易接受。他们中有些人世家地位逐渐降低，命运乖舛，因此就转入佛教以求安慰。玄学与佛学有某些类似之处，二者互相影响，互相抄袭。

儒家出身受过玄学熏陶的和尚很容易接受佛教教义。《梁高僧传》和《续高僧传》有不少这样的例子，这里不一一列举。

玄奘的情况很相似。《大唐大慈恩寺三藏法师传》卷一说：

> 汉太丘长仲弓之后。曾祖钦，后魏上党太守。祖康，以学优仕齐，任国子博士，食邑周南，子孙因家，又为缑氏人也。父慧，英杰有雅操，早通经术。形长八尺，美眉明目，褒衣博带，好儒者之容，时人方之郭有道。[205]

《续高僧传》卷四《玄奘传》也说：

> 祖康，北齐国子博士。父慧，早通经术。[206]

可见玄奘出身于一个儒学世家。他不但学过《孝经》，而且是个孝子，他“备通经典，而爱古尚贤。非雅正之籍不观；非圣哲之风不习”，完全是儒学家风。同后代由于贫穷而出家当和尚的情况是完全不同的。

（二）西行求法前在国内的学习准备阶段

玄奘费了很大劲，才出了家。出家后，历游各地，遍访名师问学。根据《大唐大慈恩寺三藏法师传》和《续高僧传》所载，他访问过的老和尚一共有十三位：景、严、空、慧景、道基、宝暹、道震（振）、慧休、道深、道岳、法常、僧辩、玄会。他跟这些老师学习过的佛典有：《涅槃经》、《摄大乘论》、《阿毗昙论》、《迦延》

(《迦旃延阿毗昙》)、《婆沙》、《杂心》、《成实论》、《俱舍论》。可见玄奘的佛学是上承真谛绪统，研究了早已流行的毗昙、涅槃、成论之学，也研究了新兴的法相唯识学（《摄大乘论》为主），这和他以后佛学研究方向和赴印求法的目的都有联系。

（三）西行求法的动机

这问题我们上面已经有所涉及，这里再深入地谈一谈。自南北朝时起，中国和尚就争论所谓佛性的问题：凡人能不能成佛？什么时候成佛？经过什么阶段、通过什么手续才能成佛？对我们说来，这种荒诞不经的问题，毫无意义。但是对大多数佛徒说来，在欺骗老百姓方面，这却是绝顶重要的问题。

关于这个问题，印度小乘、大乘，都各有答复。大乘空、有，也各有答复。玄奘在国内已经接触到印度新兴的大乘有宗。他大概对这一宗派发生了兴趣。《大唐大慈恩寺三藏法师传》说：

> 法师既遍谒众师，备飡其说，详考其理，各擅宗途；验之圣典，亦隐显有异；莫知适从，乃誓游西方，以问所惑，并取《十七地论》，以释众疑，即今之《瑜伽师地论》也。[207]

《瑜伽师地论》是大乘有宗最重要的经典。他到印度去的主要目的是寻求学习大乘《瑜伽论》。《大唐大慈恩寺三藏法师传》说他到了屈支国，遇到一个大德僧名叫木叉毱多。玄奘问他：“此

有《瑜伽论》不?”毱多说这是邪见书,玄奘说:

> 婆沙俱舍,本国已有。恨其理疏言浅,非究竟说。所以故来欲学大乘《瑜伽论》耳。又瑜伽者,是后身菩萨弥勒所说,今谓邪书,岂不惧无底在(扛)坑乎?[208]

到了印度以后,曾对戒日王说:

> 玄奘远寻佛法,为闻《瑜伽师地论》。[209]

他又对戒贤法师说:

> 从支那国来,欲依师学《瑜伽论》。[210]

《续高僧传》卷四《玄奘传》[211]说法相同。可见玄奘到印度去求学的目的是非常清楚的。

玄奘想解决佛性问题,为什么找到瑜伽宗,也就是有宗呢?为什么不找龙树、帝婆的空宗呢?从佛教发展的历史来看,小乘佛教声言必须经过累世修行,积累功德,然后才能成佛。这就需要个人的艰苦努力。结果有些人望而却步。天国入门券卖得这样贵,不利于麻痹人民。在封建初期小国林立时还能勉强对付。但到了封建大帝国建成,它就失掉了服务的资格,必须及时改变。大乘空宗应运而起,它不要求累世修行,只须归依三宝、礼拜如来,就能达到目的。这是对一般老百姓的说法。对义学高僧则讲一套“空”的道理。玄奘所服膺的是大乘有宗，与空宗表面上稍有不同。所谓“有”，并不是承认物质世界的存在，并不是不讲空。否则就有承认物质世界的可能或嫌疑。但是空宗空得太厉害，什么都空了，物质世界固然空掉了，但是连真如、佛性、涅槃，甚至比涅槃更高的东西也都空掉。这不但对麻痹老百姓不利，而且对宗教家本身，好像也断绝了奔头。有宗在承认我法两空的同时，在否认物质世界的同时，小心翼翼地保护着“真如佛性”的“有”。这是有其隐蔽的目的的。就拿成佛的问题来说吧。玄奘和他创立的法相宗，既反对小乘那样把天国的入门券卖得太贵，也反对大乘空宗那样连天国都要空掉。他追随印度瑜伽行者派的学说，坚持五种姓的主张，就是说，人们对佛理的接受与实践是各不相同的。他反对道生主张的、有《涅槃经》作根据的一切众生皆有佛性的说法。《瑜伽师地论》、《楞伽经》、《摄论》都是讲种姓的，玄奘和法相宗也坚持此点。在窥基的著作中，特别是在《法华经》的注解中，他们的观点当然完全相同。[212]

这种说法与当时流行在中国的各宗的说法都不相同，因此招致了许多非议。玄奘虽然在成佛的道路上多少设置下了一些障碍，但是他在印度寻求解决佛性问题的结果却是：在当世即可成佛。从他自己的经历中也可以看出这一点。在他临终的时候，《大唐大慈恩寺三藏法师传》说：

> 至十六日，如从梦觉，口云：“吾眼前有白莲华大于槃，鲜净可爱。”十七日，又梦见百千人形容伟大，俱着锦衣，将诸绮绣及妙花珍宝装法师所卧房宇。以次装严

遍翻经院内外，爰至院后山岭林木，悉竖幡幢。众彩闻错，并奏音乐。门外又见无数宝舆，舆中香食美果，色类百千，并非人中之物，各各擎来供养于法师。法师辞曰："如此珍味，证神通者方堪得食。玄奘未阶此位。何敢辄受。"虽此推辞而进食不止。侍人謦欬，遂尔开目，因向寺主慧德具说前事。法师又云："玄奘一生以来所修福慧，准斯相貌欲似功不唐捐。信如（知）佛教因果并不虚也。[213]

这显然就是成佛的意思。玄奘大概自己相信，他这一死就涅槃成佛了。

（四）在印度的活动

玄奘经过了千辛万苦，九死一生，终于到了印度。同在国内一样，他也是到处访谒名师，对佛典和婆罗门经典，都一一探索。在佛教内部，他是一个坚定的大乘信徒，这在《大唐西域记》和《大唐大慈恩寺三藏法师传》中可以清楚地看到。他制造了许多抬高大乘的神话，秣底补罗国的那一个反对大乘的论师的下场就是一个很好的例子。此外，《大唐大慈恩寺三藏法师传》里面还多次提到大小乘之争。他总是祖护大乘。但是他并不反对学习小乘，他还积极地去学习印度其他的一些科学知识，比如逻辑学（因明）、语法（声明）等等。

我们在下面以《大唐大慈恩寺三藏法师传》为根据，按时间顺序，把他在印度学习的情况条列如下：

迦湿弥罗国

彼公（指僧称——引者）是时年向七十，气力已衰，庆逢神器，乃励力敷扬。自午以前，讲《俱舍论》。自午以后，讲《顺正理论》。初夜后讲《因明》、《声明论》。由是境内学人，无不悉集。法师随其所说，领悟无遗。研幽击节，尽其神秘。[214]

磔（砾）迦国

仍就停一月，学《经百论》、《广百论》。[215]

至那仆底国

因住十四月，学《对法论》、《显宗论》、《理门论》等。[216]

阇烂达那国

因就停四月，学《众事分毗婆沙》。[217]

禄勒那国

遂住一冬半春，就听《经部毗婆沙》讫。[218]

秣底补罗国

法师又半春一夏，就学萨婆多部《怛埵三弟铄论》（唐言《辩真论》，二万五千颂，德光所造也）、《随发智论》等。[219]

羯若鞠阇国

法师入其国。到跋达逻毗诃虽寺住三月，依毗离耶犀那三藏读佛使《毗婆沙》、日胄《毗婆沙》讫。[220]

摩揭陀国　那烂陀寺

这座古寺是几百年前笈多王朝创立的，是当时印度文化的中心，也是玄奘的目的地。他于公元630年来到这里，在这里住的时间最久，主要是从戒贤大师受学。在他来到以前，慈氏菩萨托梦给戒贤："故来劝汝：当依我语显扬《正法》、《瑜伽论》等，遍及未闻。"[221]法师在寺听《瑜伽》三遍，《顺正理》一遍，《显扬》、《对法》各一遍，《因明》、《声明》、《集量》等论各二遍，《中》、《百》二论各三遍。其《俱舍》、《婆沙》、《六足》、《阿毗昙》等以曾于迦湿弥罗诸国听讫，至此寻读决疑而已。兼学婆罗门书，印度梵书，名为《记论》。[222]

伊烂拿国

又停一年，就读《毗婆沙》、《顺正理》等。[223]

南憍萨罗国

其国有婆罗门，善解因明，法师就停月余，日读《集量论》。[224]

驮那羯磔加国

法师在其国逢二僧，一名苏部底，二名苏利耶，善解大众部三藏。法师因就停数月学大众部《根本阿毗达磨》等论。彼亦依法师学大乘诸论。[225]

钵伐多国

法师因停二年，就学正量部《根本阿毗达磨》及《摄正法论》、《教实论》等。[226]

（五）回国后的情况

玄奘离开印度，仍然循陆路回国。贞观十八年（公元644年）他一回到于阗，就急不可待地上表唐太宗，告诉他自己回国的消息。太宗立刻答复："可即速来，与朕相见。"两个人可以说是未见倾心，从此就奠定了他们之间的密切关系。为什么会发生这样的情况呢？太宗是一个有雄才大略之主，西域的突厥始终是他的一块心病，必欲除之而后快。玄奘是深通世故，处心积虑显扬佛法的和尚，他始终相信："不依国主，则法事不立。"两个人一拍即合，这就是基础。

贞观十九年（公元645年）春正月，玄奘回到长安，受到盛大的欢迎。他带回来了大乘经二百二十四部，大乘论一百九十二部，上座部经律论十五（四）部，大众部经律论十五部，三弥底部经律论十五部，弥沙塞部经律论二十二部，迦叶臂耶部经律论十七部，法密部经律论四十二部，说一切有部经律论六十七部，因明论三十六部，声明论十三（二）部，凡五百二十夹，六百五十七部。此外还有许多佛像，都安置在弘福寺内。[227]

同年二月，玄奘谒见唐太宗。寒暄以后，太宗首先问的是西域的物产、风俗。玄奘对答如流。太宗大悦，立刻劝他著书，"帝又察法师堪公辅之寄，因劝归俗，助秉俗务。"[228]玄奘不肯。可见玄奘初次见面给太宗印象之深。也可见太宗关心的并不是什么佛教，而是政治，说太宗崇信佛法，是没有根据的。他答玄奘手书说："至于内典，尤所未闲。"[229]说得再明白不过了。

从此以后，玄奘主要精力就用在写书、译经上。他上奏太宗："玄奘从西域所得梵本六百余部，一言未译。"太宗肯定了他的想法。他虽然华梵兼通，但是大概从亲身经验中和中国过去的经验中，他感到集体译比单干要好得多。他首先组织了译场，[230]网罗天下和尚中的英俊，助他译经。他的政治嗅觉又是很灵敏的，他完全了解太宗的打算。到了贞观二十年（公元646年），仅用了一年的时间，就把《大唐西域记》写完上进。他在表中写道：

> 所闻所履百有二十八国。窃以章彦之所践藉，空陈广袤；夸父之所凌厉，无述土风；班超侯而未远，张骞望而非博。今所记述，有异前闻，虽未极大千之疆，颇穷葱外之境，皆存实录，匪敢雕华。谨具编裁，称为《大唐西域记》，凡一十二卷，缮写如别。[231]

《大唐西域记》写完以后，他就专心译经。他的工作热情，高到惊人的程度。“专精夙夜，不堕寸阴。”[232]但是他没有，也不可能忘记“政治活动”。他还是经常追随在太宗左右。他译了经，一定要请太宗作序。一次不允，再次请求，决不怕碰钉子，一直到达到目的为止。他也懂得在适当的时机，用适当的言词来“颂圣”。他说什么：“四海黎庶，依陛下而生。”[233]他在印度时，戒日王问什么《秦王破阵乐》，这可能是事实；但我怀疑也是他编造的。太宗没有忘记原来的打算：“每思逼劝归俗，致之左右，共谋朝政。”“意欲法师脱须菩提之染服，挂维摩诘之素衣；升铉路以陈谟，坐槐庭而论道。”[234]玄奘回答说：“仰惟陛下上智之君，一人纪纲，万事自得其绪。”[235]现在看起来。这回答真是非常得体，既拒绝了太宗的要求，又不得罪这位大皇帝。而且还狠狠地拍了一下马屁。以后还有几次，太宗要玄奘还俗做官，玄奘始终很巧妙地避开。他还会寻找一切机会向皇帝上表祝贺，比如赤雀飞上御帐之类。在皇帝方面，当然也不会忘记随时颁赐，御笔写序，弘扬大法。终太宗之世，君臣虽然各有各的打算，但总算是相知极深，恩遇始终优渥。玄奘译经的干劲也丝毫没有衰竭。同时，玄奘同印度那烂陀的联系，并未中断，书信往来，还是有的。

太宗崩逝以后，玄奘同高宗的关系也处得很好。玄奘对这位新皇帝是如法炮制，连皇帝妃子怀孕，生儿子这种最俗的事情，这位高僧也不会忘记上表祝贺。新皇帝也像他父亲一样，待玄奘很好。自从高宗即位以后，玄奘就回到慈恩寺。从此以后，专务翻译。每天夜以继日，勤奋不缀。除了翻译之外，还要讲经：

> 每日斋讫黄昏二时讲新经论，及诸州听学僧等，恒来决疑请义。既知上座之任，僧事复来谘禀。复有内使遣营功德，前后造一切经十部，夹纡宝装像二百余躯，亦令取法师进止，日夕已去。寺内弟子百余人，咸请教诫盈廊溢庑，皆酬答处分无遗漏者。虽众务辐凑，而神气绰然无所拥滞。犹与诸德说西方圣贤主义诸部异端，及少年在此周游讲肆之事。高论剧谈，竟无疲怠。其精敏强力过人若斯，复数有诸王卿相来过礼忏，逢迎诱导，并皆发心，莫不舍其骄华肃敬称叹。[236]

到了后来，他大概感到自己年龄渐老。他在上高宗表中说：“而岁月如流，六十之后，飒焉已至。念兹遄速，则生涯可知。”[237]他想离开京城往少林寺翻译，皇帝不许。

到了逝世前夕，玄奘对翻译工作更加兢兢业业，争分夺秒。在翻译《大般若经》时，“到此翻译之日，文有疑错，即校三本以定之，殷勤省覆，方乃著文，审慎之心，古来无比”。[238]他也劝别人，

“人人努力加勤恳，勿辞劳苦”。[239]到了麟德元年（公元664年）春正月，僧众劝他翻译《大宝积经》，众情难却，他勉强译了几行，便收梵本说：“此经部轴与《大般若》同，玄奘自量气力不复办此。”[240]他晚年急切工作的情景，跃然纸上。他也就死在这一年。

（六）在佛教哲学方面理论与实践的矛盾

玄奘在佛教哲学方面，基本上继承了印度大乘有宗的传统，他比较忠实地把这一派学说介绍到中国来，形成了中国佛教的一个宗派——法相宗。不过，玄奘毕生所致力的是翻译工作，自己写的著作不多，法相宗理论的奠基人应该说是他的弟子窥基。

关于法相宗的哲学，可参阅任继愈的《汉唐佛教思想论集》和吕澂的《中国佛学源流略讲》，这里不详细论述。

我在这里只想谈一个问题，这就是，玄奘在佛教一个关键性、也是他毕生关心的问题上，理论和实践的矛盾。

法相宗，同中外唯心主义哲学一样，虽然立论决不是根据客观实际，本来是可以胡说一通的，却偏要搞成一个看起来深不可测五花八门的体系。这个体系的特点就是八识，世间一切都是“识”所变现出来的，因此被称作唯识宗。前六个识：眼识、耳识、鼻识、舌识、身识、意识，是容易理解的。第八识叫阿赖耶识，是总管一切的，而第七识末那识，则是联系第八识与前六识的。最关键的是第八识。前六识只起了辨别、认识的作用。第七识起联系的作用。有了第八识，其他七个识才能起作用。此外法相宗还幻想出一个精神性的单子——种子，认为它是构成世界的原因。

一切种子有染、净的分别，前者叫有漏种子，后者叫无漏种子。这些种子当然不能离开识，也就是说离不开人的主观精神，既然第八识是人的主观精神（心）的关键，种子藏住的地方就是第八识。世界是在种子生生灭灭中进行着的，种子又是经常处在染污的情况下。有漏种子是使人类陷于苦难的根本原因，只有断尽有漏种子，人类才能跳出轮回。在这里法相宗又提出了三性、三无性的学说。其中圆成实性或真如佛性是万法（一切事物）的实体。这个实体对于世界不具有加工、改造、推动的作用，它是不造作、不生灭、永世常存的。它是绝对清净、不杂有染污的精神实体。如果想舍染归净，就必须割断阿赖耶识和众生活动的内在联系。阿赖耶识中包括有漏种子和无漏种子。不断经过善行的熏习，有漏可以转为无漏。根据法相宗的理论，只有佛才能断尽有漏种子；但是有漏种子断尽才能成佛。这个鸡与蛋的关系。使法相宗陷入窘境，无法摆脱。[241]

总之，不管怎么样，在法相宗看来，成佛是异常艰巨的，如果说不是不可能的话。这是他们的理论。

但是在实践上，好像又不是这么一回事，成佛不但不是不可能的，而且今生即可成佛。永徽二年（公元651年）春正月有几个州的刺史请玄奘授菩萨戒，玄奘答应了。后来他们返任后各舍净财共修书遣使参见法师，信中有几句话说："始知如来之性，即是世间，涅槃之际，不殊生死。"[242]这可能是玄奘因材施教，故意对居士弟子这样说的。但证之玄奘临终时的情况，好像他自己也这样相信。这样就产生了理论与实践的矛盾。我觉得，中国古代许多佛教大师都似乎有这样的矛盾。讲佛理的时候，头绪纷繁，越讲越玄。乍一看，真是深奥得很，实则破绽百出，想入非非，故弄玄虚，强词夺理。但在实践方面，则又是另外一套。这种理论与实践的矛盾，可能是由于对一般老百姓，如果死钻牛角，将会把他们吓退，不如说得简单明了，只需喊上几声“阿弥陀佛”，布施一些什么东西，就扯给他一张天国入门券，西天有份。这样对吸收信徒，增添利养，大有好处。我看玄奘也没能逃出这个窠臼。

（七）翻译印度因明可能产生的影响

法称和陈那是印度因明（佛教逻辑）的创立者，他们都是唯心主义者。但又是逻辑学家，这本身就有点矛盾。想要调和唯心主义与逻辑是不可能的。印度唯心主义者，包括佛教大乘的空宗和有宗在内，都认为外在世界或物质世界是不真实的。恩格斯的名言：“全部哲学，特别是近代哲学的重大的基本问题，是思维和存在的关系问题。”[243]这句名言在印度也是适用的。印度唯心主义者，尽管用的名词不同，但是目的是一致的，就是否认物质世界的存在，认为思维是第一性的。他们有一些手法同欧洲有些相似，比如唯识宗论证物质世界不存在的理论，就同英国的唯心主义者贝克莱几乎完全相同。印度唯心主义者否认pramāna（旧译作“量”或“形量”），也就是知觉与推理等，他们说这些都只是幻象。因为如果承认知觉与推理就要承认知觉与推理的对象，认识的目的物。也就是说，承认外在物质世界的存在。印度的因明学者法称和陈那不想放弃唯心主义，又对pramāna感到兴趣。法称说：“一切成了功的人类活动都以正确的知识为前提。正确的知识包括两个方面，这就是直接经验（pratyakṣa，一译知觉，旧译‘现量’）和推理（anumaṇa，旧译‘比量’）。”[244]他们给印度因明（逻辑）与认识论灌输了新的活力，企图调和多少有点唯物主义因素的经量部与大乘有宗的理论。这就表明，因明的探讨，不能不承认知觉与推理等所谓pramāna的存在。这是一个矛盾，法称与陈那的弟子和注释者都不能不承认这一点。连他们本人也感觉到这一点而没有法子解决。只有不了了之，装出不理会这个问题的样子。不管怎么样，法称与陈那探讨了因明，承认了pramāna，因而助长了唯心主义的对立面——印度唯物主义者的声势。这在印度哲学史上无论如何也算是起了进步作用的。

玄奘也是一个唯心主义者，但是他对因明也下过工夫。在印度留学期间，曾从戒贤大师听《因明》两遍。在南憍萨罗国，他也曾跟一个婆罗门学习因明。回国时他携带的书籍中有《因明论》三十六部。他翻译了《因明正理门论本》一卷、《因明人正理论》一卷。他的大弟子窥基写了一部《因明人正理论疏》三卷。可见他们师弟对因明的重视。法称和陈那所遇到的难以解决的问题，想来玄奘师弟也会遇到。他们对因明的提倡，也就意味着对唯心主义的冲击。不管是多么微小，多么隐晦不引人注意，多么违反玄奘师弟的本意，但它毕竟是一次冲击。它产生的结果会是积极的、良好的。

上面论述了有关玄奘个人的一些情况。我们究竟应该怎样评价玄奘这样一个人呢？

我们是唯物主义者，我们当然不欣赏宗教、也不宣扬宗教，我们同意马克思的名言:“宗教是人民的鸦片烟。”但是我们又是辩证唯物主义者,必须对具体的事物、具体的人,进行具体的、全面的分析。佛教传入中国促进了中国唯心主义哲学的发展,宋朝理学就是一个具体的例子。但是魔高一尺,道高一丈。唯心主义的发展也促进了与之对立的唯物主义的发展。在中国思想史上,佛教也不无功绩,尽管这个功绩多半是从反面来的。我们不同意像有一些同志那样对佛教采取一笔抹煞、肆口谩骂的态度。这表面上看起来是非常“革命”的,实际上是片面性的一种表现,是没有力量对佛教进行细致分析批判的表现。其次,同佛教一起传进来的还有印度的文学、艺术、音乐、雕塑、音韵,甚至天文、历算、医药等等。这对我国文化的发展起了良好的作用。

对玄奘的评价也应该采取实事求是的态度。从中国方面来看,玄奘在中国佛教史上是一个继往开来承先启后的关键性的人物,他是一个虔诚的宗教家,同时又是一个很有能力的政治活动家。他同唐王朝统治者的关系是一个互相利用又有点互相尊重的关系。由于他的关系,佛教,特别是大乘佛教,得到了一定的发展。但是由于寺院有了独立的经济,寺院的头子都成了僧侣地主阶级,因此就不可避免地要同世俗的地主阶级,特别是地主阶级的总头子的唐朝皇帝发生矛盾。所谓“会昌法难”就是这样产生出来的。玄奘,不管他有多大能力,也无法避免这样的悲剧。佛教的衰微是不以他的意志为转移的。

至于他个人,一方面,他是一个虔诚的佛教徒、有道的高僧。另一方面,他又周旋于皇帝大臣之间,歌功颂德,有时难免有点庸俗,而且对印度僧人那提排挤打击,颇有一些“派性”。《续高僧传》

卷四《那提传》说："那提三藏，乃龙树之门人也。所解无相与奘颇返。"这说明他信仰空宗，同玄奘不是一派。他携带了大小乘经律五百余夹。合一千五百余部，永徽六年（公元655年）到了京师，住在慈恩寺中，"时玄奘法师当涂翻译，声华腾蔚，无有克彰，掩抑萧条，般若是难。既不蒙引，返充给使。显庆元年敕往昆仑诸国，采取异药。既至南海，诸王归敬，为别立寺度人授法。弘化之广，又倍于前。以昔被敕往，理须返命。慈恩梵本，拟重寻研。龙朔三年（公元663年）还返旧寺，所赍诸经，并为奘将北出，意欲翻度，莫有依凭。"[245]这里的玄奘简直像是一个地头蛇，一个把头。看来那提是一个很有学问很有道行的高僧。否则南方诸国的国王也不会这样敬重他。然而只因与玄奘所宗不同，便受到他的排挤、抑压。而且自己带来的佛经也被玄奘夺走。真有点有苦难言，最后只能怏怏离开中国，死在瘴气之中。连《续高僧传》的作者也大为慨叹："夫以抱麟之叹，代有斯踪，知人难哉！"

因此，我想借用恩格斯评论黑格尔和歌德的一段话来评论玄奘：

> 黑格尔是一个德国人而且和他的同时代人歌德一样拖着一根庸人的辫子：歌德和黑格尔在自己的领域中都是奥林帕斯山上的宙斯，但是两人都没有完全脱去德国的庸人气味。[246]

玄奘在自己领域内算得上是一个宙斯。但是他的某一些行为，难道就没有一点庸人习气吗？

但是，话又说了回来。玄奘毕竟是一个伟大的人物。我再引用鲁迅一段话：

> 我们从古以来，就有埋头苦干的人，有拚命硬干的人，有为民请命的人．有舍身求法的人……虽是等于为帝王将相作家谱的所谓“正史”，也往往掩不住他们的光耀，这就是中国的脊梁。[247]

鲁迅在这里并没有点出玄奘的名字，但是他所说的“舍身求法的人”，首先就有玄奘在内，这一点是无可怀疑的。有这样精神的玄奘的确算得上是“中国的脊梁”。

六　关于《大唐西域记》

最后我再谈一谈有关《大唐西域记》的一些问题。

要想正确评价这样一部书，我觉得，应该从以下几个方面着手：第一，要把它放在一定的历史背景下来考察研究；第二，有比较才能有鉴别，要把它同其他同类的书籍来比较一下；第三，要看它帮助我们解决了多少问题，又提出了多少值得探索的新问题；第四，实践是检验真理的唯一标准，要看它在实践上究竟有多大用处。

先谈第一点。

中华民族不但是一个酷爱历史的民族，而且也是一个酷爱地理的民族。在历史方面，除了几乎每个朝代都有自己的正史以外，还有多得不可胜数的各种“史”。尽管这里面也难免有些歪曲事实的地方，有些迷信或幻想的成分，但是总的说来，是比较翔实可靠的，实事求是的。这充分显示了我们民族的特点。在地理方面，我们从很早的时候起就有了地理著作，比如《禹贡》、《山海经》、《穆天子传》之类。这些书尽管不像它们自己声称的那样古老，但总之是很古老的。我们也很早就有了关于外国的地理书，而且有的还附有地图。到了南北朝时代和以后的时代，由于中外交通频繁起来了，各种地理书风起云涌。南齐陆澄曾经把《山海经》以下一百六十家的地理著作，按照地区编成《地理书》一百四十九卷，梁任昉又增加八十四家，编成《地记》二百五十二卷。中央政府设有专门机构，了解外国的情况。《唐六典》兵部有职方郎中员外郎，专管天下地图，包括外国的在内。还有鸿胪，专门招待外国客人，顺便询问外国的情况。[248]有时候，打了胜仗以后，也派人到外国去调查风俗物产，写成书，画上图，进奉皇帝。[249]甚至有了地形模型。

在唐代，在玄奘以后的相当长的时间内，地理书籍特别繁多，这同当时的政治、经济情况和文化交流、宗教活动是分不开的。《十道图》有很多种类。大历时贾耽著有《陇右山南图》，贞元十七年又撰《海内华夷图》、《古今郡国道县四夷述》四十卷。可以说是一个典型的代表。

谈到宗教活动对地理学发展的影响，主要指的是佛教。古时候，交通异常困难，除了使臣和商人之外，大概很少有人愿意或敢于出国的。独有和尚怀着一腔宗教热诚，“轻万死以涉葱河，重一言而之柰苑”。他们敢于冒险，敢于出国。从汉代起，中印的僧人就互相往来，传播佛教。他们传播的不仅仅是宗教。正如人们所熟知的，中印两国的文化也随着宗教的传播而传播开来。在长达六七百年的时间内，出国活动的人以和尚为最多。而且中国和尚还充分表现了中华民族的特点：他们喜爱历史，也喜爱地理。他们实事求是，很少浮夸。他们写了不少的书，比如：

晋法显《佛国记》，今存。

释道安《西域志》，今佚。[250]

支僧载《外国事》，今佚。

智猛《游行外国传》，今佚。

释昙景（勇）《外国传》，今佚。

竺法维《佛国记》，今佚。

释法盛《历国传》，今佚。

竺枝《扶南记》，今佚。[251]

惠生《惠生行传》（见《洛阳伽蓝记》）。

这些书无论如何，总可以说是中国佛教僧侣对中外文化交流历史的一个重大贡献。

到了玄奘的《大唐西域记》，佛教僧侣不但对中国地理学的贡献达到一个前所未有的水平，而且对印度地理学的贡献也是非常巨大的。在当时的历史背景下，这一部书确实是空前的。这一部杰作之所以能够产生，除了玄奘本人的天才与努力之外，还有其客观的需要。由于隋末的统治者滥用民力，对外讨伐，对内镇压起义军，杀人盈野，国力虚耗，突厥人乘机而起，不但威胁了隋代的统治基础，而且连新兴起的唐高祖李渊也不得不暂时向突厥低头称臣。唐高祖和太宗都深以为耻，必欲雪之而后快。想要进攻突厥或西域其他威胁唐王室的民族，必须了解地理情况，唐太宗之所以一见面即敦促玄奘写书，其原因就在这里。玄奘是一个有政治头脑的和尚，决不会辜负太宗的希望,《大唐西域记》于是就产生了。太宗拒绝经题，但是对于这一部书却非凡珍惜，他对玄奘说:“又云新撰《西域记》者，当自披览。”可见他的心情之迫切了。现在再谈第二点。首先同中国类似的书相比。中国古代关于印度的记载，在汉以前的古书中，可能已经有了。但是神话传说很多，除了知道我们两国从远古起就有了交往以外，具体的事情所知不多。从汉代起数量就多了起来。佛教传入中国以后。两国间直接的交通日益频繁，对彼此了解情况，大有帮助。到印度去的僧人写了不少的书，上面已经列举了一些。但是所有这些书同《大唐西域记》比较起来，无论是从量的方面比，还是从质的方面比，都如小巫见大巫，不能望其项背。像《大唐西域记》内容这样丰富，记载的国家这样多，记载得又这样翔实，连玄奘以后很长的时间内，也没有一本书能够比得上的。因此，从中国方面来说,《大唐西域记》确实算是一个高峰。

其他外国人写的有关印度的书怎样呢？

印度民族是一个伟大的非常有智慧的民族，在古代曾创造出灿烂的文化，哲学、自然科学都有很高的造诣，对世界文化作出了巨大的贡献。但是印度民族性格中却有一个特点：不大重视历史的记述，对时间和空间这两方面都难免有幻想过多、夸张过甚的倾向，因此马克思才有“印度没有历史”之叹。[252] 现在要想认真研究印度历史，特别是古代史，就必须依靠外国人的记载。从古代一直到中世，到过印度的外国人非常多，没有亲身到过但有兴趣的也不少。他们留下了很多的记载。这些记载对研究印度历史来说，都成了稀世之宝。首先必须提出的是古代希腊人的著述。在这方面最早的是一个叫Skylax的人的记录。传说他于公元前547年左右泛舟印度河。他的著作已经佚失。其次是克特西亚斯（Ctesias），他的著作主要是一些寓言。再就是所谓“历史之父”的希罗多德（Herodotus公元前五世纪，有人说是公元前484—406年）的记述。可惜他的资料不是根据亲身经历，而是来自波斯人的传闻，因此多不可靠。最重要的是亚历山大入侵时或以后的希腊人的著作，这些人亲自到过印度。记述亚历山大入侵的有希腊作家，也有罗马作家，比如阿里安（Arrian，约公元96—180年）的《亚历山大远征记》[253]，第四卷；Curtius Rufus Quintus（约公元41—54年）的*De Rebus Gestis Alexandri Magni*，第五卷；Diodorus Siculus（公元前一世纪后半叶）的*Bibliotheco Historica*第十七卷；Justin（公元二世纪）的*Epitoma Historiarum Phīippicarum*第十二卷；普鲁塔克（Plutarch约公元46—120年）的《希腊罗马名人传》；无名氏的《亚历山大大帝的历程》等等。特别值得一提的是麦伽塞因斯（Megasthenes）。他曾到孔雀王朝朝廷上当过大使，在华氏城住过几年（约公元前303—292年），亲眼见过印度，所记当然翔实。但他那名叫《印度记》（*Indika*）的书已佚，仅见于其他书籍中，例如：1. 斯特拉波（Strabo，公元前63—公元19年）的著作《地理学》（*Geographica*共十七卷）。取材庞杂。2. 底奥多鲁斯（Diodorus，公元前一世纪，生活在亚历山大城和罗马）的《历史书库》（*Historische Bibliothek*原书四十卷，现存一至五卷，十一至二十卷）。3. 阿里安（Arrian）

的《亚历山大远征记》等等。一鳞半爪，难窥全豹。在地理方面最重要的著作是阿里安的《印度记》（*Indica*），斯特拉波Pliny和Ptolemy的地理书。更重要更确切的地理书是*Periplus Maris Erythraei*，时间约在公元一世纪，著者是一个住在埃及的希腊人，他曾航海至印度海岸。这些都是在玄奘之前的。晚于玄奘的还有不少，比如马可波罗《游记》[254]。伊本·白图泰（Ibn-Batuta）的《游记》[255]。这都是人所熟知的。还有贝鲁尼。贝鲁尼全名是Abu-r-Raihan Mohammed ibn Achmed al-Beruni，是伊斯兰教最伟大的学者之一。生于花拉子模（Choresm），死于伽色腻（Ghasni阿富汗）。生活时间从公元973年到1050年以后。自公元1018年起作为天文学家生活在Sultan Machmud von Ghazni和他的继承人的朝廷上。他精通地理、天文、数学、年代学、矿物学、宗教学、史学等等。他的著作非常多。其中关于印度的有《印度》，英译书名是*Alberunis India*，译者是萨豪（E.C.Sachau）。还有《古代民族编年史》，英译书名是*The Chronology of Ancient Nations*，1879，译者也是萨豪。其他天文著作有《占星学引论》（*The Book of Instruction in the Elements of the Art of Astrology*，1934），英译者是莱特（R.R.Wright）。贝鲁尼有关印度的著作，不像以上两种那样著名，实际上价值决不下于以上两种，现巳引起欧洲和全世界各国学者的注意。

比较更晚一点的还有托马斯·罗欧（Thomas Roe）的著作。他是英国国王詹姆斯一世派往印度莫卧儿皇帝扎亨吉朝廷上的大使，写了一部书，叫做《托马斯·罗欧爵士使印度记1615–1619》[256]。此外还有法国人弗朗索瓦·泊尼尔（Francois Bernier）

的著作，他于公元1668年访印，写了一本《旅行记》[257]。根据印度史学家罗米拉·塔帕（Romila Thapar）的意见，这两本书成为欧洲了解十七世纪至十八世纪的印度的主要依据。其中有些记载是相当可靠的，其他一些则是观察与幻想的混合物。[258]

以上这些书都各有其特点，都各有其可取之处。我们从这里可以学习到不少的有用的东西，对于研究古代中世纪和十七八世纪印度的历史有很大的帮助。但是在玄奘以前的那一些著作都比较简略，不能帮助我们全面了解印度。在玄奘以后的那一些著作，当然都详细多了。但是它们都无法代替《大唐西域记》，要想了解古代和七世纪以前的印度，仍然只能依靠这一部书。

《大唐西域记》的功绩究竟表现在什么地方呢？

研究印度历史的中外学者都承认，古代印度的历史几乎全部都隐没在一团迷雾中，只有神话，只有传说，也有一些人物，但是对历史科学来说最重要的年代，却无从确定。有的史学家形象地说：在古代印度没有年代的一片黑暗中，有一根闪光的柱子，这就是释迦牟尼的生卒年代。确定了这个年代，以前以后的几件大事的年代的确定就都有了可靠的依据，因而才真正能谈到历史。而释迦牟尼年代的确定，中国载籍起了很大的作用，《大唐西域记》对于确定佛陀生卒年月也起过作用。古希腊亚历山大的东征，曾起了帮助确定年代的作用，这次东征对理解阿育王碑有很大好处。我们在这里暂不详细讨论。

除了释迦牟尼的年代以外，《大唐西域记》对印度古代和中世纪的历史上的许多大事件都有所记述。比如关于伟大的语法学家波你尼，关于毗卢择迦王伐诸释，关于阿育王与太子拘浪拏的故事等等。迦腻色迦王的问题多少年来在世界许多国家的历史学家中已经成为一个热门,《大唐西域记》有四五处讲到迦腻色迦,给这个问题提供了宝贵的资料。至于在玄奘时代,印度的政治、经济、宗教、文化、民族关系等等方面,《大唐西域记》都有非常翔实的论述。我们在上面讲到这些方面的时候,主要依据就是这些论述。如果再谈到佛教史,这书里的材料就更多。几次结集的记载,除了南传佛教承认的阿育王的集结外,这里都有。关于大乘与小乘,大乘的许多大师,马鸣、龙猛(树)与提婆,无着与世亲,他们的活动的情况,这里也都有。我并不是说这些记载都是百分之百的真实,那是不可能的,在玄奘那样一个时代,又加上他是一个虔诚的佛徒,有些神话迷信的色彩,是不可避免的,也是容易理解的,不过这些都只能算是白玉中的微瑕,决不能掩盖这一部奇书的光辉。而且这种情况仅仅限于宗教方面,一讲到地理、历史,就仿佛从神话世界回到现实世界,记载都比较翔实可靠了。

统观全书,包括了一百多个“国”,玄奘的记述有长有短,但是不管多么短,他的记述似乎有一个比较固定的全面的章法:幅员大小、都城大小、地理形势、农业、商业、风俗、文艺、语言、文字、货币、国王、宗教等等。这些方面几乎都要涉及。当时和今天要想了解这个“国”,除了以上这些方面,还要了解些什么呢?他能用极其简洁的语言描绘大量的事实,不但确切,而且生动。所以,我们可以说,玄奘是一个运用语言的大师,描绘历史和地理的能手。而《大唐西域记》是一部稀世奇书,其他外国人的著作是很难同这一部书相比的。

现在谈第三点。

上面我们讲了《大唐西域记》帮助我们解决了许多历史上的疑难问题。比如关于印度当时的政治、经济情况，关于重大的历史事件，关于宗教力量的对比，关于佛教的几次结集，关于大、小乘力量的对比，关于小乘部派的分布情况等等。离开了《大唐西域记》，这些问题几乎都是无法解答的。但是我个人有一个想法：比解决问题更重要的是它提出了一些还没有解决的问题，这就启发我们进一步去思考问题、研究问题，帮助我们把研究工作更向前推进。

这样的地方是非常多的。几乎在每一卷里都可以找到一些，我在这里只能举出几个来当作例子。首先我想举玄奘所经各"国"的语言问题。玄奘是一个非常细致的观察家，对语言似乎是特别留心。他所到之处，不管停留多么短暂，他总要对当地语言、文字的情况写上几句，比如：

阿耆尼国

文字取则印度，微有增损。

屈支国

文字取则印度，粗有改变。

跋禄迦国

文字法则，同屈支国，语言少异。

窣利地区

文字语言，即随称矣。字源简略，本二十余言，转而相生，其流浸广，粗有书记，竖读其文，递相传授，师资无替。

怖捍国

语异诸国。

睹货逻国

语言去就，稍异诸国。字源二十五言，转而相生，用之备物，书以横读，自左向右，文记渐多，逾广窣利。

因为日本学者水谷真成对于这个问题已有比较详细的论证，我在这里不再引用原文，请参阅水谷真成《大唐西域记》，《中国古典文学大系》22。

在十九世纪末二十世纪初年以前，学者们对玄奘的记载只能从字面上接受。他讲到的这些语言，他们可以说是一无所知。但是从那个时期开始的在中国新疆一带进行的考古发掘工作，却用地下出土的实物、古代语言文字的残卷证实了玄奘的记载。是不是全部都证实了呢？也不是的。一方面现在还有一些出土的残卷，我们还没能读通。另一方面，考古发掘工作还要进行下去。将来一定还有更多、更惊人的发现，我们在这方面的工作可以说是刚刚开始。就以水谷真成的文章而论，他引证了大量的文献，论述了新疆、中亚一带（古代所谓“西域”）和印度本土的语言文字。但是对怖捍国的语言文字还没有论述。玄奘《大唐西域记》说这里“语异诸国”。同其他国都不一样，究竟是一种什么语言呢？这就需要我们进一步探讨研究。

除了语言文字以外，还有宗教方面的问题。玄奘谈到了许多佛教和印度教常见的神，他也谈到了许多别的教派和印度教不大常见的神，比如卷二健驮罗国，跋虏沙城讲到的毗魔天女，梵文是 Bhīmā，是大神湿婆的老婆，一名难近母（Durgā）；卷七吠舍厘国讲到“露形之徒，实繁其党”，所谓“露形之徒”指的是印度教苦行者，也可能指的是耆那教的所谓“天衣派”，二者都是赤身露体的；卷一三摩呾吒国讲到“异道杂居，露形尼乾，其徒特盛”，这里明说的是耆那教（尼乾）；卷一〇羯餧伽国讲到“天祠百余所，异道甚众，多是尼乾之徒也”；卷一〇珠利耶国讲到“天祠数十所，多露形外道也”；卷一〇达罗毗荼国讲到“天祠八十余所，多露形外道也”。卷三僧诃补罗国谈到耆那教“本师所说文法，多窃佛经之义”，“威仪律行，颇同僧法”。

书中有一些关于提婆达多的记载，其中有的非常重要、有启发性。劫比罗伐窣堵国讲到提婆达多打死大象堵塞佛走的道路。婆罗痆斯国讲到在过去生中如来与提婆达多俱为鹿王，菩萨鹿王仁爱慈悲，提婆达多鹿王则正相反。菩萨鹿王想代怀孕母鹿到宫中去供膳，结果感动了国王，释放群鹿。摩揭陀国讲到：

宫城北门外有窣堵波，是提婆达多与未生怨王共为亲友，乃放护财醉象，欲害如来，如来指端出五师子，醉象于此驯伏而前。

这里说到提婆达多与未生怨王的密切关系。摩揭陀国还讲到，提婆达多用石遥掷向佛。讲到提婆达多入定的地方。最有趣的是室罗伐悉底国的那一段记载：

伽蓝东百余步，有大深坑，是提婆达多欲以毒药害佛，生身陷入地狱处。提婆达多，斛饭王之子也。精勤十二年，已诵持八万法藏。后为利故，求学神通，亲近恶友，共相议曰："我相三十，减佛未几，大众围绕。何异如来？"思惟是已，即事破僧。舍利子、没特伽罗子奉佛指告，承佛威神，说法诲喻，僧复和合。提婆达多恶心不舍，以恶毒药置指爪中，欲因作礼，以伤害佛。方行此谋，自远而来，至于此也，地遂坼焉，生陷地狱。

很多佛典上把提婆达多说成是一个单纯的坏家伙，什么都不懂。这里讲到提婆达多并不是一个无能之辈，他"精勤十二年，已诵持八万法藏"，而且身上还有三十大人相。羯罗拿苏伐剌那国讲到：

别有三伽蓝，不食乳酪，遵提婆达多遗训也。

短短几句话很有启发。提婆达多是佛的死敌，佛教徒把他恨得咬牙切齿，把他说得一无是处。说根本没有几个人听他的话，然而，到了玄奘时期，离开佛与提婆达多已经一千多年了。在东印度居然还有提婆达多的信徒，而且又是这样忠诚于他。实在值得深思。关于这个问题，法显《佛国记》中已有记载。讲到拘萨罗国舍卫城时，法显写道：

> 调达亦有众在，供养过去三佛，唯不供养释迦文佛。

“调达”就是提婆达多的另一个译法。舍卫城是在中印度。玄奘讲到的羯罗拿苏伐剌那国是在东印度，可见提婆达多的信徒不但存在，而且地方还相当广。

此外，玄奘讲到提婆达多的信徒“不食乳酪”。对于研究印度佛教史这是一个很有趣的问题。唐义净译的《根本说一切有部毗奈耶破僧事》卷十：

> 于是提婆达多，谤毁圣说，决生耶（邪）见，定断善根。但有此生，更无后世。作是知已，于其徒众别立五法。便告之曰：“尔等应知，沙门乔答摩及诸徒众，咸食乳酪。我等从今更不应食。何缘由此？令彼犊儿镇婴饥苦。又沙门乔答摩听食鱼肉，我等从今更不应食。何缘由此？于诸众生为断命事。”[259]

可见这种习惯来源已久。《根本说一切有部毗奈耶破僧事》讲的只是书本上的记载。能否相信，还值得考虑。玄奘讲的却是活生生的事实。它证明《根本说一切有部毗奈耶破僧事》讲的不是向壁虚构。

但是这件看来似乎是小事情的事实还有更深的意义。义净《南海寄归内法传》卷一说：

> 律云：半者蒲膳尼，半者珂但尼。蒲膳尼以含啖为义，珂但尼即啮嚼受名。半者谓五也。半者蒲膳尼，应译为五啖食，旧云五正者，准义翻也。一饭二麦豆饭三麨四肉五饼。半者珂但尼，应译为五嚼食。一根二茎三叶四花五果。其无缘者若食初五，后五必不合飡。若先食后五，前五啖便随意。准知乳酪等非二五所收。律文更无别号，明非正食所摄。[260]

学者们的意见是，这里讲的是大乘和尚，他们都不许吃奶制品。此外，上面引用的《根本说一切有部毗奈耶破僧事》中还谈到吃鱼、肉的问题。这也是佛教史上一个有趣的问题。看来小乘基本上是允许吃肉的，至少对有病的和尚是允许的。佛本人在死前可能就吃过猪肉。在这一段引文中，提婆达多拿吃肉这件事当作武器同释迦牟尼斗争。这很值得我们注意，当另文讨论。[261]从时间上来看，大乘的起源距提婆达多至少已有几百年的历史，为什么饮食的禁忌竟如此之相似呢？我们都知道，大乘是对小乘的发展与反动，而提婆达多则是释迦牟尼的对手。二者间难道还有什么联系吗?我觉得,这是个非常值得思考探索的问题。

还有一个非常有趣的问题。《大唐西域记》卷十一信度国有一段话:

> 信度河侧千余里陂泽间,有数百千户,于此宅居,其性刚烈,唯杀是务,牧牛自活,无所系命。若男若女,无贵无贱,剃须发,服袈裟,像类苾刍,而行俗事,专执小见,非斥大乘。闻之耆旧曰:昔此地民庶安忍,但事凶残,时有罗汉愍其颠坠,为化彼故,乘虚而来,现大神通,示稀有事,令众信受,渐导言教,诸人敬悦,愿奉指诲,罗汉知众心顺,为授三归,息其凶暴,悉断杀生,剃发染衣,恭行法教,年代浸远,世易时移,守善既亏,余风不殄,虽服法衣,尝无戒善,子孙奕世,习以成俗。

这段话引起了许多学者的注意。印度学者高善必写道:

> 最后这一段引文非常有趣,因为它告诉我们,雅利安人的仍然从事畜牧业的部落的后裔在这条河边上继续干些什么,这一条河是因陀罗"解放"出来的。他们这服装是否是佛教的做法或者是更早时候形成的习惯,这种习惯通过东方的雅利安人而影响了佛陀对服装的选择,这都不清楚;可能是前者。其余的记载则告诉人们,佛教如何已逐渐向着喇嘛教发展,或者已变成一个神学的游戏,这种游戏只限于获得极大利

益的野心家。[262]

无论如何，这一段短短的记载提出了许多问题，也可以说是提供了一些线索，我们应该进一步加以研究。

上面是宗教方面的问题。在社会制度方面，玄奘也提出了一些值得研究的情况。比如在第二卷里他写道：

> 其婆罗门学四吠陀论：一曰寿，谓养生缮性。二曰祠，谓享祭祈祷。三曰平，谓礼仪、占卜、兵法、军阵。四曰术，谓异能、伎数、禁咒、医方。

这同我们平常的说法不同，怎样解释呢？

此外，《大唐西域记》还记了一些当时印度社会里发生的看来不是很重大的事件，但是今天的历史学家看了以后，从中可以看出重大的意义。比如钵逻耶伽国大施场东合流口一天有数百人自沉。高善必认为，当时社会上必然有一部分人甚至是上流社会的人感到不满意，否则就无法解释，为什么这些老一点的人不死在圣河恒河的岸上而死在水中[263]。第二卷关于当时印度刑法的叙述，关于赋税、王田、分地和封邑的叙述，甚至关于蔬菜的叙述：

> 蔬菜则有姜、芥、瓜、瓠、荤陀菜等，葱、蒜虽少，啖食亦希，家有食者，驱令出郭。

高善必都能从里面得出相应的结论。他讲到，当时北印度有许多饮食方面的禁忌（塔布），比如不吃牛肉等，不吃葱蒜等，一直到今天，还没有多少改变。[264]

总之，正如我们上面已经说过的那样，《大唐西域记》提出来的新问题，比已经解决的问题还更要重要，还更有意义。我上面举的仅仅不过只是几个例子而已。

我最近偶尔读到几本关于中世纪印度的书籍，作者都是印度学者。一本是古普塔的《檀丁时代的社会与文化》（Dharmendra Kumar Gupta, *Society and Culture in the Time of Dandin*，新德里，1972年）。他大量地引证了《大唐西域记》的材料。第二章叫做《当时的历史透视》，基本上是根据《大唐西域记》的材料写成的。除了这一章以外，在其他章节里，比如《政治理论与国家管理》、《社会和经济生活》等等，也经常引用这本书的材料。另一本是乔希的《印度佛教文化之研究》（Lalmani Joshi, *Studies in the Buddhistic Culture of India during the 7th and 8th Centuries A.D.* Delhi, Varanasi, Patna, 1977），书中也大量地引用了《大唐西域记》的材料。我相信，读这两本比较新的书的人，都会自然而然地就得到一个印象：如果没有《大唐西域记》，这两本书恐怕是难以写成的。像这两部书的书还多得很，这也不过是几个例子而已。

最后一点谈一谈实践的问题。

这一点同上面谈的问题是有联系的。经过了一千多年实践的考验，特别是在最近一百多年内的考验，充分证明《大唐西域记》是有其伟大的意义的。玄奘这个人和他这一部书，对加强中印两国人民的传统友谊和互相学习、互相了解已经起了而且还将继续起不可估量的作用。玄奘的大名，在印度几乎是妇孺皆知，家喻户晓。正如我们在本文开始时写到的：他已经成了中印友好的化身。至于《大唐西域记》这一部书，早已经成了研究印度历史、哲学史、宗教史、文学史等等的瑰宝。我们几乎找不到一本讲印度古代问题而不引用玄奘《大唐西域记》的书。不管作者的观点如何，不管是唯心主义还是唯物主义，都或多或少地引用《大唐西域记》。这部书中有一些资料，是任何其他书中都找不到的。从上个世纪后半叶开始，国外学者就开始注意《大唐西域记》，开始有外文译本出现。现在先将欧洲的译本条列如下：

法文译本：

Julien, S. : *Mémoires sur les contrées occidentales*, traduits du Sanscrit en Chinois, en I'An 648, par Hiouen-Thsang, et du Chinois en Francais. 2 tomes, 1857—8, Paris.

英文译本：

Beal, S. : *Si-yu-ki*, *Buddhist Records of the Western World*.translated from the Chinese of Hiuen Tsiang(A.D.629). 2. Vols. 1884, London.

Watters, Th. : *On Yuan Chwang's Travels in India* (*629-645A.D.*), edited after his death, by T.W.Rhys Davids and S.W.Bushell.2 Vols.1904—5, London.

日文翻译和注释本：

堀谦德《解说西域记》, 1912年，东京。

小野玄妙译《大唐西域记》,《国译一切经》史僧部一六，1936年。

足立喜六《大唐西域记の研究》, 二册，1942—1943年，东京。

水谷真成《大唐西域记》,《中国古典文学大系》22，平凡社，东京，1972年。

至于研究印度的学者对本书的评价，那简直就是车载斗量，无法一一抄录。我在这里想从代表各种类型、各种流派的历史学家中各选一个代表，谈一谈他们对《大唐西域记》的评价，这也就算是一种“优选法”吧。印度史学家罗米拉·塔巴（Romila Thapar）[265]把研究印度史的学者分为许多类型。我就是根据她的类型说来选择的。首先我想选择二十世纪早期的英国印度史学家斯密士（Vincent Smith），他是代表英国的利益、崇拜英国、又崇拜伟大人物的。他的历史观是英雄史观。他对《大唐西域记》的意见是：

印度历史对玄奘欠下的债是决不会估价过高的。[266]

这是一种类型。

到了本世纪二十、三十年代，印度蓬蓬勃勃的民族解放运动影响了史学界。这时有一大批印度历史学者出现，他们一反前一阶段的做法，把反对帝国主义、要求民族解放和提高民族自尊心的思想贯穿在史学著作中，最著名的代表之一就是著名历史学家马宗达（R.C.Majumdar），他在《古代印度》（*Ancient India*）中说：

我们记述的有关曷利沙伐弹那的绝大部分事实都来自一个游方僧的惊人的记载，此外，这些记载还给我们描绘了一幅印度当时情况的图画，这种图画是任何地方都找不到的。

马宗达还在孟买印度科学院出版的《印度人民的历史和文化》（*The History and Culture of the Indian People*）第一卷《吠陀时期》对中国赴印留学的几位高僧法显、玄奘、义净评论说：

> （他们）把自己的经历写成了相当厚的书，这些书有幸都完整地保存了下来，并且译成了英文。三个人都在印度呆了许多年，学习了印度语言，法显和玄奘广泛游览，几乎游遍全印。在这些方面，他们比希腊旅行家有无可怀疑的有利之处。

1978年，印度著名历史学家阿里（Ali）教授的来信中说：

> 如果没有法显、玄奘和马欢的著作，重建印度史是完全不可能的。

这又是一个类型。

至于用马列主义观点研究印度历史的学者，前面引的高善必就是其中的先驱者和杰出的代表，他应用《大唐西域记》来研究印度历史，上面已经有了足够的例子，这里不再谈了。

这又是一个类型。

总之，研究印度历史的学者，不管他是哪一国人，不管他代表哪一种观点，他们都给予《大唐西域记》以极高的评价。上面几个例子充分可以证明，在上百年的研究印度史的实践中，《大唐西域记》已经表现出了自己的价值。再引更多的例子完全没有必要了。

对于玄奘的研究，对于《大唐西域记》的研究，尽管在中国和全世界范围内已经进行了很多年，也已取得了很大的成绩；但是我总感觉到，好像方才开始。要想用科学的观点实事求是地研究印度史，研究中印文化关系史，首先必须占有资料，像《大唐西域记》这样的资料堪称其中瑰宝。正如我上面已经说到的那样，书中的许多问题还没有解决。我上面这些不成熟的意见，只能看作是初步尝试。引玉抛砖，敢请以我为始；发扬光大，尚有待于来者。

1980年4月27日校毕

注释：

1 杨廷福:《玄奘年寿考论》，载《大公报在港复刊三十周年纪念论文集》；杨廷福:《玄奘西行首途年月考释》，载《上海师范大学学报》，哲学社会科学版，1978年第1期，第47—57页。

2 季羡林:《浮屠与佛》、《吐火罗语的发现与考释及其在中印文化交流中的作用》，见《中印文化关系史论文集》，第323页、第97页。

3 汤用彤:《汉魏两晋南北朝佛教史》上，《永平求法传说之考证》。

4 《大正新修大藏经》（下面缩写为㊅）55，4c。

5 ㊅50，326b。

6 ㊅50，324c。

7 ㊅50，723a—b。

8 ㊅50，324b。

9 ㊅50，352a。

10 《出三藏记集》卷十一，道安《比丘大戒序》，㊅55，80b。

11 ㊅55，52c。

12 ㊅55，73c。

13 同上。

14 ㊅50，354a。

15 ㊅50，332b。

16 ㊅55，4c—5a。

17 ㊅50，364b。

18 ㊅55，75b。

19 ㊅55，76b。

20 《续高僧传》卷二《彦琮传》，㊅50，438c。

21 ㊅50，455a。

22 ㊅50，275c—276a。

23 ㊅50，458c。

24 ㊅50，459c。

25 《四部丛刊》，《翻译名义集序·周敦义序》。

26 参阅章炳麟：《初步梵文典序》，《章氏丛书·太炎文录·别录三》，浙江图书馆。

27 ㊅55，48a。

28 ㊅55，48b—c。

29 ㊅55，63c。

30 ㊅50，354a。

31 ㊅50，338b。

32 ㊅50，332a—b。

33 ㊅55，53b。

34 ㊅55，57b。

35 ㊅55，58a。

36 ㊅55，58b。

37 ㊅50，440b。

38 见梁启超:《翻译文学与佛典》。

39 ㊅50，455a。

40 ㊅50，253e—254a。

41 ㊅30，881c—882a。

42 ㊅50，260a。

43 这些数字，见《大唐故三藏玄奘法师行状》。

44 ㊅50，220b。

45 ㊅50，720b。

46 ㊅50，721b。

47 ㊅50，721b—c。

48 ㊅50，710b—c。

49 ㊅50，710c—711a。

50 原文如此，似应作“廷”。

51 ㊅50，724b—725a。

52 ㊅50，383c。

53 ㊅50，356b。

54 同上。

55 同上。

56 ㊅50，3570。

57 ㊅50，358a。

58 ㊅50，361b。

59 ㊅50, 563c—564a。

60 陈代真谛译:《婆薮般豆法师传》。玄奘《大唐西域记》多次提到。

61 D.Chattopadhyaya, *What is Living and What is Dead in Indian Philosophy*。恰托巴底亚耶:《印度哲学中什么是活的?什么是死的?》,新德里,1976年,第57页。

62 ㊅50, 346b。

63 ㊅55, 41a。

64 ㊅55, 89c。

65 汤用彤:《汉魏两晋南北朝佛教史》,第306—307页。

66 ㊅50, 334c。

67 ㊅55, 89e。

68 ㊅55, 61a。

69 ㊅55, 11c。

70 ㊅55, 12a。

71 ㊅50, 335a。

72 同上。

73 ㊅55, 103e。

74 ㊅50, 366c—367a。

75 ㊅12, 493b。

76 ㊅9, 30b。

77 ㊅9, 50c—51a。

78 田光烈:《玄奘及其哲学思想中之辩证法因素》,云南人民出版社1958年版,第9页。

79 梁启超:《饮冰室全集》,专集第15册,《支那内学院精校本玄奘传书后》。

80 任继愈:《汉唐佛教思想论集》,人民出版社1973年版,第208页。

81 参阅本文“五 关于玄奘”。

82 ㊅16，697a—b。

83 ㊅50，198e。

84 ㊅52，160b。

85 ㊅52，160c。

86 ㊅52，161c—162a。

87 ㊅52，163b。

88《旧唐书》卷七九。

89 ㊅50，325c。

90 详见本文“五 关于玄奘”。

91 参阅任继愈：《汉唐佛教思想论集》，《天台宗哲学思想略论》，第67页。

92 关于唐代以前的情况，可参阅高观如：《唐代以前儒佛两家之关系》，见《微妙声》第1期，1926年11月15日。

93《资治通鉴》卷一九三。

94 陈寅恪：《唐代政治史述论稿》，上篇，《统治阶级之氏族及其升降》，三联书店1956年版，第16—49页。

95《唐会要》卷三五。参见《旧唐书》卷一八九上《儒学列传·总论》。

96《唐会要》卷五〇。

97《集古今佛道论衡》卷丙，㊅50，380a。

98《唐大诏令集》卷一〇五。

99《唐会要》卷四七。

100 同上书，卷三五。

101《集古今佛道论衡》卷丙。

102《资治通鉴》卷一九一。

103《唐护法沙门法琳别传》卷上，㊅50，200c。

104 《旧唐书》卷一八九上。

105 同上书，卷一九一《孙思邈传》。

106 《续高僧传》卷二二《玄琬传》。

107 《旧唐书》卷一八九上《儒学列传·总论》。

108 《资治通鉴》卷一九二。

109 《贞观政要》卷六。

110 《资治通鉴》卷一九三，《贞观政要》卷七。

111 《唐护法沙门法琳别传》卷上，㊅50，202e。

112 《佛祖统纪》卷三九：

113 《唐会要》卷四七，《旧唐书》卷五一，太宗皇后长孙氏说："佛道者示存异方之教耳。非惟政体靡弊，又是上所不为。"从侧面也可以了解太宗对佛道的态度。

114 《旧唐书》卷三《太宗本纪》，《唐会要》卷四九。

115 《唐护法沙门法琳别传》卷中，㊅50，203e。《大唐大慈恩寺三藏法师传》卷九说："往贞观十一年有敕曰：'老子是朕祖宗，名位称号，宜在佛先。'"大概也指的是这一件事。见㊅50，270a。

116 《旧唐书》卷三《太宗本纪》。

117 《唐会要》卷三六。

118 《续高僧传》卷三《慧净传》作"十三年。"见㊅50，444a。

119 《唐护法沙门法琳别传》卷中、卷下。

120 《旧唐书》卷二四《礼仪志》四。

121 《集古今佛道论衡》卷丙，《珠林·传记篇》，《广弘明集》卷二八。

122 《旧唐书》卷六三《萧瑀传》。

123 《集古今佛道论衡》卷丙，㊅52，386b。

124 《唐会要》卷三五。

125 同上书，卷四七。

126 同上书，卷三五。

127 《旧唐书》卷一八九上《儒学》上《贾公彦传》，李玄植附：“高宗时屡被召见，与道士、沙门在御前讲说经义。”

128 《唐会要》卷三五。

129 《唐大诏令集》卷七八，作“二月二十二日。”

130 《唐会要》卷四九。

131 同上书，卷三五。

132 同上书，卷四九。

133 《唐大诏令集》卷一一三。

134 《唐会要》卷三五。

135 我这个图表所收仅限于重要事件，并不要求全面，其余可参阅范文澜：《唐代佛教》，附张遵骝：《隋唐五代佛教大事年表》，人民出版社1979年版。

136 ㊅10，1a。

137 ㊅50，352c。

138 ㊅50，352a。

139 ㊅50，351c。

140 ㊅50，337b。

141 ㊅50，342c。

142 ㊅50，565a—b。

143 ㊅50，607c。

144 ㊅50，609a。

145 汪篯：《唐太宗》，《北京大学学报》，哲学社会科学版，1979年第2期，第71页。

146 范文澜:《中国通史简编》修订本，第三编，第一册。参阅韩国磐:《隋唐的均田制度》，上海人民出版社1957年版。

147 参阅范文澜:《中国通史简编》修订本，第三编，第一册，第213页。

148 《朱文公校昌黎先生集》卷二。

149 (大)50，253c。

150 (大)50，258b。

151 (大)50，258c。

152 (大)50，260b。

153 (大)50，266a。

154 (大)50，270c。

155 (大)50，273a。

156 (大)50，275c。

157 (大)50，457c。

158 关于印度封建社会形成的问题，是当前印度史学界讨论的中心题目之一。意见是五花八门的。有的学者干脆否认印度曾有过封建社会。有的学者承认印度有过封建社会，但在起源的时间上看法有分歧。之所以发生这样的情况，重要的原因之一就是对封建主义的理解不同。可参阅高善必:《印度史研究导论》(D. D. Kosambi, *Introduction to the Study of Indian History*)，孟买，1956年。慕奇亚:《印度历史上有过封建主义吗？》(Harbans Mukhia, *Was there Feudalism in Indian History*)，1979年第四十届印度史学大会，中世纪史组主席致词。洽:《早期印度封建主义：一个编史学的批判》(D. N. Jha：*Early Indian Feudalism：a Historiographical Critique*)，同上，古代印度史组主席致词。巴拉拉玛穆尔提:《佛教哲学》(Y. Balaramamoorty, *Buddhist Philosophy*)，夏尔玛:《佛陀教义的几个方面》(Ram Bilas Sharma,

Some Aspects of the Teaching of Buddha）。最后二文都见于《用马克思主义研究佛教》（*Buddhism*：*The Marxist Approach*）。

159 《大唐西域记》卷五。

160 即迦摩缕波国（Käamarūpa）王拘摩罗王（Kumāra），亦名婆塞羯罗伐摩（Bhāskara-varman，意思就是“日胄”）。

161 ㊅51，957c。

162 ㊅50，247b。

163 ㊅50，217c。

164 ㊅50，247b—248a。

165 ㊅51，957c—958a。

166 ㊅50，217c。

167 ㊅50，248b—249a。

168 古普塔：《檀丁时代的社会和文化》（D. K. Gupta，*Society and Culture in the Time of Dandin*），德里，1972年，第205页。

169 ㊅50，231c。

170 参阅高善必：《印度史研究导论》，第280页。

171 同上书，第279页。

172 当时印度境外的国家不列入；只提伽蓝，没有僧徒人数和所遵教派的不列入；只提外道天祠，没有佛徒人数和宗派，无从对比，也不列入。

173 《大唐大慈恩寺三藏法师传》作健陀逻。㊅50，233c。

174 《大唐西域记》没有说明。《续高僧传》卷四《玄奘传》说：“僧徒五千，多学小乘。”㊅50，449a。

175 据《大唐大慈恩寺三藏法师传》：当时众中有大乘学僧，萨婆多学僧和僧衹部学僧。可见这里也有人崇信说一切有部。

176 《大唐大慈恩寺三藏法师传》作阇烂达那。㊅50，232b。

177 玄奘在这里借无垢友的故事来宣扬大乘。

178 《大唐大慈恩寺三藏法师传》作“数千人”。大50，233c。

179 《大唐大慈恩寺三藏法师传》作“数千”。大50，234c。

180 《大唐大慈恩寺三藏法师传》作“二千余人”。大50，235c。

181 《释迦方志》卷下，（大51，963b）《续高僧传》卷四（大50，451a），皆作《大乘上座部》。参阅季羡林：《关于大乘上座部的问题》，《中国社会科学》，1981年第5期，第185—189页。

182 《大唐大慈恩寺三藏法师传》：“僧徒主客常有万人。”（大50，237b）又说：“闻寺西三逾缮那右低罗择迦寺，有出家大德名般若跋陀罗，本缚罗钵底国人，于萨婆多部出家。”大50，244a。

183 《大唐西域记》卷十：“近有邻王废其国君，以大都城持施众僧，于此城中建二伽蓝。”

184 《大唐大慈恩寺三藏法师传》：“三百余人”。大50，240c。

185 《大唐大慈恩寺三藏法师传》作“茶”。大50，241a。

186 《大唐西域记》卷十还说到：“诸窣堵波凡十余所。”

187 《大唐大慈恩寺三藏法师传》：“迦蓝百余所，僧徒万余人，学大乘法。”到了后面，讲到戒日王“自征恭御陀，行次乌茶国。其国僧皆小乘学，不信大乘，谓为空花外道，非佛所说”。这显然是有矛盾的。大50，241a—244c。

188 《大唐大慈恩寺三藏法师传》作“万人”。大50，241a。

189 同上书：二僧“善解大众部三藏”。大50，241b。

190 《大唐西域记》卷十一：“佛教至后二百余年，各擅专门，分成二部：一曰摩诃毗诃罗住部，斥大乘，习小教。二曰阿跋耶祇厘住部，学兼二乘，弘演三藏。”《大唐大慈思寺三藏法师传》：“遵行大乘及上座部教。”（大50，242c）《释迦方志》下：“僧二万余人，上座部也。”（大51，

967a）参阅 Watters, *On Yuan Chwang's Travels in India*, Ⅱ, 234—5。

191 《大唐大慈恩寺三藏法师传》：缺。（㊅50, 243b）《释迦方志》卷下："上座部也"。

192 《大唐大慈恩寺三藏法师传》："城侧有大伽蓝，百余僧皆学大乘。""法师因停二年，就学正量部《根本阿毗达摩》及《摄正法论》、《教实论》。"㊅50, 243c—244a。

193 据《大唐大慈恩寺三藏法师传》卷四："法师在其国逢二僧：一名苏部底，二名苏利耶，善解大众部三藏，法师因就停数月，学大众部《根本阿毗达摩》等论。彼亦依法师学大乘诸论。"㊅50, 241b—c。

194 水谷真成《大唐西域记》，把驮那羯磔迦国（南印度）归入大众部。（见同书第419页）而根据《大唐西域记》："僧徒千余人，并多习学大乘部法。"此国似应归大乘。但水谷真成大乘佛教表中却未列入。（见同书第417页）《大唐大慈恩寺三藏法师传》中有二僧善解大众部三藏的记载。参阅注193。

195 参阅本书注192。

196 义净作根本说一切有部。说一切有部以论藏为本位。

197 即《大唐大慈恩寺三藏法师传》卷三的伊烂拿国。《大唐大慈恩寺三藏法师传》说，在这里流行的是小乘说一切有部。但是在《大唐西域记》中却说，流行的是小乘正量部。接着又说："近有邻王废其国君，以大都城持施众僧，于此城中建二伽蓝，各减千僧，并学小乘教说一切有部。"看来这里基本上是宗正量部，只有这两个伽蓝学说一切有部。

198 般特（G. C. Pande）：《佛教起源之研究》（*Studies in the Origins of Buddhism*），阿拉哈巴德，1957年，第559页，注8。参阅孔策（Edward Conze）：《佛教》(*Buddhism*)，牛津大学，1951年，第66—67页。杜德（N. Dutt）：《早期寺院佛教》（*Early Monastic Buddhism*），加尔各答，1945

年，第2卷，第29页。

199 ㊅51，858e。

200 列这个表时，除了自己搜集的资料外，曾参阅杨廷福：《玄奘年寿考证》，《大公报在港复刊三十周年纪念文集》；范文澜：《唐代佛教》，附张遵骝：《隋唐五代佛教大事年表》，1979年；冯承钧：《王玄策事辑》，见《清华学报》第8卷第1期，1932年12月；柳诒徵：《王玄策事辑》，见《学衡》第39期，1925年3月；耿引曾：《古代中印关系大事表》（未出版）。现在重新发表，又经耿引曾同志补充，李铮同志核对，谨致谢忱。

201 即《大唐西域记》中的“迦摩缕波国”。

202 《新唐书》卷二二一上，《旧唐书》卷一九八，均作“那逻迩娑婆寐”。

203 根据烈维《迦腻色迦与壬玄策》的假定。

204 参阅侯外庐主编：《中国思想通史》，第四卷（上），第143页等。

205 ㊅50，221b。

206 ㊅50，446c。

207 ㊅50，222c。《大唐故二藏玄奘法师行状》完全一样。

208 ㊅50，226c。支那内学院本作：“岂不惧无底枉坑乎？”

209 ㊅50，247a。

210 ㊅50，236c。

211 ㊅50，452a。

212 吕澂：《中国佛学源流略讲》，第190页。

213 ㊅50，276c—277a。

214 ㊅50，231b。

215 ㊅50，232a。

216 同上。

217 ㊅50，232b。

218　(大)50，232c。

219　(大)50，233a。

220　(大)50，233b。

221　(大)50，237a。

222　(大)50，238c—239a。

223　(大)50，240a。

224　(大)50，241b。

225　(大)50，241b—c。

226　(大)50，244a。

227　(大)50，252c。

228　(大)50，253b。

229　(大)50，257a。

230　关于玄奘的译场，请参阅《大唐大慈恩寺三藏法师传》卷六，(大)50，253c—254a；《开元释教录》，(大)55，559a—b。

231　(大)50，254b—c。

232　(大)50，254a。

233　(大)50，255a。

234　同上。

235　(大)50，255a—b。

236　(大)50，260a—b。

237　(大)50，273c。

238　(大)50，276a。

239　(大)50，276b。

240　(大)50，276e。

241　见于任继愈文。

242 《大唐大慈恩寺三藏法师传》卷七，㊅50，260c。

243 《路德维希·费尔巴哈和德国古典哲学的终结》，《马克思恩格斯选集》，第四卷，人民出版杜1972年版，第219页。

244 转引自恰托巴底亚耶：《印度哲学中什么是活的？什么是死的？》，第57页。

245 ㊅50，458c—459a。

246 《路德维希·费尔巴哈和德国古典哲学的终结》，《马克思恩格斯选集》，第四卷，人民出版社1972年版，第214页。

247 《中国人失掉自信力了吗？》，见《鲁迅全集》卷六《且介亭杂文》。

248 见《唐六典》卷五《兵部》："职方郎中员外郎掌天下之地图，及城隍、镇戍、烽候之数，辨其邦国都鄙之远迩，及四夷之归化者。凡地图委州府，三年一造。与板籍偕上省。其外夷每有番客到京，委鸿胪讯其本人本国山川风土，为图以奏焉。"

249 《唐会要》卷七十三《安西都护府》注："西域既平，遣使分往康国及吐火罗国，访其风俗物产，及古今废置，尽（画）图以进。因令史官撰《西域图志》六十卷。"

250 见王庸：《中国地理学史》。

251 均见向达：《汉唐间西域及海南诸国古地理书叙录》，《唐代长安与西域文明》，三联书店1957年版。

252 马克思：《不列颠在印度统治的未来结果》，《马克思恩格斯选集》，第二卷，人民出版杜1972年版，第69页。他的原话是："印度社会根本没有历史，至少是没有为人所知的历史。"

253 中文有李活泽本，商务印书馆1978年版。

254 有冯承钧译本：《马可波罗行纪》，商务印书馆1937年版。

255 马金鹏已译为汉文，正准备出版。

256 Thomas Roe, *The Embassy of Sir Thomas Roe to India 1615—1619*, ed.

W. Forsten（London 1926）.

257 *Voyages de F. Bernier*（Amsterdam 1699）.

258 Romila Thapar :《古代印度社会史》（*Ancient India Social History*），New Delhi 1978, p. 1—2.

259 ㊅24，149b。

260 ㊅54，210b。

261 参阅章炳麟:《大乘佛教缘起考》,《章氏丛书·太炎文录·别录》。

262 《印度史研究导论》，第293页。

263 同上书，第284页。

264 同上书，第286—289页。

265 见所著《古代印度社会史》（*Ancient Indian Social History*），新德里，1978年。

266 意思就是:“无论怎样评价也不会过分。”见所著《牛津印度史》（*The Oxford History of India*），牛津大学，1928年，第169页。

原始佛教的历史起源问题 *

在历史上，佛教曾经在印度和其他一些亚洲国家里流行过。一直到今天，它还在这些国家里不同程度地流行着。

但是，尽管古今中外研究佛教的书籍、文章已经是汗牛充栋，真正搔着痒处的却是绝无仅有。这大大地影响了我们对于这个有世界意义的宗教的理解。

恩格斯说过，基督教的历史起源问题是“我们社会主义者也很关心的一个问题”。我想，对我们来说，原始佛教的历史起源问题也是这样。下面我就对这个问题提出一些肤浅的看法。

一　佛教兴起时印度社会经济和政治情况

佛教兴起于公元前第五六世纪。这时印度情况是怎样的呢？

雅利安人从大约公元前二千年左右起从今天的阿富汗、巴基斯坦一带侵入印度。他们先在西北部旁遮普一带立定了脚根，然后逐渐向东扩展。到了公元前第五六世纪的时候，他们已经达到了孟加拉或者更东的地方，他们的势力遍布整个北印度，恒河和朱木拿河汇流的地方成了婆罗门教的文化中心。印度原有的土著居民有的被迫南迁，或者向北方和东方撤退；有的还留在原住的地方，形成了一个特殊的社会阶层，忍受着外来侵略者的奴役

* 文中所引恩格斯语皆见《布鲁诺·鲍威尔和原始基督教》一文。该文载《恩格斯论原始基督教史》，人民出版社1961年版。

和压迫。当时印度正处在奴隶社会，这些人就是奴隶或者接近奴隶的人。

从社会经济的发展水平来看，雅利安人显然低于本土居民。最近几十年来的发掘工作，证明了本土居民创造的所谓“印度河流域的文化”水平是相当高的。雅利安人继承了这种文化，与本土居民共同努力，加以发展。到了佛教兴起的时候，北印度早已由青铜器时代转入铁器时代了。

生产工具的改进促进了农业和手工业的发展。原始居民多从事农业，而雅利安人则本是游牧民族，到了这时候，农业的地位也渐趋重要。农村的基本组织形式是农村公社，土地是公有的，农业与手工业直接结合。手工业的分工已经比较精细，有各种不同的手工艺人。而且农村公社也似乎在手工业方面有了一些分工，有专门从事一个行业的村社。这就证明，商品经济已经很发达了。

随着生产力的发展，各生产部门之间的分工日益扩大。居民依其职业结成了集团，不同民族相互杂居，阶级矛盾和阶级分化日益加强。原有的氏族部落机构逐渐变成了镇压人民的国家机器。根据佛典的记载，当时在北印度出现了十六个国家，其中最重要的是摩揭陀（约当今天的比哈尔邦）、憍萨罗（约当今天的乌德）、阿槃提（约当今天的摩腊婆）和跋蹉（今阿拉哈巴德一带）。这些国家的都城都是宝货充盈，富庶繁华。这时候印度的许多产品，像细布和钢，都已名扬海外。古代希腊的许多历史学家都有所记载。海外贸易早已开始了。

值得注意的是，在雅利安人统治比较集中的地方，新兴的国家都是君主制。在婆罗门文化圈外，也就是在雅利安人统治薄弱或者还没有达到的地方，政治制度则迥乎不同。在这里没有世袭的君主。执政者名曰罗阇，是定期选举的，有点像古代罗马的执政。汉译佛典虽称之为“王”，实际上与王是不一样的。西方学者一般把它叫做“共和国”，也只是说明与世袭君主制不同而已。这可能是氏族公社的残余，不过还有待于进一步的探讨。佛教的创始者释迦牟尼出生的释迦族就属于这个类型。

在这些国家中，阶级关系是什么样子呢？阶级关系表现形态之一就是所谓种姓制度。种姓共有四种：婆罗门（祭司、知识的垄断者）、刹帝利（武士）、吠舍（农民、牧民、商人）和首陀罗（工匠等）。这种制度萌芽极早，但是最初并不十分严格。到了公元前五六世纪的时候，由于统治的需要，逐渐严格起来。在这方面，婆罗门卖了大力气，他们大肆宣扬，想把这种制度神圣化，加以巩固。他们把社会上不同阶级不同阶层人民的权利、义务，甚至生活细节，都刻板地规定下来，不得逾越。四姓间不能通婚，甚至不能共食。把一个统一的社会拆得支离破碎。

婆罗门和刹帝利虽然是两个种姓，却是一个阶级，他们都是奴隶主。他们之间也有矛盾；但是一般说来是互相支持互相利用的。吠舍名义上与婆罗门和刹帝利同属所谓再生族，都是雅利安人。但是他们中间不断产生阶级分化的现象。少数人经济地位提高，变成了中小奴隶主，或者成为大商人，甚至官吏。绝大多数经济地位下降，沦为同首陀罗类似的人，处于奴隶边缘。如果从地域方面来看的话，西部是婆罗门当权，东部则是刹帝利当权。吠舍的地位在西部和东部都差不多。

至于首陀罗究竟是什么样的人，人们的看法是不一致的。有的人说，他们是等级制的最下层，但毕竟还是自由民，与奴隶有所不同。这种说法是不符合实际情况的。法经里面用种种方式强调前三个种姓与首陀罗的不同，可见首陀罗是不属于雅利安族的。在雅利安人侵入印度以后，原始居民一部分变为奴隶，从事家务劳动，一部分仍从事原来的工作，绝大多数是手工业者，以后又随着手工业的发展，变为各种工师。首陀罗就是这一部分人。他们实际上是种族奴隶。

总起来我们可以说，种姓制度是阶级矛盾和民族矛盾的混合产物。

既然有阶级，就有阶级斗争。但是根据各种文献记载来看，我们看不出这个时期的阶级斗争特别激烈。说生产方式方面有什么根本的改变，也是没有根据的。据婆罗门经典和佛教经典的记述，在这时期人民的生活中，当然并不是没有斗争和矛盾的；但是总起来说还是比较平静的、安定的。在许多国家里，政治秩序比较稳定：在城市里，商业和手工业都比较发达；在乡村里，农业和牧业都相当繁荣。要说许多地方有变乱，国与国之间有时也有战争；那么在印度整个历史上什么时候又没有这种情况呢？

总之，据我自己的看法，佛教兴起时的印度，同基督教兴起时的罗马是不一样的。在罗马当时是一个“经济、政治、精神和道德普遍瓦解的时代”（恩格斯语），而印度则不是这样。

但是，在这里，我们必须有阶级观点和民族观点。在不同的民族居住的地区内，在不同的阶级里，生活情况就决不会一样。这种观点，其他时候也要有，在论述公元前第五六世纪印度情况时，更是绝对不能离开的。

二　当时思想界的情况

上面谈到的那种社会经济和政治情况必然会反映到思想领域中来。

梨俱吠陀时代（公元前第二千纪中叶），雅利安人是乐观的，总是向前看的。当时他们侵入印度为时不久，经常同本地居民战斗。在许多颂神的歌中，他们呼吁神灵协助，祈求胜利。他们并不怕死，认为战死可以升天。后来的阎罗王已经有了；但是他的王国并不阴森可怕，里面充满了永恒的幸福。

随着时间的推移，在东进的过程中，他们遇到的困难，自然的和人为的，越来越多了起来。那种天真粗犷的乐观情绪逐渐染上了一些悲观的色彩。但是基本调子仍然是乐观的。

代表这种思想的是婆罗门。

与此同时，还有另外一种人代表另外一种思想。这就是婆罗门教、佛教以及当时其他教派所谓的沙门。

沙门是什么样的人呢？在《梨俱吠陀》的一首诗中，曾描绘了一种叫做“牟尼”的人，蓄长发，着脏衣，外衣是褐色的，飞行空中，喝饮毒汁。显然，对吠陀时代的雅利安人来说，这样的人是十分陌生的，他们同婆罗门是完全不一样的。唯一合理的解释就是，这是土著居民的宗教的代表，也就是行苦行的所谓沙门。

在佛典里，经常是沙门、婆罗门并提。希腊人梅伽斯提尼斯记述他在公元前第三四世纪在印度亲身经历的时候，谈到印度有两种哲学家，一种叫婆罗门，一种叫沙门。沙门不住在城中，甚至也不住在屋中，穿树皮衣，吃橡子，用手捧水喝，不结婚，不生子，行苦行，枯坐终日不动。根据我们目前能够得到的资料来看，这些描绘是忠实的。

这些沙门的哲学思想和宗教信仰是同婆罗门不一样的。他们根本不相信婆罗门相信的那一些吠陀里面的大神。他们相信轮回转生，作为轮回转生说基础的业说是他们宗教信仰的核心。所谓业说就是，今生所作所为的好坏决定来世转生的好坏。无论做好事做坏事，有因必有果，反正总是要转生的。可是他们又厌恶生，不想再转生。于是就想尽了种种办法，希望能跳出轮回。他们认为，苦行是达到这个目的的手段。

显而易见，所有这一切想法的基础是悲观主义。有这种主义的人决不会是征服者、胜利者、日子过得很舒服的人，而是被征服者、失败者、日子过得很不舒服的印度原来的居民。他们处在雅利安人的奴役下，生活只给他们带来痛苦。因此，他们不但对今生没有任何兴趣，而且也不希望有什么来世。有的人就想用苦行来帮助自己跳出轮回。而苦行主义本身也说明了被压迫者被奴役者那种得不到任何人世间享乐的无可奈何的心情。

沙门所代表的思想正是这些被征服了的原始居民的思想。婆罗门思想与沙门思想是根本对立的。婆罗门主张膜拜神灵，祭祀祈福，而沙门则不供养什么神灵，主张业（行为）可以决定祸福，人们是自己命运的主人。他们甚至主张，连神仙也受业的支配。这简直是挖婆罗门的墙脚。这可以说是政治经济方面的阶级斗争在意识形态领域内的反映。

但是，到了公元前第七八世纪奥义书兴起的时候，在正统的婆罗门教的经典中逐渐出现了轮回业报这样带悲观主义色彩的学说（可能在梵书中已有萌芽）。在婆罗门六派哲学中，数论和瑜伽的主要学说基本上同沙门是一致的。据婆罗门经典的记载，在雅利安人中首先宣传这种新学说的是刹帝利，而不是婆罗门。奥义书中屡次提到，轮回业报说是秘密学说，是刹帝利所专有而婆罗门所未闻的。这情况一方面说明了婆罗门和刹帝利在思想领域内的斗争；另一方面也说明了，从现在开始婆罗门的哲学思想和宗教信仰逐渐接受一些本地居民的东西，吠陀思想与非吠陀思想开始汇流了。

比奥义书稍后一点，到了公元前第五六世纪，也就是佛教兴起的时候，印度思想界呈现出空前的活跃。根据耆那教经典的记载，当时有三百六十三个哲学派别，其中六十二派属于佛教。佛教经典《长阿含经》、《梵动经》列举六十二见（学说）。佛教还经常谈到外道六师。可见当时学派之繁多，争鸣之剧烈。但是，归纳起来，总超不出上面谈到的那两大系统：婆罗门和沙门。属于婆罗门系统的各学派主张梵我一体，宣扬祭祀祈福；属于沙门系统的各学派则主张轮回业报，宣扬苦行解脱，认为一切存在都是苦难。如果从地区上来看，前者流行于西方雅利安人聚居和统治的地方，后者流行于东方婆罗门文化圈外印度原始居民聚居的地方。这种情况是从《梨俱吠陀》以来逐渐发展演变的结果。

在这时候，属于沙门系统的各学派竭力宣传“非杀”。这显然是代表原始居民的农民的利益的，是与婆罗门杀牲祭神、雅利安游牧人民杀牲为生针锋相对的。佛教兴起时思想界情况大体就是这样。

三 佛教的起源

现在再来探讨佛教的起源，许多问题就可以迎刃而解了。

佛陀最根本的教义是所谓十二因缘、四圣谛、八正道。十二因缘的基础是苦，苦的根源是无明（不了解，不认识）。四圣谛：苦、集、灭、道，也以苦为中心。而八正道：正见、正思、正语、正业、正命、正精进、正念、正定，是为了从苦中解脱而修行的方法。总之，他认为生老病死，一切皆苦，存在本身就是痛苦。他也相信业报，相信轮回。他的最高目标就是铲除无明，了解或认识存在的因果关系，从而跳出轮回，达到涅槃。

这一些想法都涂着浓厚的悲观主义的色彩。有的人说，世界上没有一个宗教不是悲观主义的；但是，像佛教这样彻底的悲观，还是绝无仅有的。我认为，这种说法是很有见地的。

佛教这种悲观主义是从哪里来的呢？

根据我们上面的分析，佛教继承的不是婆罗门教的传统，而是沙门的传统。而且，从佛教产生的地区和环境来看，也只能是这样，而不可能是别的样子。

我们先从地区的或民族的观点上来看一看这个问题。

释迦牟尼生在今天的尼泊尔境内。他的宗教活动大部分是在摩揭陀国。摩揭陀国处在印度东方，是雅利安人到得比较晚的地方。在《阿闼婆吠陀》里，摩揭陀和鸯伽都被认为是极远极远的地方的象征。西方的婆罗门很少来到这里。这里的人是受人轻视的，一向与婆罗底耶人相提并论。婆罗底耶人说的是一种雅利安土话，不信婆罗门教。他们是否是雅利安人，不得而知，反正是十分被人看不起的。摩揭陀人同他们并提，可见他们被鄙视的程度。鄙视的原因很明显：这里是印度土著居民聚居的地方，是僻处在婆罗门文化圈之外的边远地区。在雅利安人心目中，这里是没有开化的区域。释迦牟尼宣传宗教的主要对象就是这些被人轻视、“没有开化的”人民。

至于释迦牟尼降生于其中的释迦族究竟是什么民族，人们的意见是有分歧的。有的人主张，他们不是雅利安人。我们不在这个问题上纠缠。但是，有一点是明确的，从他们所处的地区来看，从当时雅利安征服者分布的情况来看，从他们的一些特殊的风俗习惯来看，从他们的政治组织的形式来看，他们不像是外来的雅利安人，而像是原来的居民。释迦族的政治组织是“共和国”，行政首领罗阇是选举产生的。这样的“共和国”同新兴的君主国是有矛盾的。摩揭陀国王未生怨王曾侵略过“共和国”的离车，㤭萨罗国王毗突吒婆曾侵略过“共和国”的释迦。我看，这不完全是一般的侵略。其中有没有民族矛盾的成分呢？这是耐人寻味的。

如果我们不从民族矛盾的角度上来解释这个问题，有一件很重要的事情我们就无法解释。根据佛教传说，释迦牟尼在出家前是一个太子（这件事本身就有夸大渲染的成分），处于深宫之中，长于妃嫔歌妓之手，享尽了人间的荣华富贵，根本没有遇到一点不愉快的事情。恩格斯说：“宗教是由身感宗教需要并了解群众宗教需要的人们所建立的。”像这样一个太子会有什么宗教需要呢？他又会怎样了解群众的宗教需要呢？这样一个人决不会悲观到要出家的程度。事实决不会是这样子的。他自己必然受到了一些痛苦，至少是在精神上受到。他感到日子也不那么好过，人间也不那么值得留恋。于是悲观了，出家了。这痛苦是从哪儿来的呢？他了解群众的宗教需要根源又在哪里呢？最合理的解释就是民族压迫。他的悲观主义表达了人民群众的比较普遍的情绪。于是，他的学说一出，立刻就得到了信徒，从几个人到几百人，为以后的发展打下了基础。他的宗教从一个部落宗教经过不断的改造，逐渐变成了几个王朝的国教，进而成为有世界影响的大宗教。

至于佛经里那些关于释迦牟尼遇到老人、病人和死人的故事，最原始的佛典里是没有的。可能是后来的和尚们感到没有这个就无法说明释迦牟尼出家的原因，因而编造出来的。恩格斯说："作为人的创作结果的宗教，虽然有它所特有的诚恳的热情，当其创立时，就已经不会是不带欺骗和不歪曲历史事实的。"对基督教来说，这句话是正确的。对佛教来说，它同样也是绝对正确的。

现在我们再从阶级和种姓的关系上来看一看这个新兴的宗教。它的基础究竟是哪一个种姓、哪一个阶级呢？这是一个十分复杂的问题。据我看，佛教的基础并不限于某一个种姓。佛经里面再三强调它不重视种姓差别，一入佛教，就如众流归海，一切差别不复存在。这样一来，又怎样理解沙门和婆罗门的对立呢？不重视种姓差别这件事实本身就是对婆罗门的反抗，因为婆罗门教是十分重视种姓差别而且是只代表婆罗门的利益的。

但是，佛教也并不是真对一切种姓一视同仁。它当然首先就会反对婆罗门。在婆罗门教的经典里，四姓的顺序是：婆罗门、刹帝利、吠舍、首陀罗，而在佛教的经典里则是：刹帝利、婆罗门、吠舍、首陀罗。释迦牟尼自称是刹帝利。释迦族原来不大可能有什么种姓制度，这只是受了婆罗门教的影响而模拟出来的。他们自称是刹帝利，据我看，这也是冒牌货。不管怎样，既然自称为刹帝利，就必须为刹帝利辩护，竭力抬高它的地位。《长阿含经·阿摩昼经》就是一个例子。新兴的国王（其中也有一些是冒牌的）也努力抬高刹帝利的地位，于是一拍即合，他们也就信奉起、支持起佛教来了。

我看，佛教最可靠的基础是吠舍。上面已经谈到，吠舍不断产生阶级分化。农民、牧人、商人都属于这个种姓。佛教主张“非杀”，其中包括不杀耕牛，这当然代表了农民的利益。在佛教兴起的时候，由于对外贸易和国内贸易的发展，由于大城市的兴起，城市大商人的地位越来越高。梅伽斯提尼斯说，印度有七个种姓，第四个就是商人。在政府官员中，有人分工专管贸易。可见商人在当时地位之重要。释迦牟尼同这些商人有着很好的关系。首先信佛教的就是两个商人，这决不是偶然的。佛经中所说的长者就是商业行帮的首领。这些人在佛经里是受到尊敬的人物。他们对于支持佛教是特别卖力气的。须达多长者购买童子胜的花园赠送佛陀，出亿万金钱布满园中，就是一个很好的例子。还有一件事情，也要在这里谈一下。佛陀是主张禁欲的。但是大城市中一些妓女却对他很感兴趣。有名的庵婆罗女就赠送过他一座花园。这些事情都说明，佛教在一定程度上符合了大城市中新兴的阶级或阶层的利益。

至于首陀罗，佛陀的大弟子中也有首陀罗出身的，比如优婆离就是。但是佛陀并不特别提倡首陀罗出家，虽然他也不拒绝。有人说，他对首陀罗感情特别深厚，这是不符合实际情况的。

种姓关系和阶级关系不是一回事，其间有一定的联系，但也有不小的差别。如果纯粹从阶级关系这一个角度上来看一下佛教的话，那么，与其说它同奴隶接近，还不如说它同奴隶主更接近一些。根据佛经的记载，释迦牟尼曾吸收过一些奴隶或处在奴隶边缘上的人入教。但是，我们无论如何也不能说，他代表着奴隶的利益。他在很多地方都表示出一些阶级的或种姓的优越感，他以身为刹帝利而感到自豪。他的生平我们不很知道。他本身好像就是奴隶主出身。竭力支持他的那一些属于吠舍种姓的大商人，也大都是属于奴隶主阶级。因此，如果还要严格区别他同那一些完全站在奴隶主立场上说教的宗教家的话，我们只能说，他比较对那些通过阶级分化而新兴起来的奴隶主更感兴趣。基督教在初期曾满足了奴隶的一些要求。佛教并不完全是这样。如果说，原始佛教表达了最下层人民的愿望，那显然也是不符合实际情况的。

上面我从民族的（地区的）和阶级的观点上来探讨了佛教的一些问题，说明佛教继承的是本地的沙门的传统，而不是外来的婆罗门的传统。虽然有一些宗教哲学的术语看来是两教共有的。这只可能是互相假借。婆罗门教的一些神也出现在佛教里，但地位大大降低。这只不过是佛教为了提高佛祖的地位而制造成的，不能说明有什么渊源关系。

如果我们研究一下佛陀最初的大弟子的出身，也可以看出佛教与沙门的关系。许多大弟子都出身沙门，连婆罗门出身的舍利弗和大目连，也是先做沙门，然后改信佛教的。我看，这不能说是偶然现象。

是不是就可以说，佛教完完全全属于沙门系统呢？也不是的。释迦牟尼才出家的时候，为了寻求解脱，跳出轮回，曾拜苦行沙门为师。他进行了严酷的苦行，几乎到了完全绝食的程度。结果是气息微弱，濒于死亡，苦行无效，大道未得。他毅然决然改变办法，重进食品。终于在菩提树下成了佛教徒认为至高无上的正等觉。这件事实就说明他与沙门的分歧。梅伽斯提尼斯写道："在印度人中间还有那些信奉佛陀箴言的哲学家。"可见他也不把佛教徒列入沙门一类。总之，我们可以说，佛教继承了沙门传统，但又加以发展、改进，形成了独立的一派。

以上这些情况，绝大多数的资产阶级学者是不了解的。他们认为，在印度只有一个哲学和宗教的传统，佛教和婆罗门教是有继承关系的。按照这个说法，奥义书既然早于佛教，奥义书这个名字和奥义书思想必然在佛典里有所反映。但是，事实上，除了个别的思想有一些共同之点外，整个思想体系是不一样的，甚至连奥义书这个名字在佛典里根本都找不到。对佛陀来说，奥义书好像是根本不存在的。碰到这种情况，那些学者大伤脑筋，挖空心思，寻找它们之间的渊源关系。他们有的说，摩诃婆罗多里面的那几篇哲学诗正好是从奥义书到佛教和其他沙门学派的桥梁。这当然像堂·吉诃德大战风车一样，决不会有什么结果的。

如果同意我上面作的那一些分析，不但不会出现这样的现象，而且还有助于了解佛教在印度和印度以外盛衰的原因。佛教扎根在被压迫的原始居民中间，提出了一切皆苦的学说，符合了一部分人的想法（当然也就麻醉了他们）。它相信轮回业报，从而反对了种姓制度。它基本上是无区别地对待一切种姓的，它不像婆罗门那样排斥异己，不把社会分割得七零八碎。它反对婆罗门杀牲祭祀，投合了农民的愿望。佛教徒虽然不从事体力劳动，靠布施为生，但是他们不许占有任何财物，房子、牛羊、土地等都不许占有，不许做生意，不许触摸金银；因此同人民的矛盾不大。佛教主张使用人民大众的语言，这就比婆罗门使用梵文大大地有利于接近人民、宣传教义。它反对苦行，在这一点上，又比其他沙门教派占了上风。由于这一些原因，它在印度由小而大，终于成了大王朝的国教。输出印度以后，由于它无区别地对待一切民族，因而在一些亚洲国家流行起来，一直流行到今天。马克思认为宗教是颠倒了的现实的理论。佛教当然也是这样，等到没有可能没有必要再颠倒现实的时候，佛教生存的基础也就会逐渐消逝。

1965年3月

论释迦牟尼

羡林按：这一篇论文本来是给《中国大百科全书》写的一个词条。既然是词条，就要求简明扼要，条理清楚，不能像平常的论文那样把引文出处一一标出。但现在既然要发表，它又成了一篇平常的论文。这是一个矛盾，我无法完全解决。我只能采取一种折衷的办法，把必要的引文注明出处。这里或那里，再加上一点我认为必要的补充或者说明。结果就形成了现在这个样子，送到读者面前。我认为有必要在这里把我的指导思想说明一下。释迦牟尼，就是佛教信徒的"如来佛"或者"佛爷"，他是一个神仙。但我是一个科学工作者，不是一个宗教信徒。我认为，释迦牟尼确有其人，是一个历史人物。因此我写这篇东西，就把释迦牟尼当成一个人，同世界上其他历史人物一样，他是我研究的对象。我必须把笼罩在他身上的那一团团神话迷雾，尽上我的力量全部廓清，根据历史唯物主义的原则，还他一个本来面目。这是我作为一个科学工作者不可推卸的职责。如果说得不对，那是受水平的限制，我主观上并无意宣传什么东西。如果有一些话对某一些有信仰的人有点刺耳，那我说一声："请原谅！"信仰与科学有时候会有矛盾的，正如鱼与熊掌不能得而兼有一样。

释迦牟尼的名字

释迦牟尼是佛教的创始人。他的名字梵文是Śākyamuni，意思是“释迦族的圣人”。“释迦”是部落的名字，可见这不是他的真名。另外还有一个名字叫“乔达磨”或“瞿昙”，梵文Gautama，巴利文Gotama。有人说这是他的氏族名称。连一些百科全书，比如《大英百科全书》也这样说。但这是不对的。氏族一般都是外婚制，释迦牟尼的姨母名叫Gautamī瞿昙弥，可见他们不是外婚。此外，瞿昙还是一个婆罗门氏族名称，而释迦牟尼属于刹帝利种姓。瞿昙这个名字是按照当时印度贵族的一般习惯从古代《梨俱吠陀》赞歌的作者仙人家族中借用来的。Gautama就是Vāmadeva。释迦牟尼的真名是“悉达多”，梵文Siddhārtha，巴利文Siddhattha，意译“吉财”或“一切义成”，梵文Sarvārthasiddha。

释迦牟尼的家族

他属于释迦族。当时在印度北部有十六个大国。基本上都是君主制度。此外还有四个独立的或半独立的共和国，释迦就是其中之一。玄奘在《大唐西域记》中用首都的名字称之为劫比罗伐窣堵国（旧译迦毗罗卫国），梵文Kapilavastu。这是一个小共和国，只能说是半独立的，承认憍萨罗为宗主国，辖地跨今天印度和尼泊尔。释迦牟尼的诞生地就在今天尼泊尔泰来地区的梯罗拉柯提（Tilaura Koṭ）废墟，距印度北方邦巴斯提县的比普罗瓦（Piprahwa）西北约十英里。这可能是历史事实。因为在释迦牟尼涅槃后二百多年即位的孔雀王朝的大王阿育王曾在这里立过一个石柱，说明此处是释迦诞生地。《大唐西域记》卷六说：

> 城东南窣堵波，有彼如来遗身舍利，前建石柱，高三十余尺，上刻狮子之像，傍记寂灭之事，无忧王建焉……次北有窣堵波，有彼如来遗身舍利，前建石柱，高二十余尺，上刻狮子之像，傍记寂灭之事，无忧王之所建也。
>
> 次东窣堵波，无忧王所建，二龙浴太子处也。

这个石柱今天保留下来。考古学者还在这里挖掘出释迦牟尼的舍利坛。曾有一个时期西欧一些学者认为根本没有释迦牟尼其人。这是不对的。

他的家属自称是印度古代甘蔗王族的后裔，同《罗摩衍那》主人公罗摩同出一系。这恐怕是伪托。有人甚至怀疑，释迦族不是雅利安人，而是蒙古种，也没有什么具体的证据。

释迦牟尼出生的时间

释迦牟尼活了八十年，这没有异议。争论不休的是他灭度(逝世)的年代。只要把这一点弄清楚，他的生年问题也就迎刃而解。佛灭年代，异说甚多，据说约有六十种。只在中国的西藏地方，就有十四种之多。[1]其中比较通行的、有代表性的有以下几种：一、南传佛教各国主张佛灭度于公元前544年或543年；二、我国蒙藏黄教主张佛灭度于公元前961年；三、我国内地有公元前1027年说；根据“众圣点记”，则为公元前485年，较中国的孔子早死六年。四、在西方学者中，德国威廉·盖格主张公元前483年说，荷兰学者亨利·刻恩主张公元前370年说，日本学者有公元前386年说和384年说。加拿大学者瓦德主张公元前486年说[2]；采纳得比较多的是公元前483年说。

释迦牟尼的生平

关于释迦牟尼的生平，我们并没有可靠的历史资料。现在只能根据梵文、巴利文以及汉文、藏文的佛经的记载加以叙述。其中有不少神话，也有不少传说，当然也有不少的历史事实。基本轮廓看来是可靠的，个别细节则很难说。

释迦牟尼的少年时代

释迦牟尼出生在王家，父亲名叫净饭王。这有点夸大。他父亲可能只是贵族寡头中的一个头子，美化称之为王。母亲是摩耶夫人。降生的时间传说是中国旧历的四月八日。降生后七天，母亲逝世。他的姨母大爱Mahāprajāpati，亦称瞿昙弥，把他扶养成人。她爱他如子，他敬她如母。这个姨母后来成为佛教僧伽中的第一个尼姑。他生长在深宫之中，享用极端奢侈。父亲给他修建了三座宫殿：春季、夏季、雨季各有一宫。他受到了当时刹帝利青年所受的全部教育，包括各种学艺，军事、体育也包括在内。成年后，娶了妃子，名叫耶输陀罗。“贤妃美容貌，窈窕淑女姿，瑰艳若天后，同处日夜欢”（引文见汉译本《佛所行赞》，下同）。他们生了一个儿子，名叫罗睺罗。这一定是历史事实，因为佛教和尚是不许结婚的，可是佛祖却竟结婚生子，给后来的佛徒带来一个尴尬局面。若非历史事实，佛徒是决不会这样写的。为了这件事，和尚编造了不少的神话故事，以图摆脱窘境。我只举一个例子。《根本说一切有部毗奈耶破僧事》卷四说：“尔时菩萨在于宫内嬉戏之处，私自念言：‘我今有三夫人及六万婇女。若不与其为俗乐者，恐诸外人云：我不是丈夫。’”[3]

出家的经过

据传说，释迦牟尼二十九岁出家。他生下时，就有仙人预言：他如果不出家，就会成为转轮圣王。因此，他父亲早就担心他会出家。于是就用尽心思，让他享尽人间的荣华富贵，目的是引诱他放弃出家的念头。佛经讲，有一天太子要出游散心，国王派人平整道路，驱逐闲人，不让太子看到老人、病人、穷人等。然而净居天却变成一个老人，太子看了心烦，叹息不已，转回宫去。第二次出游，又看到一个天神化成的病人。第三次出游，看到一个天神化成的死人。第四次出游，看到一个天神化成的比丘。太子于是决心出家。这个故事显然是虚构的。总之，出家的真正原因我们还不清楚。当时社会上，有一派用不同形式出家寻求解脱的沙门，这是婆罗门的对立面。释迦牟尼出家原因之一，可能是受到沙门思潮的影响，但一定还有更深刻的内在的原因。

苦行

释迦牟尼出家以后，原意是想走苦行这一条路。苦行在印度古已有之，而且是在各个时代都很流行。他先去找沙门阿罗蓝迦蓝和郁陀仙，又去找五比丘，苦行了六年，结果身体羸弱，毫无所得，涅槃解脱，遥遥无期。他自已思忖："如是等妙法，悉由饮食生。"(《佛所行赞》)不吃饭，妙法是寻求不到的。他下决心重新进食，接受了一个牧羊女奉献的香乳糜。"食已诸根悦，堪受于菩提。"(《佛所行赞》)五比丘看到这情况，认为他叛变了，相约不理他。他又继续游行，到处寻求解脱之道。

成佛

释迦牟尼最后来到菩提伽耶这个地方，坐在菩提树下，发出誓言：如不成佛，决不站起。他坐在树下究竟思考了一些什么东西呢？我们很难确说。在释迦牟尼时代，社会上宗教人士中间流行着一种想法：精神可以突然发亮，豁然贯通，悟得至道；除了佛教外，耆那教也有这种信仰。也许就在这种信念支配下，他坐在那里思维。他先对一切众生起大悲心，得到天眼净，看到众生生死轮回，善人转生人神，恶人堕入地狱。他最后想到生死根源，就是后来传下来的十二因缘：无明（愚痴，不知）、行（形成力，形成）、识（认识）、名色（名称与物质形体）、六入（感官与感官对象）、触（感官与感官对象的接触）、受（感受）、爱（渴望）、取（爱执、执着于存在）、有（存在，无和空的对立面）、生（生）、老死（老死）。这十二因缘，有因果关系。但这关系很复杂，很微妙，解释也有分歧。根据《佛所行赞》，释迦牟尼是从下面老死想起的："决定知老死，必由生所致……又观生何因，见从诸有业……有业从取生，犹如火得薪，取以爱为因……"如此一环扣一环，最后根源是"无明"("痴灭则行灭")。一切皆从"无明"起。什么叫做"无明"呢？对于这个关键的字眼，解释很分歧。有人说无明就是不知道事物实际上并不像人们想象的那样存在。这有点大乘的味道，但可备一说。有的经又说，"无明"就是不知道苦、集、灭、道四谛。无论如何，"不知道"的对立面，就是"知道"。知道了，就是"大觉"，就是"佛"。这十二因缘着重讲因果关系，是后来佛教根本学说之一，但是佛在菩提树下还不能想得这样有系统。可能只是一个大体的轮廓。

说法

释迦牟尼证得大道，成了佛。经过一番犹疑考虑，他决心说法转法轮。他来到迦尸城（今贝拿勒斯）。他首先想到向他出家后见到的两个比丘说法。但他们已经死去。他又去找那五个苦行者，他们正在迦尸附近的鹿野苑。他们相约对他表示冷淡，最后还是洗耳恭听。说法的内容是什么呢？根据佛经传说，大概是这样的：如来佛首先讲了中道，避免两个极端，又讲了八正道和四圣谛。如来可能讲了这样的一些想法，恐怕还比较粗糙。这样系统化是以后的事情。有的学者认为第一次说法不是历史事实，但缺乏可靠的证据。

招收弟子

第一次说法以后，以憍陈如为首的五人成了佛的弟子。接着是迦尸城富家子耶舍入教。他又带了五十四人入教，此时已有比丘六十人。跟着是苦行仙人迦叶兄弟三个入教，三人原都是婆罗门。三迦叶有弟子五百人，都受了正法。五百这个数目不可靠，这样整齐的数目是后来捏造出来的。在王舍城竹林，又收舍利弗、大目犍连为弟子。后来成了如来佛的大弟子，二人也都是婆罗门。总之是弟子越受越多。僧伽形成了。而且诸大弟子各有所长，比如舍利弗智慧第一，目犍连神通第一，优波离持律第一，罗睺罗持戒第一，大迦叶弟子头陀第一名，但据估算，终释迦牟尼之世，弟子也不过五百人。

从社会地位来看，他确实收了一些低级种姓的人，比如大弟子优波离就出身剃头匠，弟子中还有淫女、强盗、杀人犯、商人、猎人，但出身婆罗门的更多。释迦牟尼禁止奴隶入教。在佛典的律藏中，有很多关于这方面的规定。比如《根本说一切有部毗奈耶出家事》卷三说："从今已往，汝等苾刍不应与奴出家。若有求者，当可问之：'汝是奴不？'若与奴出家，得越法罪。"[4]

释迦牟尼与国王结交

在招收弟子的同时，他到王舍城见到瓶沙王，佛故意问弟子迦叶为什么不再事火而出家为僧。迦叶说："事火修咒术，离解脱受生，受生为苦本，故舍更求安。我本谓苦行，祠祀设大会，为最第一胜，而更违正道。是故今舍弃，更求胜寂灭，离生老病死，无尽清凉处。”(《佛所行赞》)“寂灭”就是涅槃。事火无法求得涅槃，所以他舍弃了事火。瓶沙王一听，成为佛友，护法大王。

瓶沙王之子阿阇世（未生怨王）弑父自立，这是一件惊人的事情。佛教虽然是一个出世的宗教，中国有人骂它是“无父无君”，实际情况却不是这样。它也非常关心社会上的伦常道德，对于孝顺父母更是特别强调，它把“杀父母、杀阿罗汉、破僧、恶心出佛身血”看作是罪大恶极。这种意见屡屡见于佛教律中，无须具引。但是释迦牟尼对于阿阇世弑父自立这一件事却“宽大处理”。阿阇世后来后悔了，向佛坦白自己的罪行，佛竟加以安慰。佛经多次讲到这一件事，我只举两个例子。其一：“佛重告使言：‘语阿阇世王：杀父恶逆之罪，用向如来改悔故，在地狱中，当受世间五百日罪，便当得脱。’”[5]其二：“佛告诸比丘言：‘此阿阇世王，过罪损减，已拔重咎。若阿阇世王不杀父者，即当于此坐上得法眼净。’”[6]从这一件事情中可以看出，释迦牟尼争取国王，用心良苦。此外，他同迦尸国王波斯匿、拔蹉国王优填、王都人民之主恶生、南海之主优陀延等国主都有交谊。

联络商人

释迦牟尼同商人似乎有特殊的关系与联系。他成佛后不久就接受两个商人奉献的食品。见了瓶沙王以后，又认识了大长者（大商人）给孤独。给孤独在㤭萨罗王都舍卫国布金满园买下了祇林精舍，赠给释迦牟尼。他成了佛教的居士。当时在摩揭陀国，在㤭萨罗国，商人都是腰缠万贯，在社会上占有很重要的地位。摩揭陀王室也参与贸易活动，大概双方互相利用，共同发展，因而才结成了密切关系。如来佛在几十年传教活动中，到过许多国家，走的路也都是当时主要的商道。在涅槃前游行时也走的是商道。同商人的接触一定会是很多的。居士中间阔人富人占多数。

在弗哩逝（vṛji）首都鞞舍离，释迦牟尼结识了淫女庵摩罗。她很有钱，在社会上很有地位，在朝廷上广通声气。她请佛吃饭，并送给佛一座花园。她服务的对象绝大部分可能也是富商大贾。

涅槃

释迦牟尼二十九岁出家，三十五岁成佛后，游行传教，长达四十五年。东至瞻波，西到摩偷罗，初步组成了一个僧伽。据佛经记载，僧伽里面后来还接受尼姑。这是违反释迦牟尼的想法的，他瞧不起妇女，认为收妇女做尼姑，会缩短佛教的寿命，只因抚养他的姨母苦苦哀求才不得已而破此例。释迦牟尼允许他姨母出家，但很有感慨地说："若不听女人出家受具足戒，佛之正法往世千岁。今听出家，则减五百年。"[7]

最后他从王舍城出发，做长途游行，来到了拘尸那揭罗的双树间，在这里逝世（灭度或涅槃）。火化后，许多国王来抢分舍利。

教义

释迦牟尼时代，正是印度古代思想最活跃的时期，有点像中国的春秋战国时期，各种学说，风起云涌，百家争鸣，莫衷一是。从各方面来看，都可以说是印度历史上一个转折点。当时在思想界有两大对抗的潮流：一是婆罗门，主张吠陀天启，祭祀万能，婆罗门至上。这是保守派。一派是沙门，反对婆罗门那一套，是革新派。释迦牟尼属于沙门系统，属于革新派。恩格斯说，他的学说中有一些辩证法的因素。有人说，他的主要敌人不是婆罗门，而是外道六师，这看法很有见地。他究竟宣传了些什么学说，今天还无法证实，只能根据现存的佛经加以概括的论述。

有人主张，释迦牟尼在涅槃前不久，对自己的学说作了一个撮要，这就是：四念处、四意断、四神足、四禅、五根、五力、七觉意、贤圣八道。所有佛教宗派，包括大乘在内，都无异说。这似乎就是释迦牟尼自己归纳的基本教义。[8]这说法有没有根据呢？应该说是有的。《长阿含经》卷二《游行经》说：

> 告诸比丘："汝等当知，我以此法自身作证，成最正觉，谓四念处、四意断、四神足、四禅、五根、五力、七觉意、贤圣八道。汝等宜当于此法中，和同敬顺，勿生讼诤。"[9]

但是这种根据是靠不住的。这所谓"三十七品"在佛典中已经成为一个刻板的老一套。不管什么地方，一提到佛的教义，就是这一套。例子太多，无法引用。看来这是佛教和尚长期形成的一套说法。释迦牟尼在生前不可能对自己的学说作这样系统的阐述，这样的系统化显然是后人做的。

估计如来佛的根本教义，不会出他在成佛时思考过的一些问题之外，后来他在第一次说法时又讲到过，这就是四圣谛和十二因缘。十二因缘已经讲过，四圣谛是指苦、集、灭、道。意思就是说，人世无常，一切皆苦，造成苦的原因就是烦恼及业，必须从烦恼及业中解脱出来，达到涅槃境界。达到涅槃的道路就是所谓八正道。

原始佛教最基本的教义可能就是这些，后来逐渐发展、深化、系统化，越说越玄，越说越烦琐，以至达到“佛学号称难治”的程度。

说法方式

根据晚于释迦牟尼的佛经的记载，他说法很有一些特点，他善于用比喻，而且比喻很多出于农牧。这些记载不一定完全可靠，可能有一部分是出于和尚代代相传的回忆，至少可以反映早期佛教徒的情况，这种例证比比皆是。我现在从汉译佛经中选出几个例子来：

> 犹如耕田薄地之中，下种虽多，收实甚小。[10]
>
> 譬如农夫，宿有二业：一田业高燥肥沃，二田业下湿瘠薄。[11]
>
> 若好田苗，其守田者心不放逸，栏牛不食，设复入田，尽驱令出。[12]
>
> 过去世时，摩揭提国有牧牛人，不愚不痴者，有方便慧。[13]

若复牧牛人成就十一法者，能拥护其牛，终不失时，有所饶益。[14]

如田家子，善治其地，除去秽恶，以好谷子着良田中，于中获子，无有限量。亦如彼田家子，不修治地，亦不除去秽恶而下谷子，所收盖不足言。[15]

这些比喻的例子都说明释迦牟尼本人和他早期的信徒是同劳动大众有密切的联系的。他们了解人民的生活，用人民的一些喜闻乐见的、从他们生活中选取来的比喻来阐述比较难懂的佛教教义。佛教发展之所以能这样迅速，影响之所以这样大，与这种说法方式可能有些关系。此外释迦牟尼不承认梵文的神圣性，主张和尚使用自己的方言来宣传教义。

对社会改革的看法

释迦牟尼主张改革，但有很大局限性。他想革新，但又不彻底。比如他反对婆罗门所竭力主张的祭祀，他反对种姓制度。他曾打比喻说：在入海以前，长江大河各有自己的名字，一流入大海，就混同起来，表示佛教僧伽内部没有种姓之别。但不彻底，他好像只想为刹帝利向婆罗门争首席地位。过去六佛没有一个出身吠舍、首陀罗，可以为证。

在他一生中，他都同当时很有力量的商人有密切联系。在一定程度上，他也关心农民，主要是吠舍。他反对杀牲（牛），这有利于农业，而农业又主要是吠舍的职业。婆罗门当农民的在《本生经》中也可以找到。另一方面又结交国王，国王奴隶主反对奴隶逃跑，他就禁止奴隶入教，这可以说是迎合国王。在这里，他提供了一个在他以后的中外佛教徒（别的宗教徒也差不多）都遵循的榜样。《梁高僧传》卷五《道安传》记载高僧道安的话说："不依国主，则法事难立。"[16]讲的就是这个道理。他同淫女也打交道，在这些方面表现出不少的世故，表现出圆熟的交际手段。总之，释迦牟尼是一个性格比较复杂，有不少矛盾的人物。但他之所以成功，佛教之所以成为一个世界宗教，一方面说明它满足了一部分人民的宗教需要，同时同他这个教主有一套手段，也是分不开的。

1981年9月

参考书：

1 马鸣菩萨造、北凉昙无谶译：《佛所行赞》。

2 Hermann Oldenberg, *Buddha*, 1923, Stuttgart und Berlin.

3 Etienne Lamotte, *Histoire du Bouddhisme Inden*, Louvain-la-Neuve 1976.

4 A. K. Warder, *Indian Buddhism*, Delhi. Varanasi. Patna 1980.

注释：

1 参阅吕澂：《印度佛学源流略讲》；任继愈：《汉唐佛教思想论集》。关于这个问题，德国著名梵文学者H·Bechert在他的新著《重新探讨佛陀生卒年代刍议》（*Contribution to the Discussion on "The Date of the Buddha Reconsidered"*，1980年10月瑞典王家人文科学院印度研究讨论会上的发言，作者寄来了打字原稿）中又重新作了分析研究。

2 A. K. Warder, *Indian Buddhism*（《印度佛教》），Delhi 1970, p.44—45.

3 《大正大藏经》，第24卷，第115页上。

4 同上，第23卷，第1033页中。

5 《菩萨本行经》卷中，见《大正大藏经》，第3卷，第116页下。

6 《长阿含经》卷17，见《大正大藏经》，第1卷，第109页中。

7 《五分律》卷29，见《大正大藏经》，第22卷，第186页上。

8 见Warder前引书，p.830。

9 《大正大藏经》，第1卷，第16页下。参阅《增一阿含经》卷3，见《大正大藏经》，第2卷，第561页中。《十诵律》卷33，见《大正大藏经》，第23卷，第239页下。

10 《大正大藏经》，第3卷，第114页上。

11 同上书，第4卷，第162页中。

12 同上书，第2卷，第312页中。

13 同上书，第2卷，第342页上。

14 同上书，第2卷，第794页中。

15 同上书，第2卷，第827页下。

16 同上书，第50卷，第352页上。

商人与佛教

一　引言

1.1.1 稍稍了解释迦牟尼生平和印度佛教史的人，大概都对一个现象感到吃惊：释迦牟尼本人以及他的弟子和再传弟子们为什么都同商人有那么密切的关系？这样的例子是举不胜举的。为了说明问题，我在这里先举两个例子：一个是释迦牟尼初成佛时遇到的两个商人；一个是毕生支持如来佛的大商人给孤独长者。现在先谈第一个例子。

（一）两个商人

1.1.2 根据佛传的记载，释迦牟尼刚成了佛，从菩提树下站起来，首先向他奉献食品的是两个商人。这个故事见于许多佛经中，我在下面举出几种来。

1.1.3《普曜经》卷七《商人奉麨品》：

> 尔时提（离）谓波利之等与贾人俱五百为侣。……时五百人诣树神所。梵作树现光（光）像，分明言："今世有佛在拘留国界尼连禅水边，未有致食者。汝曹幸先能有善意，必获大福。"贾人闻佛名，皆大喜，言："佛必

独大尊，天神所敬，非凡品也。”即和麨蜜，俱于树下稽首上佛。[1]

1.1.4 《方广大庄严经》卷十《商人蒙记品》：

时北天竺国兄弟二人，为众商之主。一名帝履富婆，一名婆履。……时护林神忽现其形，语商人言：“汝诸商人，勿怀恐惧。汝于长夜流转生死，今得大利。所以者何？有佛世尊出现于世，初成正觉，住此林中，不食已来四十九日。汝等应将种种饮食而以上之。”[2]

1.1.5 与以上二经相当的梵文Lalita Vistara有相同的记载：

saptame saptāhe tathāgato tārāyaṇamūle viharati sma|| tena khalu punaḥ samayenottarāpathakau dvau bhrātarau trapuṣabhallikanāmakau vaṇijau paṇḍitau nipuṇau vividhapaṇyaṃ gṛhītvā mahālabdhalābhau dakṣiṇāpathād uttarāpathaṃ gacchete sma | ......tāyapi devatayā svarūpaṃ saṃdarśya āśvasitā mā bhetavyam iti | ...... te madhutarpaṇaṃ ikṣulikhitakāṃś ca ādāya yena tathāgatas-tenopa saṃkrāmann upasaṃkramya tathāgatasya pādau śirasābhivanditvā tripradakṣiṇīkṛtyaikānte tasthuḥ3

1.1.6　根据梵文原本，那两个商人，一个叫Trapuṣa，一个叫Bhallika。《普曜经》的“波利”显然等于Bhallika；但是“提（离）谓”却似乎有问题。《方广大庄严经》与梵文完全相当，只是“帝履富婆”的“婆”字似应作“娑”。

1.1.7　《过去现在因果经》卷三：

尔时有五百商人，二人为主：一名跋陀罗斯那，二名跋陀罗梨（利），行过旷野。时有天神，而语之言：“有如来应供正遍知明行足善逝世间解无上士调御丈夫天人师佛世尊，出兴于世，最上福田。汝今宜应最前设供。”……时彼商人，既见如来威相庄严，又见诸天前后围绕，倍生欢喜，即以蜜麨而奉上佛。[4]

1.1.8　《佛所行赞》卷三《阿惟三菩提品》：

时有商人行　善友天神告　大仙牟尼尊　在彼山林中　世间良福田　汝应往供养　闻命大欢喜　奉施于初饭[5]

1.1.9　《佛本行经》卷四《转法轮品》：

四王即来　奉献四钵　佛即时以　神变之力　左受右按　合成一器　于是便受　二贾客施　始受五戒为清信士[6]

1.1.10 《中本起经》卷上：

> 一时佛在摩竭提界善胜道场元吉树下，德力降魔，觉慧神静，三达无碍，度二贾客，提谓波利，授三自归，然许五戒，为清信士。[7]

1.1.11 值得注意的是，在这里，两个贾客的名字同《普曜经》完全一样。

1.1.12 《五分律》卷十五：

> 时有五百贾客，乘五百乘车。中有二大人，一名离谓，二名波利。……彼神于空中语言："汝等莫怖！汝等莫怖！今佛世尊初成大道，静坐七日从定起，游行坐彼树下。未有献食者。汝奉上麨蜜，长夜获安。"众人欢喜，即和麨蜜。[8]

1.1.13 值得注意的是，在这里，二商人的名字同《普曜经》和《中本起经》完全一样。

1.1.14 《四分律》卷三十一：

> 尔时世尊过七日已，从定意起。于七日中未有所食。时有二贾客兄弟二人，一名瓜（爪），二名优（忧）波离，将五百乘车载财宝，去菩提树不远而过。时树神笃信于

佛，曾与此二贾客旧知识，欲令彼得度，即往至贾人所，语言："汝等知不？释迦文佛如来等正觉，于七日中具足诸法。于七日中未有所食。汝等可以蜜麨奉献如来，令汝等长夜得利益（善），安隐快乐。"尔时兄弟二人，闻树神语已欢喜，即持蜜麨，往诣道树。[9]

1.1.15　二商人的名字在这里很奇怪。第一个名叫"瓜"，显然是意译，梵文 trapusī或trapuṣī，意思是"瓜"（coloquintida）。第二个名字是音译。

1.1.16　《根本说一切有部毗奈耶破僧事》卷五：

世尊在三摩地，于七日中既断烦恼，受解脱乐。无人供养，不饮不食，无饥渴想。尔时有二商主，一名黄芃，二名村落，各有百辆车及多人众，共为兴贩，路由佛所。时二商主先有知识，命过生天，顾于商人，作如是念："今佛在菩提树下，七日入定，断诸烦恼，受解脱乐，无人供养。我今应令此二商主为最初供养，于多世中受诸功德。今宜劝为此事。"……时二商主……持诸供物，酪浆麨蜜，往世尊所。[10]

1.1.17　在这里，两个商主的名字都是意译。"黄芃"，上面已谈过（1.1.14）。至于"村落"，此处似有错讹。第二个名字，Lalita Vistara作Bhallika，此字没有"村落"的意思。palli，pallika，pallī是"村落"。看来是把两个字弄混了。

1.1.18 《善见律毗婆沙》卷十六：

时贾客兄弟二人，从优加（迦）罗村来，车载财物，欲往中国。……时树神即现半身，语贾人言："汝车不去，是我留耳。贾人当知，白净王子出家学道，今在菩提树下，得一切智。于七日中未有所食。汝可以麨蜜奉上如来，令汝等长夜得利益，安隐快乐。"时兄弟二人闻树神语，即以麨蜜奉上佛（如来）。[11]

1.1.19 例子就举这样多。佛经中谈到两个商人的地方当然不止这一些，但是，我认为，这一些也就足够用了。

有趣的是，玄奘《大唐西域记》卷一缚喝国也讲到二商人献麨、蜜的故事。在这里，二商人成为"二长者"。他们的名字变成了两个城名：一名提谓城，一名波利城。在上面1.1.3、1.1.10中明确说二商人的名字的是提谓和波利。1.1.12"提谓"改成"离谓"。可见这个故事传布之广以及多方面的演变。

释迦牟尼成了佛以后，他首先遇到什么人，这本来是一件偶然的事情。即使首先遇到的是两个商人，也用不着大惊小怪。但是，从佛的一生和佛教的发展来看，首先遇到商人，似乎不能用偶然性来加以解释。我看，这是如来佛最初的弟子有意散布的。他们的用意是抬高商人的地位，说商人是重要的，他们与佛教的关系是密切的，他们与佛徒是互相依赖，互相支援的。否则，我们就无法解释，为什么视财如命的商人单单对一个他们丝毫也不了解的、乞丐一般的出家苦行僧竟会这样大方，这样尊敬，这样抱有好感。

（二）给孤独长者

1.2.1　现在来谈给孤独长者。

“长者”这个词儿是从梵文 śreṣthin，巴利文 setthi，或者从梵文 gṛhapati，巴利文 gahapati 翻译过来的。śreṣthin 意思是“有地位的人”、“行会的首领”，gṛhapati 意思是“家主”，也译为“居士”。一般指富商大贾，其中也可能有地主。给孤独长者梵文原文是 Anāthapiṇḍika，“给孤独”是意译。他是一个家资万贯的大商人，如来佛的忠诚的资助者。他曾布金满地购买了一座花园，赠送给释迦牟尼。这是佛教史上最著名的故事。可以想象，佛典中关于他的记述必然非常多。我在下面只挑选几个。

1.2.2　《中阿含经》卷六（二八）《舍梨子相应品教化病经》第八。

这里讲的是长者给孤独疾病危笃，不能亲自觐佛，便派人来向佛请安致敬。然后再到舍梨子那里去请他到自己家来。舍梨子来到他家，问了他的病情，劝他不要害怕；因他已经得到须陀洹，即使身坏命终，也不会趣至恶处，生地狱中。[12]同样的故事又见于《增一阿含经》卷四十九。这里给孤独长者的名字是音译：阿那邠祁长者。[13]上面的故事在巴利文佛典中都有相应的故事，见 Majjhima Nikāya，143。

1.2.3　《杂阿含经》卷二十二（五九二）。

给孤独长者因为一件小事（小因缘）来到王舍城，住在一个长者家里。夜里看到这个长者燃火炊饭作饼，调和众味，便问他是否是嫁女娶妇，或者是宴请国王大臣。长者说，都不是，而是为了请佛。给孤独长者问，什么叫佛。长者回答说："有沙门瞿昙，是释种子，于释种中剃除须发，着袈裟衣，正信非家，出家学道，得阿耨多罗三藐三菩提，是名为佛。"给孤独又问，什么是僧。长者回答说，婆罗门种、刹帝利种、毗舍种、首陀罗种，剃除须发，着袈裟衣，正信非家，彼佛出家，而随出家，是名为僧。给孤独听了以后，大有感触，连夜赶去见佛。[14]

1.2.4　紧接着就在《杂阿含经》同卷（五九三）又讲了一个与给孤独长者有关的故事。这里讲的是给孤独命终，生兜率天，为兜率天子。他想，自己不应该久住此地，又来见佛。[15]

1.2.5　《增一阿含经》卷四十九（七）。

阿那邠祁长者有四个儿子，都不事佛法圣众。长者答应他们，每人赠纯金千两，要他们归依佛法僧。他们不肯。长者答应每人赠纯金二千两、三千两、四千两，一直增加到五千两，他们才答应下来。于是长者率领四子，来至佛所。佛对他们说法，劝令欢喜。四个儿子终于被感化，长跪佛前，说愿归依佛法僧，再不杀生，乃至不再饮酒。[16]

1.2.6　《五分律》卷二十五。

舍卫城有长者，名须达多（须达多 Sudatta，是他的真名，"给孤独"算是一种绰号）。他出三十万金钱给王舍城人。他们年年来请长者，并走出一由旬远来迎接。今年忽然没有出迎。须达多询问原因。他们说，为了制办奇妙饮食请佛，因而没有出迎。须达多听了以后，很想见佛。在夜里，他得神仙之助，来到佛所。他请佛到舍卫城夏安居。佛说，那里没有合适的地方可以居住。须达多请佛派一比丘随他去经营住处。佛派了舍利弗：

> 须达长者既到舍卫，作是念："何处极好，堪作精舍？唯此城童子祇林（Jetavana），园果美茂，其水清洁，流泉浴池，香花悉备。当买作之。"念已，往到其所，语言："我欲买园，宁能见与不？"答言："若能以金钱布地，令无空缺，然后相与。"须达便以金钱布地。祇言："我说此譬，不欲相与。"须达复言："说此为价，岂得中悔！"共诤纷纭，遂便彻官。官即依法断与须达。祇问须达："何故不惜金宝而买此园？"须达答言："佛出于世，有大威德。其诸弟子亦复如是。我已请之于此安居，是以倾竭，无所爱惜。"祇复言："若听我更作园名，名为祇园精舍者，当以相与。"须达言："善！"即令人出金钱布地，量树处所，皆补令满。舍利弗然后以绳量度，作经行处、讲堂、温室、食厨、浴屋及诸房舍，皆使得宜。[17]

这就是有名的给孤独长者布金满地买园的故事。

汉译佛典中的例子就举这样多。

1.2.7　现在来谈巴利文佛典中的例子。这种例子也是举不胜举。上面在谈汉译《阿含经》时，已经有所涉及。为了节省篇幅起见，我在这里不再多举，请参阅 G. P. Malalasekera, *Dictionary of Pāli Proper Names*, London 1937–1938有关的条目。

1.2.8 我专门谈一下巴利文《佛本生故事》中有关给孤独长者的记载。因为例子太多，我在这里列一个表，每一个例子有两个数字：第一个是本生故事的编号，第二个是V. Fausbföll, *The Jātaka, together with its commentary*, London 1877—1897的册数和页数：1, Ⅰ95；12, Ⅰ48；37, Ⅰ217；40, Ⅰ226；45, Ⅰ248；47, Ⅰ251；53, Ⅰ268；83, Ⅰ364；90, Ⅰ377；103, Ⅰ412；121, Ⅰ441；254, Ⅱ286—287；269, Ⅱ347；284, Ⅱ410；291, Ⅱ431；337, Ⅲ119；340, Ⅲ128；346, Ⅲ141；363, Ⅲ196；382, Ⅲ257；419, Ⅲ435；464, Ⅳ144；472, Ⅳ188；479, Ⅳ228。以上都见于本生故事的眼前的故事中，释迦牟尼住在给孤独所赠的逝多精舍中，有时候讲一个与他有关的事情。在本生故事的前面，有一长篇类似楔子似的东西，在“近处的引言”(Santikenidāna)中有几处讲到给孤独长者：Ⅰ77；Ⅰ92；Ⅰ94。其中Ⅰ92很重要，讲的也是布金满地购买花园的事，我现在抄在下面，附上译文，以资比较：

tasmiṃ samaya Anāthapiṇḍiko gahapati pañcahi sakaṭasatehi bhaṇḍaṃ ādāya Rājagahe piyasahāyassa seṭṭhāino gehaṃ gantvā tattha Buddhassa Bhagavato uppannabhāvaṃ sutvā balavapaccūsasamaye devatānubhāvena vivaṭena dvārena Satthāraṃ upasaṃkamitvā dham-maṃ sutvā sotāpattiphale patiṭṭhāya dutiyadivase buddhapamukhassa saṃghassa mahādānaṃ datvā Sāvatthiṃ āgamanatthāya Satthu pa-ṭiññaṃ gahetvā antarāmagge pañcacaṭ ṭārīsayojanaṭ ṭhāne satasahassaṃ

> satasahassaṃ dāpetvā yojanikāya yojanikāya vihāre kāretvā Jetavanaṃ koṭisanthārena aṭ ṭhārasahiraññahoñīhi kiṇitvā navakammaṃ paṭṭhpesi.
>
> 此时，居士给孤独用五百辆车装载货物，来到王舍城他的好友长者家。他在这里听到佛世尊已出现于世。于是就在黎明时分走过神仙神力给他打开的城门，走到佛祖那里，听佛说法，获得须陀洹果。第二天，他向以佛为首的僧伽大做布施，得到佛要到舍卫国去的诺言。他在沿途四十五由旬长的道路上，每一由旬付出十万金钱，修建一座寺院。又用十八亿金钱购买逝多精舍，把金钱竖起来布满全园，在那里修建了一座新房子。

请参阅上面引的《五分律》中的故事（1.2.6）。

1.2.9　除了汉译佛典和巴利文佛典以外，给孤独长者的故事散见于各种语言的佛典，连吐火罗文A（焉耆文）《弥勒会见记剧本》中也可以找到。至于佛教艺术，比如雕塑、绘画等等也喜欢以给孤独长者作题材，这里不一一评述了。中国古代到印度求法的高僧，比如法显、玄奘等等，在他们的著作《佛国记》、《大唐西域记》等书中，无不有关于给孤独长者的记述。

1.2.10　上面两个例子，讲的都是同释迦牟尼直接打过交道的商人。第一个例子不是出于偶然性，上面1.1.19已有所论证。第二个例子情况更清楚。给孤独长者是释迦牟尼毕生最著名的施主，二人关系非常密切，这已成为佛教史上的佳话，尽人皆知的事实。其中一点偶然的成分也没有，论证更完全没有必要了。

(三)首转法轮

1.3.1　我再举一个不同类型的例子，这就是释迦牟尼成佛后决心宏布大法时所选中的第一次说法的地方。对佛徒来说，佛祖第一次说法是一件有重大意义的事件，因此说法的地方也具有重大意义。我在下面举几个与第一次说法有关的例子。

1.3.2　《普曜经》卷七：

以佛道眼普观世间。"今当为谁第一说法？何所有人易化受教？"……佛复念言："昔者父王遣五人，俱侍卫我。经历勤苦，有大功夫。我今宁可为是先说经法而开化之。"佛告比丘：于时世尊从树下起，寻时举声，告于三千大千世界，皆使知之。从次前行，至波罗奈神仙鹿苑，诣五人所。[18]

尔时如来为颁宣诸法，说十二因缘根本所起。[19]

1.3.3　《方广大庄严经》卷十一《转法轮品》：

尔时世尊复作是念："谁应最初堪受我法？根性淳熟。易可调柔。……即以佛眼观见五跋陀罗，在波罗奈鹿野苑中。"[20]

1.3.4　例子不再举了。[21]

释迦牟尼第一次说法是在波罗奈（贝拿勒斯）附近的鹿野苑，

这是一个历史事实，不需争辩。但是，他为什么首先选定这个地方呢？这就需要深入加以探讨。原来波罗奈处于四通八达的商路上，来往行人商人占绝大多数。详细情况，见下面3.6。释迦牟尼之所以到这里来首转法轮，其用意至少有一部分是想把他在菩提树下悟得的大道首先说给商人听。他相信，在商人中，他的新学说会受到欢迎。

1.3.5　我在上面举了三个方面的例子，无非是想指出，释迦牟尼和他的弟子以及再传弟子同商人有多方面的联系。据我所知道的，世界上任何一个宗教，也没有像佛教这样，同商人有这样密切的联系。可以断定，其中必有原因。我认为，如果真想应用辩证唯物主义和历史唯物主义来研究印度佛教史的话，这个看来似乎没有什么重要意义的商人与佛教的问题，就必须加以探讨。因为从这里我们可以看出佛教兴起时印度的社会状况，可以看出当时的阶级划分情况，可以看出佛教究竟代表哪一个阶级的利益，还可以看出佛教这个异端的新宗教之所以能够立定脚跟而且迅速发展的原因，等等，等等。可惜的是，迄今我还没有看到任何一篇探讨这个问题的文章。我不揣冒昧，自己来试一下，希望得到批评与指正。

二　汉译佛典律藏中有关佛教僧侣与商人的关系的记载

2.2.1　我在第一章引言里举出了三个释迦牟尼与商人有密切关系的例证，目的是想说明这种关系之悠久，之深入。在这里，我想主要从汉译佛典的律藏里再选取一些例证，以阐明商人与佛教僧侣的关系。这样的资料也是非常多的，没有可能一一搜集。我之所以仅仅限于律藏，是因为正如我在另外一些地方曾经说过的那样，律藏中有关印度古代社会史的资料特别多，特别琐细，又特别生动。可惜我还没有见到充分利用这些资料的文章。我想提倡一种利用佛典律藏的风气。至于律藏以外的资料，如有必要，我也将加以征引。在下面，我把资料分成几个门类，然后在每个门类中再按《大正新修大藏经》（以下缩写为㊅）排列的顺序依次加以引用。

（一）一般的接触与来往

2.1.2　《五分律》卷一：

长者迦兰陀子，名须提那，听了佛说法，出家受戒。[22]

2.1.3　同上书，卷三：

王舍城善饭长者，每日为二比丘作上美食，自来请之。[23]

2.1.4　同上书，卷四：

舍卫城好衣长者信乐佛法，常往听受。[24]

2.1.5　同上书，卷四：

比丘跋难陀常常出入一估客家，说法治病。估客让自己的老婆给比丘作衣裳。[25]

2.1.6　同上书，卷五：

比丘跋难陀从一估客乞钵。估客买了一只钵送给他，没有按时赶到估客会，受了罚。[26]

2.1.7　同上书，卷十一：

有一个估客丧妇。他看中了一个比丘尼弟子，“色貌殊特”，想引诱她嫁给自己，就让她到自己家里来取酥、油、蜜、石蜜、蒲阇尼、佉阇尼等食品。[27]

2.1.8　《摩诃僧祇律》卷一：

毗舍离城有长者子，名曰耶舍，他父亲名叫迦兰陀，所以他也叫迦兰陀子。他听了佛说，“信家，非家，舍家，出家”。[28]

2.1.9　同上书，卷十七：

王舍城中有一个估客主，名无畏，同诸估客商议，将要远行。估客的老婆在家里给他制办路上吃的东西。和尚们出来乞食，来到他家。他老婆满心欢喜，把行粮都分给了和尚。和尚回到迦兰陀竹园精舍，大肆宣扬。众和尚都蜂拥到估客家。把第二天第三天制办的行粮都吃得一干二净。到了第四天，制办来不及。同伴都已先走，他后走，为贼所劫。[29]

2.1.10　同上书，卷三十二：

一个阿阇梨与一个优婆塞同名。优婆塞于是就设种种饮食，请他来吃。此时优婆塞想跟商人远行，就嘱咐自己的老婆供养阿阇梨。[30]

2.1.11　《十诵律》卷六十一：

有一个贾客把衣物寄存在一个比丘那里，比丘把衣物丢失。[31]

2.1.12 《根本说一切有部毗奈耶》卷四十六：

时有商人，从胜音城持诸货物，至摩揭陀国，到仙道苾刍所。[32]

（二）结伴旅行

2.2.1 《五分律》卷十一：

复有众多比丘尼与估客伴行。[33]

2.2.2 《摩诃僧祇律》卷三：

有估客远行，道路旷远。估客都自己负水，有时自己饮用，有时卖掉。时有比丘随估客行，估客常供给比丘水。没到所去的地方，水已饮尽。于是估客就把水分开，按量饮用。[34]

2.2.3 同上书，卷八：

比丘同乘车估客共行，把自己的衣服放在车上。[35]

2.2.4 同上书，卷十六：

如果比丘想同商人共行，告诉商人说："我没有净人。"商人说："可以借给你。"临行时，商人又说："我没有净人，有牛。你把粮食放在囊中，捆在牛身上。"[36]

2.2.5 同上书，卷二十七：

如果比丘共商人行，到了布萨日，商人不能等他们，要立刻就走，佛允许比丘边走边作布萨。[37]

2.2.6 同上书，卷二十八：

如果比丘同商人行，走到旷野，得了病，同伴的比丘不许丢开他，应该代担衣钵，亲近扶接，不应远离。如果不能走路，应该向商人借车和牛、马。[38]

2.2.7　同上书，卷三十四：

如果比丘同贾客共行，大便时应下道，勿在上风熏人，应在下风。住宿时，如果出去大小便，也要对商人打招呼，不让贾客高喊捉贼。此时大小便，亦当在下风，不得在上风。若随贾客船行，想大便，也必须到大便的地方去，下面放上木板，粪便先堕木板上，然后堕水。如果没有木板，则用厕草，或盛以瓦器，弃之。[39]

2.2.8　同上书、卷：

如果比丘同贾客共行，想要小便，也要按上述办法办理。[40]

2.2.9　同上书，卷三十五：

若共贾客道行，不得在前纵气（放屁）。若气来不可忍者，当下道在下风放之。[41]

2.2.10　同上书，卷三十六：

诸比丘尼道路行。有一少年比丘尼，下道便利。在后诸贾客来，见比丘尼端正，即便遮问："汝年少端正，正应受欲，何以出家？请说其故。"比丘尼言："我出家，何用问为？"复言："不尔。会当有意语我。"答亦如初。如是戏弄已，须臾放去。[42]

2.2.11　同上书，卷三十九：

佛言："汝云何无商人伴，于空迥（回？）处向余国行？从今已后，不听。"佛告大爱道，依止舍卫城比丘尼皆悉令集，乃至已闻者当重闻：若比丘尼无商人伴向异国行，波夜提。……若比丘尼欲行时，当先求商人伴。[43]

2.2.12 《十诵律》卷七：

一群和尚同估客游行，从憍萨罗国到舍卫国去。估客的车上载满羺羊毛。一估客路上车轴折断，牛脚伤破。他请其他估客给他分载一点羊毛。他们不肯。后面的和尚赶到，估客把羊毛布施给他们。[44]

2.2.13 《十诵律》卷十五：

佛在憍萨罗国，与大比丘众游行。五百估客想得到丰乐安隐，随佛游行。佛游到一林中住宿。估客拾薪草燃火。比丘也同熟识的估客一起燃火。一个比丘拽空中木，投向火里。木中有毒蛇，引起一场虚惊。[45]

2.2.14 《十诵律》卷四十八：

有比丘从憍萨罗共估客向舍卫国。时贼来劫，估客才得活命，是估客为贼所剥。才得活命已，诸比丘拾他衣取。[46]

2.2.15 《十诵律》卷六十一：

舍婆提国有贾客主，欲至他国，占卦在沸星日出发。有比丘想同行，但又说这是布萨日，想请贾客主等他。[47]

2.2.16 同上书、卷：

憍萨罗国诸比丘游行，与贾客俱经过大泽。诸比丘从贾客主乞水。贾客主即出水与着钵中。水上有少食，诸比丘弃水。贾客主言："汝亦知是中无水，水难得，何以弃水？"比丘言："日时已过，是水上有少食，不应饮故。”[48]

2.2.17　同上书、卷：

憍萨罗国诸比丘，与贾客俱向舍婆提城。经过大泽。诸比丘从贾客主乞食。贾客主言：“汝知此间食难得，何以不自担粮？”诸比丘答：“佛未听我等道路赍粮。”[49]

2.2.18　《萨婆多部毗尼摩得勒伽》卷四：

有比丘共商客来至俱娑罗国，至崄难处，商客乘马，比丘步行。商客语比丘：“此崄难处当乘马，速出此难。”比丘即骑马。[50]

2.2.19　《根本说一切有部毗奈耶》卷四：

六众苾刍难陀和邬波难陀同商旅同至北方。到了以后，情生不乐。商人问他俩愿意不愿意回中国。他俩说愿意。商人就把他俩托给熟识的商人，转回中国。[51]

2.2.20　同上书，卷二十八：

众多苾刍随逐商旅，人间游行。来到一城，住在佛寺内。商人出发，苾刍没能跟上，走在后面，被贼劫去衣钵。[52]

2.2.2　同上书，卷二十九：

众多苾刍，同商旅人间游行，到一聚落。住在一长者家中。因为没有卧具，便找了许多干草，充当卧物。商旅星夜出发，苾刍来不及收拾，匆忙弃草而行。长者夫妇二人忙着屏除乱草，几将半日。后来又有众多苾刍，随诸商旅，来到此村，借宿长者家。长者让他们睡在硬地上。苾刍受了一夜辛苦。到了室罗伐，见到先前的苾刍，谈到受苦的情况。此时又有众多苾刍，随逐商旅，人间游行，来到一个聚落。一长者给沙门、婆罗门造一客舍。远求软草，让苾刍睡在上面。到了天明，苾刍把草弃粪秽处，径自启程。又有众多苾刍来到此村。长者让他们睡在硬地上。[53]

2.2.22　同上书、卷：

众多苾刍共诸商旅，人间游行，来到井边，即便止宿。苾刍多以干草当垫子。去此不远，有婆罗门宿。到了早晨，苾刍和婆罗门都丢下草垫，随商旅而去。后来婆罗门同商人回到原来止宿的井边。此时有露形外道在苾刍住宿的草垫上睡觉，被蚂蚁所咬。婆罗门告诉他们，苾刍曾在此处宿过。露形大骂。[54]

2.2.23　同上书，卷三十三：

有众多苾刍尼在王舍城，想到给孤独园去礼拜佛足。她们出来寻找商旅，以便结伴同行。但是诸商旅中皆苾刍，不可同行。只好遥望商旅，随后而去，结果被盗贼劫夺衣资。[55]

2.2.24　同上书、卷：

苾刍与苾刍尼共商旅期行，有恐怖畏难处，同商旅共行，若无商旅，不能得去。[56]

2.2.25　同上书，卷三十八：

佛率领着一群苾刍外出，夜里宿在一村中林旁。六众苾刍分得一枯树。夜被寒逼，以火烧树。树中有一条蛇，现在被烟熏，爬了出来。苾刍见蛇，高声大叫。商人们听到声音，以为有狮子窜来，便大惊怖，四向奔走。佛赶快让人告诉商人：有如来在，不要害怕狮子。[57]

这个故事，同上面的2.2.13《十诵律》中的那个还有《根本说一切有部苾刍尼毗奈耶》卷十四，㊅，23，984c–985a的那个故事，是同一个故事的异本。

2.2.26　《根本说一切有部苾刍尼毗奈耶》卷十三：

时有苾刍，随逐商旅，人间游行。至一住处，遂投寄宿。于后夜时，商旅发去。一人来唤。苾刍闻其唤声，即便疾起。分付卧具，既延时节，于后随行，遂被贼劫。[58]

2.2.27　同上书，卷十四：

缘在王舍城。时此城中长者婆罗门，作如是念：世尊夏了，欲向何处游行人间？多持财货，随佛而去。[59]

2.2.28　《根本说一切有部毗奈耶出家事》卷四：

苾刍僧护与众商主外出旅行。住宿时在沙碛上熟睡。五更时分，商人装束象车，运载货物，匆忙登程。到了天明，发现丢掉了僧护。[60]

2.2.29　《根本说一切有部毗奈耶杂事》卷四：

有苾刍以商旅为伴，人间游行。同伴中有一婆罗门，忽然患了病。医生说，服诃梨勒，可治此病。但是到处找不到这一味药。医生说："沙门释子善闲诸药，从彼求觅，必当见惠。"于是找到这个苾刍。"苾刍开钵袋中，觅诃梨勒。先抽锥刀，次抽皮片，并诸杂药，净秽交参。"婆罗门见到这情况，认为太脏，不愿服药。[61]

2.2.30　同上书，卷五：

时诸苾刍随商旅行。于是商人在一处食。苾刍亦食。然少器物，不敢同处。待竟方食，致延时节。不及伴徒，在后而行。便被贼夺。[62]

2.2.31 《根本说一切有部目得迦》卷六：

时诸苾刍与诸商旅共伴而行。至褒洒陀日，见有空闲软草之地，共相谓曰："诸大德！好软草地，我等于此为褒洒陀。"即便共坐为长净事。乃至事了，勇健商人悉皆过尽。时诸苾刍随后而去，咸被贼劫，来入寺中。[63]

2.2.32 同上书，卷八：

一乞食苾刍共诸商旅，游历人间。来到一个村落中一长者家。此时诸尼众正在此处受供养。一苾刍害怕吃完饭再说法，耽误了时间，赶不上和商旅同行。于是在一旁食了而去。[64]

2.2.33 同上书，卷九：

有苾刍共诸商旅随路而行，让诸求寂持其路粮在后而来。忽被强贼劫夺商人。求寂持粮，弃之而走。诸苾刍也不取路粮，弃之而去。后来苾刍让求寂去取粮，求寂让苾刍自己去取。[65]

2.2.34 《根本萨婆多部律摄》卷一：

若与商旅同去，彼不嫌者，随住随行，应为长净。苦彼嫌者，应作心念，守持长净。[66]

2.2.35 《鼻奈耶》卷七：

世尊告曰："若比丘共比丘尼同道行，从一村至村落内者，堕。或应共行者，若有贾客，前有虎狼贼寇，得共行。”[67]

（三）狼狈为奸，走私漏税

2.3.1 《五分律》卷二十八：

时跋难陀与估客共道行，到关税处。估客从跋难陀借囊，密以大价珠着囊中，还之。跋难陀不觉。出关已，索囊中珠。跋难陀言：“我不取汝珠。”估客言：“汝实不取，我向借汝囊以珠着中耳。”即还其珠。[68]

2.3.2 《摩诃僧祇律》卷三：

有比丘与估客共道行。比丘有大徒众。时估客便语一比丘言：“汝师大德，至关税处，谁敢检校？汝为我持此物，寄着汝师衣囊中。过此税处。”[69]

2.3.3 同上书，卷四：

估客语比丘言：“我有应税物，愿长老为我持入城。”比丘答言：“世尊不听我持应税物过彼税处。然我今当教汝方便。汝便从我穿墙间去，若篱间去，若水渎中去。又可寄着已税者车上，又可寄着王家器中，又可寄着婢水瓶中，又可寄着糯羊毛中去。”如此指授。[70]

2.3.4 《四分律》卷十七：

有众多比丘从舍卫国欲至毗舍离。时有估客伴，欲私度关，不输王税。时贾客问诸比丘言：“大德！欲何所至？”比丘报言：“欲至毗舍离。”贾客（人）言：“我等可得与诸尊共伴不?”诸比丘报言:“可尔!”尔时诸比丘与此贼贾客共伴行私度关。时守关人捉得已,即将至波斯匿王所。[71]

2.3.5 同上书,卷五十五:

时有比丘与卖綖人共行。彼语比丘言:“长老!汝等度关不输税。今欲以此綖托长老度关。”时比丘即为过之。[72]

2.3.6 《萨婆多部毗尼摩得勒伽》卷一:

若比丘帮助商人走私漏税,事成,波罗夷;未过税处,偷罗遮;若教唆商人从别的道越过税关,偷罗遮;若比丘不知余比丘于针囊中盗着税物过,囊主不犯,着者事成,波罗夷;不成,偷罗遮。[73]

2.3.7 同上书,卷八:

商人要求比丘“度税物”,许而未度,偷罗遮;帮了忙,突吉罗;若商客未至税处,教唆他偷度,偷罗遮;许而未度税处,突吉罗;度税处成功,偷罗遮;若商人答应给比丘半税直,比丘帮他度税物成功,偷罗遮;商客答应把税直都给比丘,帮他度税物成功,偷罗遮。[74]

2.3.8 《根本说一切有部毗奈耶》卷三:

时诸苾刍难过关税,俗人易过。时有众多苾刍与大商旅游行他国,路次税关。诸苾刍告贾人言:“贤者!我等现有少多应税之物,仁为我等持行过关,方可与我,勿令我分入彼税官。”贾人曰:“尔!”遂与持物过关,还彼苾刍。……时彼二王各宣教令:于我国中所有苾刍同王太子放免税直，诸苾刍尼同后宫人亦免税事。……时诸贾人礼苾刍足，作如是语："……我今所有输税之物，仁等为我持过税关，当还与我。"[75]

2.3.9　同上书，卷四：

商主布施苾刍一白叠。同行过税关，商主财货都已输税。他想到苾刍白叠还没有输，便从苾刍袋中取出白叠，放在自己已纳过税的货物中，蒙混过关。

下面还有几个以白叠为主题的过税关漏税的故事。[76]

2.3.10　同上书、卷：

邬波难陀苾刍夜里在重阁上听到偷税商人在阁下走过。他下来同商人谈妥，他不报告国王，商人给他报酬。后来商人反悔，自食其言。邬波难陀教唆税官，把商人捉住，送到国王那里，把他们的财货都给夺走。[77]

2.3.11　同上书，卷四十一：

（一苾刍）欲往室罗伐城礼世尊足，出求商旅。时有商人欲向室罗伐城。此之商人是偷税者。苾刍不知，共相随去。欲至税所，便取余路，偷道而行。时彼税官伺知偷路，遂便捉获，俱缚将来。知苾刍无过，即便放去。[78]

2.3.12　《根本说一切有部苾刍尼毗奈耶》卷十六：

有一苾刍于王舍城夏安居竟，时有商人欲向室罗伐城。此之商人是偷税者。苾刍不知，共相随去，偷道而行。遂便捡获，俱缚将来。[79]

2.3.13　《根本萨婆多部律摄》卷十二：

佛在室罗伐城给孤独园。时有苾刍共兴易人偷关税者，同路而去。事恼同前，制斯学处。[80]

2.3.14 《毗尼母经》卷六：

（比丘）复应筹量，行伴中同行不中同行。若欲过国逻被破取税物而去者，不中共伴。[81]

2.3.15 同上书，卷七：

有一比丘，共贾客同路而行。尔时比丘语贾客言："我有因缘，须下道行。可为我持此针筒去，须臾相及。"道人去后，持直百千两价金珠着针筒中。道人来还，与针筒，不语令知。至税处，过已，还唤来捡挍。税主针筒中得此宝珠，种种呵责，道人极受苦恼。[82]

2.3.16 《鼻奈耶》卷一：

彼处近关。商人来到，语比丘："与上人少物，令我得过关：此物与上人半。"[83]

2.3.17 《优婆塞五戒相经》：

复有居士至关税处，语诸居士："汝为我过此物，与汝半税。"[84]

这里没有比丘。但为了说明居士也能共谋偷税，所以引在这里。

（四）商人支持佛与僧

2.4.1 《五分律》卷五：

尔时六群比丘到估客村。估客言："长老住此安居，我等行还，当施安居物。"[85]

2.4.2　同上书，卷十：

尔时长者瞿师罗，信乐佛法，见法得果，常供养佛及比丘僧。彼于后时财物竭尽，中表亲戚送食与之。诸比丘犹到其家取满钵士。[86]

2.4.3　同上书，卷二十：

时有估客赍钦婆罗从波利国来到拘舍罗。闻佛出世，有大威神，诸弟子亦复如是。便大持钦婆罗衣施僧。[87]

2.4.4　《摩诃僧祇律》卷六：

比丘强迫估客给他作私房。估客害怕折蚀本钱，不敢到铺子里去。“尊者舍利弗来人聚落，次行乞食，至其门住。尔时估客妇笃信恭敬，见舍利弗，即持净器盛食，持出着钵中，识舍利弗头面礼足，恭敬问讯。”[88]

2.4.5　同上书，卷三十八：

尔时有半者蒜商人，请比丘尼僧与蒜。[89]

2.4.6　《四分律》卷十五：

时跋难陀释子有一商主为檀越。时跋难陀释子到时着衣持钵，诣彼商贾家，作如是言：“我今欲得杂食。”商贾问言：“今有何患，乃思此食？”报言：“无所患苦，但意欲得杂食耳。”商贾报言：“我曹贾客常买卖生活，犹尚不能得杂食，况乃出家人！”[90]

2.4.7　《十诵律》卷六十一：

舍婆提诸贾客欲发去。是估客道中空泽畏处有极好精舍。估客入精舍中，见诸比丘默然坐，不眠不睡，坐禅，入深禅定。是估客见诸比丘，心生厚信清净，语诸子弟："汝看少多有饮食者，取来布施是好比丘。"子弟答："更无余食，有少葡萄。"估客言："随少多与。若不布施，无福德。"即以葡萄施诸比丘。[91]

2.4.8 《萨婆多部毗尼摩得勒伽》卷四：

有比丘，有大威德商客所请："若有所须者，来取。"彼比丘有弟子，作是念："商客数数来请和上，我当往试之，为实为虚。"即往彼言："和上须酥。"即出酥与。[92]

2.4.9 《根本说一切有部毗奈耶》卷二十一：

北方五百商人听说有佛出世，来到室罗伐城，请给孤独长者带去见佛。觐见后，看比丘的住处，看到床褥上尼师但那中间穿破，便将五百妙叠奉施众僧。[93]

2.4.10 同上书，卷二十二：

佛住在室罗伐城逝多林给孤独园。远近都听说，有佛出现于世。他那些声闻弟子都有大神通，能变化。谁要是供养他们，会得到大果报、大利益。此时北方诸商客，听到这消息，来到室罗伐城，想对佛及弟子作供养。有一个露形外道，利用占相书，从中干扰。[94]

2.4.11 同上书，卷二十三：

商主闻已，告同旅曰："我于长夜常有此念：善哉！我于何时得为僧伽造一住处，安置苾刍，衣食供养。"[95]

2.4.12 同上书，卷三十五：

北方有大商主，来到室罗伐城。六众听说，就去看他。苾刍想要衣服，但商主不知，只是留他们吃饭。

他们总是推托，说自己有饮食。后来商主问他们是否需要的是衣服。他们说是。于是商主送给每人一张上好毛毯。[96]

下面的故事与上面2.1.9相似，可参阅。

2.4.13　同上书，卷三十六：

诸苾刍与商旅同行至一聚落乞食。时至，报诸人曰："贤首！暂时为住。我欲入村乞少饮食。"商人曰："圣者！此处险途，多诸贼盗。可随我去，我当与食。"[97]

2.4.14　同上书，卷三十七：

佛从王舍城到。憍萨罗去，路上所需四件事情，都由商人供养。[98]

2.4.15　同上书，卷四十五：

于时中国商人共来观像（佛像——羡林注），咸皆合掌，异口同音，俱出大声，唱言：南谟佛陀也！南谟佛陀也！[99]

2.4.16　《根本说一切有部毗奈耶杂事》卷十：

是时商主即以马麦，每日奉佛二升，诸余苾刍各施一升。[100]

2.4.17　《根本说一切有部毗奈耶破僧事》卷十八：

卖香商人冒着被未生怨王所杀的危险，为了医治世尊的病，奉上牛头栴檀香。[101]

2.4.18　《根本说一切有部毗奈耶杂事》卷六：

常收衣物卖以自活的居士供养佛和僧。[102]

2.4.19　《根本说一切有部目得迦》卷十：

尔时佛在室罗伐城，多有商人，请佛及僧，就园林中设大斋会。商人持食，列在众前。[103]

（五）佛教戒律禁止和尚捉金银，做买卖，与商争利

2.5.1　《五分律》卷五：

若比丘种种贩卖求利，尼萨耆波逸提。

若与白衣贸易，突吉罗。

若比丘以金银及钱种种卖买，尼萨耆波逸提。

若比丘自捉金银及钱，若使人捉，若发心受，尼萨耆波逸提。[104]

2.5.2　同上书，卷十七：

尽寿不受畜金银及钱，是沙弥戒。[105]

2.5.3　《弥沙塞五分戒本》：

若比丘自手取金，若使人取，尼萨耆波夜提。

若比丘种种用金，尼萨耆波夜提。

若比丘种种贩卖，尼萨耆波夜提。[106]

下面《五分比丘尼戒本》㊅22，209a几乎完全相同。

2.5.4　《弥沙塞羯磨本》：

为我以此物货易之又应心念，宁使彼得我利，我不得我利若自贸易，应于五众中。[107]若与白衣贸易，突吉罗。

2.5.5　《摩诃僧祇律》卷九：

从今日后不听比丘自担羊毛。[108]

2.5.6　同上书，卷十：

佛言："沙门释子不应畜金银。"[109]

2.5.7　同上书、卷：

若比丘自手捉生色似色，若使人捉举，贪着者尼萨耆波夜提。[110]

"生色"，梵文jātarūpa，意思是"金子"。"似色"，梵文raupya，意思是"银子"。

2.5.8　同上书、卷：

若比丘种种贩卖生色似色，尼萨耆波夜提。比丘者，如上说。生色者金，似色者银。[111]

2.5.9　同上书，卷三十七：

若比丘尼知他市得而抄买者，尼萨耆波夜提。[112]

2.5.10　《萨婆多毗尼毗婆沙》卷五：

若比丘为利故买，买已不卖，突吉罗。若为利故卖已不买，买亦（？）突吉罗。若为利故买已还卖，尼萨耆波逸提。[113]

（六）过去世商主与佛的关系

2.6.1　《根本说一切有部毗奈耶杂事》卷十五：

在过去世菩萨生为狮子王，住在一大丛林中。有五百商人路过此林，惊动了大蟒蛇，它把商人围住，性命危在旦夕。狮子王同一只少年象商议拯救商人。"时狮子王升象头上，掷身打彼蟒蛇。狮子按足，象便命过。

打彼蟒蛇，蛇亦即死。由蛇毒气，狮子身亡。三个一时，并皆舍报。诸商人等，遂全身命。”[114]

2.6.2 同上书、卷：

乃往古昔，菩萨尔时在不定聚，于大海中作一龟王。复于后时，有五百商人乘船人海，乃被海兽打破船舶。其龟取五百商人置于背上，渡出海中。尔时商人皆悉安隐。[115]

2.6.3 同上书、卷：

亦曾作商主　　有佛名善生　　坐于菩提树
以饼先供养[116]

下面还有很多菩萨过去世作商主供养许多佛的事例，不一一列举。

2.6.4 同上书，卷十七：

我等昔为三商主　　与诸兄弟同游戏　　遇见
迦叶佛灭塔　　破坏摧落无多在　　我等共劝商人众
营造此塔复令新[117]

在上面的六节中，我引证的都是有关商人与佛和僧伽的关系的事例。此外，在佛典的律藏中，还有大量商人的故事，因与本文关系不大，不再具引。为了有助于有志于探讨印度古代商人情况者进一步探讨，我选了一些事例写在下面；但为了节省篇幅起见，我仅仅按照㊅的顺序把故事出现的卷数和页数写出：22，234b；22，260a；22，488c；22，500c；22，526bc；22，527a；23，535a；23，887a；23，899a；24，204c；24，268a；24，329ab。至于每一个故事的内容，则一概省略。

我在上面举的例子已经够多了，但还不能算是详尽无遗。从这些例子中，我们可以看出，商人与佛徒交往之频繁简直达到惊人的地步。给人的印象好像是，离开了商人，佛教就难以存在。一般说，总是商人帮助佛徒；但是在个别地方也有佛徒帮助商人的。总之，双方相依为命，利害与共。

下面我把上面零碎的事例归纳起来。分类讲一讲。

2.6.5 a. 商人听法，供养佛、僧

这类例子俯拾即是，2.1.2；2.1.3；2.1.4；2.1.5；2.1.8；2.1.9；2.1.10等都属于这一类。

2.6.6 b. 结伴旅行，成为风气

根据佛典律藏的记载，佛祖制定律条（当然不会都是他亲自制定的，为了赋予律条以最高权威只好乞灵于捏造），往往先举一个事例，然后从事例中抽绎出结论，形成一个律条。这样的事例很多都是讲商人与佛徒结伴旅行的，可见这样的结伴已经成为风气。2.2.1到2.2.35都属于这一类。

2.6.7 c. 对商人的信任

2.3.11说明，比丘尼外出旅行，必须有商人为伴。没有商人伴侣，就不许出外旅行。但是同时又明确规定，比丘尼不能同比丘同行。2.2.23；2.2.24可以为证。佛祖和他身后那些佛教掌权者何以对自己的和尚这样不信任，而对俗人商人又这样信任？我们今天非常难以理解。

2.6.8 d. 对商人的照顾

2.2.7；2.2.8；2.2.9规定，和尚同商人同行，如果想放屁或者大小便，必须到下风去，不能在上风，免得熏坏了商人。对待商人，简直像对待国王一样，真令人吃惊。佛典律藏中有一些规定，简直细到异想天开的程度。像放屁这样的规定，看了以后，难道不令人啼笑皆非吗？僧尼是不许结婚的，不许性交的。在这方面有一些规定，是可以理解的。但是有一些规定竟秽亵到令人看不下去的程度，我曾百思而不得其解。我觉得，僧尼在这方面的心理是变态的。佛典律中提供的僧尼变态心理的例证，心理学家亦不妨来研究探讨一番。

2.6.9 e. 对商人的尊敬

佛徒对商人除了有特殊的照顾之外，还有特殊的尊敬。和尚同商人在一起旅行，连他们那神圣不可侵犯的布萨（褒洒陀）都甘心受商人的限制。所谓布萨或褒洒陀，是古代印度俗语poṣadha的音译，巴利文posatha或uposatha，梵文upavasatha[118]，意思是“节日”。在这一天，住在一处的和尚和尼姑聚集在一起，共诵律条，检查自己的言行。时间是每月的初八、十五、二十三和最后一天，多半在夜间。这与西方的Sabbath几乎完全一样，就是所谓“安息日”或者“主日”。犹太教定为每星期六，基督教定为每星期日。现在全世界流行的七天一周的制度即由此而来。我看印度佛教的布萨日与西方的星期制也必然有渊源关系。总之，布萨日对佛徒来说，是非常重要的，必不可少的。但是2.2.5和2.2.34却明确规定：僧尼与商人同行，遇到布萨日，商人同意（不嫌），才能坐下来作布萨，否则只能边走边作，或者“应作心念，守持长净”。对商人迁就、尊敬到这种地步，也不能不令人吃惊。

2.6.10 f. 互相利用，共同偷税

一个看破红尘的出家人与唯利是图的商人合谋偷税，这也是让人吃惊的一件事。律藏的记录在这里有一点矛盾：2.3.2；2.3.5说和尚过关不输税，没有人敢检查。2.3.8说二王明令，所有僧尼同王太子和后宫人一样“放免税直”。但是2.3.8一开始时又说：和尚过关难，俗人易过。我看，这种矛盾无关重要。不管谁易谁难，反正商人与和尚合谋偷渡关卡。

2.6.11　g. 菩萨前世舍命救商人

为了强调对商人的倚重，律藏还捏造了一些故事，说佛祖前世为菩萨时曾多次救过商人。2.6.1–2.6.4都属于这一类。故事是不真实的，用意却是明显的。

2.6.12　h. 商人也拼命帮佛僧

商人向僧尼布施，这本是平常的事：2.4.5布施蒜；2.4.7布施葡萄；2.4.8布施酥；2.4.9布施尼师但那（一种垫子）；2.4.12布施毛毯，等等。但是2.4.17商人冒着杀头的危险，把牛头栴檀香献给佛，给他治病，却十分值得注意。这说明。双方关系达到何等密切的程度。

三　商人在印度的起源和在古代社会中的地位

3.1.1　上面我列举了一些佛典律藏中的有关商人与佛教的例证，并且稍作分析。双方产生密切关系的原因我没有谈到。下面我就来分析一下这种原因。我想从印度古代商人的起源谈起。虽然似乎扯得远了一点，但是不如此，问题就说不清楚。

(一)商人起源的一般规律

3.1.2　在古代历史上，世界上任何国家都有商人。但是商人，同家庭、国家和阶级等一样，不是人类社会一开始就有的，而是在社会发展到一定的阶段时才出现的。为了便于说明问题，我先引几段恩格斯关于商人起源的话：

> 在野蛮时代低级阶段，人们只是为了自己的消费而生产；间或发生的交换行为也是个别的，只限于偶然留下的剩余物。在野蛮时代中级阶段，我们看到游牧民族已有牲畜作为财产，这种财产，到了成为相当数量的畜群的时候，就可以经常提供超出自身消费的若干余剩；同时，我们也看到了游牧民族和没有畜群的落后部落之间的分工，从而看到了两个并列的不同的生产阶段，也就是看到了进行经常交换的条件。在野蛮时代高级阶级，农业和手工业之间发生了进一步的分工，从而发生了直接为了交换的、日益增加的一部分劳动产品的生产，这就使单个生产者之间的交换变成了社会的迫切需要。文明时代巩固并加强了所有这些在它以前发生的各次分工，特别是通过加剧城市和乡村的对立（或者像古代那样，城市在经济上统治乡村，或者像中世纪那样，乡村在经济上统治城市）而使之巩固和加强，此外它又加上了一个第三次的、它所特有的、有决定意义的重要分工：它创造了一个不从事生产而只从事产品交换的阶

级——商人。[119]

再引恩格斯的一段话：

> 文明时代所由以开始的商品生产阶段，在经济上有下列特征：(1)出现了金属货币，从而出现了货币资本、利息和高利贷；(2)出现了作为生产者之间的中介阶级的商人；(3)出现了土地私有制和抵押制；(4)出现了作为占统治地位的生产形式的奴隶劳动。[120]

恩格斯的话清楚而扼要，它脉络分明地说明了人类历史上商人的出现这一个重要的历史现象产生的步骤和规律。这个规律当然也适用于印度。但是，印度历史的发展有不同于其他国家的地方，既不同于希腊和罗马，也不同于中国；印度商人的起源，除了遵循普遍规律外，还自有其特殊的规律。我在下面就谈一谈印度的特殊情况。

(二)印度古代商人起源的特点

3.2.1　要想说清楚印度商人阶级出现的特点，必须从印欧语系的比较语言学谈起。从上一世纪初叶发展起来的这一门新的学科，充分证明了各种不同的但又有亲属关系的印欧语言组成了一个语系。使用这些语言的不同的民族之间有着亲属的关系。当然，我们不能完全把语言和民族等同起来。世界上确有个别的民族丢掉了自己的语言而采用其他民族的语言。但这决非普遍的现象，不能据此而否定语系的存在。

3.2.2　原来住在印度次大陆的人民不是说印欧语系语言的人民。说印欧语系语言的所谓雅利安人是后来从外面迁徙进来的。“雅利安”是什么意思呢？在这方面，学者间的争论颇多。为大多数学者所承认的解释是，雅利安的意思是“自由人”、“品质高贵的”。[121]这显然是自我赞扬。这一种人最初居住在什么地方呢？对这个问题的争论比对名称含义的争论还要激烈，还要复杂。到现在也还没有取得比较一致的意见。大体上可以说是源于欧亚大陆（Eurasia）的北部地区。[122]可能是由于天灾或者人祸，他们从原住地大规模地向东西方迁移。约在公元前二千纪，有两股雅利安人的浪潮从中亚一带向东南方涌来，一在二千纪之始，一在二千纪之终。两次浪潮都影响了印度，可能也影响了欧洲。[123]

3.2.3　在雅利安人抵达印度以前，他们还在伊朗一带停留过一个时期。后来可能是由于内部矛盾，由于部落与部落的冲突，他们又分为两股。一股留在伊朗，一股向东南方向迁徙，来到印度，成为今天印度雅利安人的祖先。比较语言学、比较宗教学和比较神话学，都能证明，这是一件历史事实。古代伊朗人和古代印度人所礼拜祭祀的神灵有许多是共同的，比如因陀罗（Indra）、婆楼那（Varuna）、弥特罗（Mitra）等等。还有“在Awesta（古代伊朗的圣经——羡林注）中可以找到整句整句的话，遵照发音学译为古代印度语，利用印度语法和字典可以逐字翻译过来。”[124]可见古代伊朗的宗教与语言同古代印度的宗教与语言原来是一码事。但是，我们也必须注意到其间的分歧。有一些神名双方都有，比如Deva这个词儿双方都有，但在印度意思是天神，在伊朗却是魔；yima在伊朗意思是第一个凡人，到了印度变成Yama，意思是阎王。这些例子说明，伊朗和印度两大部落分道扬镳之后，各自都有了新的发展。不管怎样，古代伊朗人和印度人共居过一个时期，这是一个不能抹煞的历史事实。学者们一般把这个时期称为印伊时期。

3.2.4　所谓印度商人起源的特点，我认为，就来自雅利安人大规模地从外面迁徙进来这一个历史事实。这种迁徙不像历史上其他地区的民族大迁移那样是流动的、暂时的，而是固定的、永久的。进入印度的雅利安人后来在印度定居下来，而且逐渐扩大地盘，同本地的原始居民一起，创造了印度的光辉灿烂的文化，一直到今天，流风未息。在最初进入印度的时候，他们是战胜者。他们同本地的原始居民，那些被战胜者之间所处的文明发展阶段不同。世界历史上常常有从外面入侵的战胜者的文化水平低于本地被战胜者的现象，中国的元代和清代都是众所周知的例子。初进印度时，雅利安人还处在野蛮时代，而本地居民则已进入文明时代。这种现象促成了印度商人起源有与其他国家相异之处。

3.2.5　印度学者高善必（D. D. Kosambi）在探讨印度古代历史发展规律之前，讲到了商友（trade-friends）的问题。他说，在原始社会比较早的阶段上，自由地以物易物的活动是没有的，以物易物表现为交换赠品，在共同分享产品的亲属集团中进行。这种赠品并不是给任何一个人的，而是只给有这种亲属关系的人，叫做“商友”。这种赠品不能请求，也不能拒绝；它使接受者有责任在以后某一个时期自己某种东西有剩余时回赠赠送者。[125]

在某种意义上，这可能被看作是商业活动的滥觞。

3.2.6　斯里兰卡学者 Ananda Guruge 在他的一部研究《罗摩衍那》的著作中，也讲到最早的商业活动。他说："商业的开始最好是追溯到消费者不再是生产者这一个阶段。在一个小村中，每个居民都是自己提供家庭必需品——这肯定是非常少的——任何形式的贸易都没有必要。但是，当社会变得越来越复杂时，分工的结果是专业化开始了，这就有了需要同别人交换产品。这自然就引起以物易物，这可能是人类所知道的最早的商业形式。"[126]

上面两段话，虽然都是在讲印度古代社会时讲的，但似乎都不限于印度，世界上其他地区情况恐怕也是这样，其中并看不出印度商人起源的特点。因为这两段话都讲得简明扼要，所以我就引在这里，供有兴趣者参考。

（三）印度河流域古代社会中的商人

3.3.1　在蒙昧的远古雅利安人进入印度以前，印度河流域就已经有了相当高的文明。这里的人，据有些学者的意见，也还不能说就是印度的原始居民。在他们以前，此地已经有了种族不同、语言不同的人们住在这里。在这方面，学者们的研究还不够充分；上面这种说法只能算是一种学术臆测。我在这里不想去详细探讨这个问题。

事实是，[127]雅利安人进入印度，首先遇到的就是印度河流域的居民和他们的文化。他们同雅利安人不同，已经越过了游牧阶段，而定居在许多城市以内。这样的城市现在已经发掘出来了一些，其中规模比较大的基本上都在今天的巴基斯坦境内。原来都在印度河沿岸。原因是非常清楚的：靠近大河，用水方便，可以捕鱼，还有利于交通。后来印度河几次改变河道，所以有的城市今天看起来离河较远，最初并不是这样子的。因为这些大小城市都与印度河有关，学者们把这里的文化称为印度河文化。

在这些城市中，最著名的有两座：摩亨殊达鲁（Mohenjo-daro）和哈拉巴（Harappa）。两座城市都是用土砖筑成的，幅员大约有一平方英里。城中建筑物很多，甚至有楼；有的有井，有天井，有浴室，有厕所。下水道工程相当高明。街道又多又长，可见交通是非常方便的。这两座城市可能属于一个王国，有官僚机构，有僧侣，有平民，有市场。每一座城中都有一座高近五十英尺的城堡，可能是供宗教仪式使用的。发掘出来的武器很少，可见统治不用暴力。发掘出来的东西中有金、银、珠宝等等。说明当时人民已使用这些东西。此外，人民已使用青铜和黄铜，但没有铁。这都说明，此地的文化是青铜期文化。也有精致的石器。居民能织、染棉布，有陶器。他们吃大麦、小麦、大米、芝麻等等。他们畜养牛、羊；也知道水牛和大象，出土的印章上常常刻着这两种动物。

此地的农业已经很发达，否则就生产不出来供城市居民和商人食用的粮食，农民的剩余粮食。这里土地肥沃，季候风带来了充足的雨量。还没有犁，只使用带齿的耙子。这里的农民为什么不学习同他们有贸易往来的美索布达米亚的农具？为什么不用水渠灌溉？为什么不用犁耕？据高善必的推测，印度河流域的商人从这些改革中无利可图，这些改革对他们来说毫无用处，因而就不积极去学习外国经验。[128]

发掘出来了大量带有图像和文字的印章，说明印度河流域此时已经有了字母。多少年来许多国家的学者想方设法来解读这些文字。1965年以后，芬兰学者利用电子计算机来解读，并且声称，解读已经成功。他们的结论是，这是一种原始达罗毗荼语。其他国家的学者，比如捷克的、印度的、美国的，也都声称，已经解读成功。但是一直到现在还没有任何一个自称成功的解读方法为大家普遍接受。我们现在只能说，这种象形文字很可能是前达罗毗荼语，换句话说，它不是后来进入印度的印欧语系的语言。证之以其他历史事实，这种想法是说得通的。因此，印度河文化在印度是早于印度雅利安文化的原始居民的文化。

至于印度河文化存在的时间，也是众说纷纭，莫衷一是。一般的看法是，它延续的时间约在公元前三千年至二千年，至晚在公元前1750年，它就消失了。摩亨殊达鲁被焚，人民被杀。是否是由于雅利安人的入侵，还不敢说。这种可能是存在的。

3.3.2　对于我们要讨论的问题有重要意义的是印度河流域古代社会中已经有了商人。在上面谈到的两个大城市中有商业活动，有商人，这是完全可以肯定的。他们住在城市中，吃农民生产的剩余粮食，从事贸易活动，在社会上占有重要地位。从一些迹象来看，已经有了标准度量，数量有四进位和十进位，在巴比伦是六进位和十进位。[129]二者之间显然有授受关系。这个事实也说明，此地的商人不但进行国内贸易，而且也进行国际贸易，同美索布达米亚有贸易往来。这种贸易传统一直继续下去。巴利文《佛本生故事》（*Jataka*）第三三九个故事，名叫Baveru-Jataka，讲的是印度商人到一个叫Baveru的国家去做生意。学者们的意见是，Baveru就是巴比伦。当时印度河流域的商人向美索布达米亚输出黄铜，此外还输出孔雀、象牙和象牙制品，比如梳子之类，换回来的是银子：主要的商路是海路。已有印度商人在美索布达米亚定居。

3.3.3　总之，印度河流域当时已经有了频繁的国内外的贸易活动，这一点丝毫无可怀疑。我在上面3.1.2中引用了恩格斯关于商品生产与时代性质的一段话。现在我根据他提出来的经济上的四个特征来分析一下印度河流域的情况。第一个特征是金属货币。这里有金、银、铜等金属；但好像还没有应用到货币上。在印度历史上，正规的白银货币（regular silver coinage）到了公元前七世纪或前六世纪才出现。[130]第二个特征是商人。商人已经出现，是肯定无疑的。第三个特征是土地私有制。这里有农民，农民生产了剩余的粮食，供城内的商人消费。土地制度如何，我们却没有可靠的资料。第四个特征是奴隶劳动。根据高善必的意见，两座城市中有尖锐的阶级对立。这一点是显而易见的，因为发掘出来的房屋的类型完全不同。在巨大的仓库旁边有简陋的临时工棚似的住房。这只能是奴隶们居住的地方。证之以美索布达米亚发掘的结果，这一点是肯定的。[131]把上面的四个特征归纳起来，我们可以断定：此时的印度河流域已经进入文明时代，而从外面迁徙进来的雅利安人还处在野蛮时代。

3.3.4　雅利安人进入印度以后，首先碰到的就是印度河流域的人。这一点我在上面已经谈过了。但是这一个历史事实并不是一开始就为广大学者所普遍承认的。有的最初抱怀疑的态度，后来改变了。极少数学者一直到今天也还不完全承认。总起来看，绝大多数的学者已经同意这是历史事实了。 我想在下面对于这个问题再仔细探讨一番。

（四）《梨俱吠陀》中的商人

3.4.1 在印伊时期，雅利安人内部不知由于什么原因发生了矛盾，结果是分道扬镳，一部分人留在伊朗一带，一部分继续向东南方向迁徙，到了印度，这就是所谓印度雅利安人。

上面我们屡次提到雅利安人。究竟什么叫做“雅利安人”呢？写到这里，我觉得应该解释一下了。雅利安，梵文原文是Arya，一般都认为这个字是从ari这个字派生出来的。根据德国学者Paul Thieme的意见[132]，ari的意思是“陌生的人，生人”。生人可能是朋友，也可能是敌人。由此派生出来的Arya，意思是“好客的人们”，这个字原来不是人种的名称。另据法国学者Benveniste的意见，ari指的是一个有双重组织（dual organization）的社会的另外那一半。对于任何人来说，ari指的就是他或她可以合法地娶或嫁的部落的那一部分；他们属于同一部落，但不是同一个氏族，氏族是外婚的。“雅利安”意思是“ari的后裔”，“合法的婚配的后裔”。[133]

雅利安人是游牧民族，当然以牧为主。但是在游牧过程中，在某一个地区住得时间长了一点，也从事农业，这就是以农为辅。他们的农产品有yava（大麦）、goclhama（小麦）、vrihi（大米），农具有 datm（镰刀）、khanitra（锹）等等。此时男人以牧为主，女人是以农为主。反映这个时期的经济状况和生产状况以及宗教信仰和人民生活的状况的就是《梨俱吠陀》，它是四吠陀之首，印度人民视之为圣经宝典。

3.4.2　在《梨俱吠陀》中，颂神的诗歌占绝对多数。神是五花八门的。因为同我们的研究无关，无需详细叙述。我在这里只想选出两个神来谈一谈：一个是颂歌数量占首位的火神阿耆尼（Agni）[134]，一个是占第二位的因陀罗（Indra）。他们都是雅利安人所奉祀的主神。他们庇护的是谁？打击的又是谁？从对于这些问题的回答中，可以看出谁是雅利安人的朋友，谁是他们的敌人；也可以看出，他们同印度河流域的原始居民之间的关系。

3.4.3　先谈阿耆尼

阿耆尼是一个抽象神格。在印伊时代，它已经是主神之一，两股雅利安人分手之后，它在伊朗和印度两个地区都保留了自己重要的地位。伊朗人似乎更崇拜火，后来发展了拜火教，这是众所周知的。阿耆尼象征的是雅利安人的祭火。世界上各个民族在蒙昧时代都或多或少有对火的崇拜，因为火对他们来说是非常神秘的，同自己的生活又有紧密的联系。

在《梨俱吠陀》中，火的颂歌内容十分丰富，十分复杂。我只选出与Dasyu(陀斯由，Dasa陀娑)和Pani（波尼）有关的赞歌，以及称阿耆尼为“城堡的摧毁者”的赞歌来谈一下。

Dasyu

1.59.6[135]：

当阿耆尼毗湿婆那罗打死陀斯由时，

他摇晃栅栏，砍倒了商波罗。

1.78.4：

你杀死了大多数的仇敌，

你摇掉陀斯由，响亮地（向你呼喊）。

4.28.3：

因陀罗打死，阿耆尼烧死陀斯由，

在午前逼迫着他们，啊，汁水呀！

5.4.6：

请你赶走陀斯由，使用兵器，

给你自己的身躯增添精力。

5.14.4：

阿耆尼一生下来，

就杀死了陀斯由；

用光辉照亮了黑暗，

他得到水、太阳和牛。

6.16.15：

弗栗山波提耶也把你点着，

你最伟大的杀陀斯由者！

在一个一个的搏斗中，

你都能把战利品获得。

7.5.6：

阿耆尼！你把陀斯由驱出他们家乡，

你给雅利安人创造了更多的光亮。

7.6.3：

阿耆尼把这些陀斯由越赶越远，

这第一的神让不祭祀者落在最后边。

8.39.8也像6.16.15一样把阿耆尼称为“最伟大的杀陀斯由者”。

Pani

1.93.4：

阿耆尼和苏摩（Soma）把波尼的食品牛抢走。

6.13.3：

呼吁阿耆尼把波尼的战利品分掉。

7.6.3：

他们无知、捆扎着（？）[136]、胡说八道，

你把这一些波尼们打倒。

Vrtrahan（杀苾力特罗者）

在过去，学者们一般都认为，这个绰号仅限于因陀罗。但是，1.74.3；3.30.4；6.13.3；6.16.14这些颂歌告诉我们，阿耆尼也有这个绰号，他也杀苾力特罗。

在上面引用的颂歌中出现了三个被阿耆尼杀死、摇晃下来、烧死、驱逐出故乡的什么东西的名字：Dasyu，Pani，Vrtra。Dasyu和Pani，根据Geldner的意见[137]，都有单数与复数之别：单数是一个恶魔的名字，复数则指的是一群恶魔或异端。我看，单复数关系不大，指的都是两种人。这两种人都是雅利安神阿耆尼的敌人，也就是说，是雅利安人的敌人。这些究竟是什么人呢？学者们几乎都认为，陀斯由（还有陀娑Dasa）和波尼都是印度河流域原始居民的部落名称。至于苾力特罗（Vrtra），Geldner认为是恶魔名，Kosambi[138]引用了法国学者C. Benveniste和L. Renou的说法，他

们俩从纯语言学的角度得出结论，说Vrtra意思是“障碍（物）”、“拦河坝”、“堵塞”，而不是恶魔。这意见值得商榷。1.32.4；1.51.4；1.80.1；4.19.2都说Vrtra是龙。因而，法国学者和Kosambi的意见，只能说有一部分是正确的。在这里，特别值得注意的是Pani。Pani这个字不像是一个雅利安语的字；但是它却给梵文和以后的印度语言留下了重要的派生词。现代语bania（商人）来自梵文vanij，而vanij这个字也只能来自Pani。[139]至于Pana（钱币）、Panya（货物）都不可能有其他的来源。可见贸易活动是雅利安人从印度河流域的土著那里学来的。[140]

Puramdara（城堡的摧毁者）

这一个绰号多次出现在《梨俱吠陀》中；绝大部分都与因陀罗相联系。因此就产生了一种错误的看法，认为它只是因陀罗的一个绰号。但是实际上阿耆尼也有这个绰号。或者也有摧毁城堡的行动，6.16.14；6.19.39；7.5.3；7.6.2；10.46.5都是例证。

在这里，我想探讨一个问题：什么叫做“城堡”？雅利安人原是游牧民族，他们不懂得城堡。他们住的地方叫grama，后来演变为“乡村”的意思，实际上只是过夜住的帐篷。在另一方面，印度河流域的人是有城堡的，他们就住在城堡中。因此，《梨俱吠陀》中的城堡的摧毁者或摧毁城堡这个行动，都是针对印度河流域的原始土著而言的。

3.4.4　下面谈因陀罗

从十九世纪的Max Muller起，大多数学者都认为因陀罗是自然现象之神格化者[141]，换句话说，就是雷电之神。这不能说毫无道理。因陀罗有时候确实像是雷电之神，手持法宝金刚杵（霹雳），与恶龙搏斗，阻挡雨水的恶龙终于被杀，印度人民切盼的甘霖霈然降落。但是因陀罗还有一副形象，雅利安人部落酋长的形象；他是雅利安人的头子，率领他们同本地土人搏斗。因此，同阿耆尼一样，他的敌人也是陀斯由、陀娑、波尼，他也有一个绰号叫做“城堡的摧毁者”。下面分别谈一谈。

Dasyu和Dasa

1.33.4：

因陀罗！你只身带着助手
走出去用锤子打死有钱的陀斯由。

1.33.7：

因陀罗从天上把火焰投向陀斯由。

1.33.9：

因陀罗把陀斯由吹掉。

1.103.3：

他天生有一根支柱，相信自己的力量，
他摧毁陀斯由的城堡，到处游荡；
你携带金刚杵的神！灵巧地打击陀斯由吧！
啊因陀罗！要给雅利安增添力量和荣光。

10.7.5：

因陀罗责问陀斯由。

以上陀斯由都是单数。

1.100.18：

因陀罗应该把陀斯由们射倒。

2.20.7：

杀苾力特罗摧毁城堡者因陀罗，
砸开陀娑的（城堡），黑人隐藏其中。
他给摩奴创造了土地和水流，
祭祀者们的话他完全听信。

2.20.8：

因陀罗打死陀斯由，砸开铁城。

10.47.4：

因陀罗砸开城堡，杀死陀斯由们。

10.48.2：

因陀罗夺走陀斯由的生殖力。

10.55.8：

因陀罗吹掉陀斯由们。

10.99.8：

铁爪因陀罗杀死陀斯由们。

以上陀斯由都是复数。有两首颂：1.51.5和10.99.7只说“在杀死陀斯由的搏斗中”（dasyuhatya），看不出单数或复数。

上面讲的是Dasyu，下面讲Dasa。Dasa意思是雅利安的对立面，“非雅利安人”。在印伊时期已经有了Dasa这个部落，这个字后来逐渐演变成“奴隶”的意思。它没有单数与复数的区别。

10.22.8：

陀斯由欺负我们，不干好事，
心肠坏，信异端，他不是人。
用诈计战胜他的兵器吧，
你这杀死敌人的大神！

10.23.2：

因陀罗磨掉陀娑的名字。

10.49.6：

像粉碎苾力特罗一样，因陀罗粉碎陀娑。

10.49.7：

因陀罗除掉胜利在望的陀娑。

10.102.3：

呼吁因陀罗把陀娑的箭挡开。

10.120.2：

因陀罗让陀娑恐惧。

值得注意的是，上面举的颂歌都出在《梨俱吠陀》卷十，也就是晚出的一卷。

Pani

10.67.6：

同揩干了汗的人们一起把牛奶寻求；

他（因陀罗）让波尼哭泣；抢走他的牛。

10.92.3：

讲到波尼的诡计（nitha）。

以上是单数。

1.151.9：

这首颂歌是给Mitra和Varuna的。里面讲波尼们的财富比不上这二神。

6.20.4：

经过一百次打击（vadha），波尼们倒下了。

6.33.2：

你因陀罗对付得了波尼吝啬鬼们。

6.45.31：

Brbu高踞波尼们之上。

7.19.9：

由于因陀罗的召唤，同盟者让波尼们花了钱。

8.64.2：

呼吁因陀罗用脚踢倒一毛不拔的吝啬鬼波尼们。

8.66.10：

因陀罗高于一切重利盘剥者，考虑周到高于波尼们。

10.108.4：

被因陀罗打倒，你们这些波尼躺在那里吧！

以上是复数。

Vrtrahan

关于Vrtra的含义，我在上面3.4.3中已经详细分析过，这里不再重复。有关因陀罗杀死苾力特罗的颂歌多得不胜枚举，我在下面只举几个例子，并且略加分析。其余请参阅Geldner的索引，见Harvard Oriental Series, Vol. 36, p.76—77.

1.32.4：

因陀罗愚弄狡猾的苾力特罗。

1.80.11：

因陀罗同风神一起杀苾力特罗。

1.103.2：

他让大地坚固，他让大地展开。

用金刚杵打死苾力特罗，释放江河。

他打死恶龙，劈开罗喜那（Rauhina）。

这赠品丰富的神全力打死毗衍娑（Vyamsa）。

1.121.11：

恶龙苾力特罗躺在河流上。

1.130.4：

因陀罗屠龙。

3.30.8：

因陀罗用金刚杵杀苾力特罗。

4.17.1：

你用全力杀死苾力特罗以后，

你释放了被恶龙锁住的水流。

5.29.2：

因陀罗屠龙。

5.29.3：

因陀罗醉后屠龙。

5.32.6：

因陀罗饮苏摩酒醉杀死苾力特罗。

7.71.6：

因陀罗独力杀苾力特罗。

10.113.2：

因陀罗同伙伴一起杀死苾力特罗。

10.113.8：

因陀罗吃掉恶龙苾力特罗。

上面引的颂歌中有几首明确说，苾力特罗就是龙。因此，我上面说，Kosambi，Benveniste和Renou的意见是片面的，这里又得到证明。

Puramdara（城堡的摧毁者）

这一方面的颂歌也是多得不得了。我只举几个例子。

1.51.5：

因陀罗冲破毗朴噜（Pipru）的城堡。

1.54.6：

因陀罗摧毁敌城九十九座。

1.63.2：

因陀罗把敌人驱入城堡。

1.130.7：

因陀罗为Divodasa摧毁敌城九十座。

2.19.6：

因陀罗摧毁商波罗城堡九十九座。

2.20.7：

杀苾力特罗摧毁城堡者因陀罗摧毁陀娑的（城堡），黑人隐藏其中。他给摩奴创造了土地和水流，对祭祀者的话他全心全意倾听。

2.20.8：

因陀罗摧毁铁城。

4.30.20：

因陀罗粉碎一百座敌人城堡。

4.32.10：

我们愿意昭告你那些英雄行为，

你喝醉了苏摩酒，向前把陀娑城堡摧毁。

7.21.3：

因陀罗摧毁人工的城堡。

9.61.2：

因陀罗在一日之内为Divodasa粉碎敌城和商波罗。

10.89.7：

他像斧头砍树一样砍倒苾力特罗。

他冲破了城堡，好像破浪前进。

他摧毁城堡，像打碎新罐子。

因陀罗把牛赶进去，同他的同盟军。

10.99.7：

因陀罗在对陀斯由的搏斗中冲破城堡。

从上面引用的少数颂歌中可以看出，因陀罗摧毁的城堡都是属于敌人的：不是陀斯由的，就是陀娑的。值得注意的是2.20.7。这里明确说明，陀娑的城堡中住着黑色的人。足见陀娑是土著黑人。

3.4.5　下面谈一谈慷慨好施与贪婪吝啬的问题。这是一个很有意义的问题；可惜前人根本没有注意到，更谈不到讨论。我先举几个例子。

1.130.8：

因陀罗让黑皮肤屈服于摩奴，

像火焰烧焦干草，他烧焦吝啬鬼。

6.33.2：

在这里波尼等于吝啬鬼。

7.21.8：

因陀罗是慷慨好施者的保护神。

7.32.8：

只有慷慨好施者才能给慷慨好施者以喜悦。

8.2.34：

因陀罗只给慷慨好施者胜利品。

8.49.1：

慷慨好施的因陀罗。

8.64.2：

波尼们什么也不布施掉，

请用脚把这些吝啬鬼踢倒。

在上面举出的这几首颂歌中，“慷慨好施”，原文用的不是一个字：有的地方用Prnant，最常用的是maghavan。“贪婪吝啬”，原文也不是一个字，1.130.8用的是tatrsana（tatrsana）。

从世界上各国的情况来看，游牧民族一般都是慷慨好施的：要说这是一种美德，也未始不可。实际上，这是他们的物质生活环境所造成的。在大沙漠中游牧，如果没有这种美德，有时候谁也难以活下去。而在城市中居住的商人贪婪吝啬，也是生活环境造成的。“商人重利轻别离”，不重利就不成其为商人。他们用不着慷慨好施，只需贪婪吝啬，互相竞争。根据唯物主义的原则，我们只能这样解释。

从这一个角度上来看，我们就很容易理解，为什么雅利安诗人（或者说仙人rsi）再三强调，自己是慷慨好施的，自己的神也是慷慨好施的。而印度河流域的商人波尼等则贪婪吝啬。有很多颂歌，比如2.24.6；9.111.2；10.108.2等等，都讲到波尼的财富。可见他们是富人。1.30.8又讲到黑皮肤的吝啬鬼。可见波尼商人是黑皮肤的，又是吝啬鬼。7.6.3又说，波尼不举行祭祀，可见波尼们不信雅利安人崇奉的那一套宗教信条和祭仪。4.51.3干脆把maghonih（maghavan慷慨好施，这里是阴性复数）与panayah（pani的复数，这里的意思是“贪婪吝啬者”）对立起来。可见雅利安人已经把波尼人与贪婪吝啬者等同起来了。他们于是义形于色，大声疾呼，必欲消灭这些黑皮肤的商人而后快。这种思想，虽然后来稍有所改变；但其影响，实深且远，历久不衰。

3.4.6　我在上面讲到了雅利安人的敌人：Dasyu，Dasa和Pani。这些都是印度河流域的原始土著。是不是雅利安人只有这些敌人呢？不是的。在雅利安人中间，也有朋友与敌人之分。我举几个例子。

6.22.10：

雅利安仙人吁请因陀罗杀死陀娑敌人和雅利安敌人。

6.33.3：

同上。

6.60.6：

因陀罗之外又加了一个阿耆尼。

7.83.1：

加了一个婆楼那（Varuna）。

10.69.6：

雅利安仙人吁请阿耆尼。所谓“陀娑敌人”，是指印度河流域的土人，这一点是清楚的。而所谓“雅利安敌人”，则肯定是雅利安人内部矛盾斗争产生出来的。我认为，这种内部的矛盾与斗争与雅利安人后来的东迁有关。

3.4.7　我在上面论证了波尼商人是印度河流域住在城堡中的土著。他们的对立面是雅利安人。但是，我们也不能说，雅利安人中完全没有商人。vanij(商人)这个字两次出现在《梨俱吠陀》中：一次在1.112.11，一次在5.45.6。[142]学者们大都认为，vanij与Pani有关。从语言学的角度来看，vaij源于Pani，是后者的派生词。可见在《梨俱吠陀》时期，游牧的雅利安人中已经有了商人。贸易活动，雅利安人也是知道的。在4.24.9中，最后一个pada是：

dina daksa vi duhanti pravanam

Geldner译为：松了劲的才智毁灭了贸易活动。他在注中说，vana与vanij有关，pravanam是否就是prapanam，不敢肯定。[143]至于5.19.3和5.126.2中出现的niska这个字，有一些学者说是“金币”。Geldner译为Goldschmuck（金首饰），是正确的。雅利安人当时还不可能有钱币。

总起来看，《梨俱吠陀》中出现了“商人”和“贸易”这样的字，雅利安人中有商人和贸易活动，这只是极个别的现象。一般说来，他们是不从事贸易活动的，他们反对商人，痛恨商人。3.4.8在这里，我想谈一谈6.27.5这一首颂歌：

在Hariyupiya城边，在前面的战斗中，

因陀罗杀死Vrcivat，使后卫惊慌溃逃；

他杀死了Varasikha的后裔,
为了给Cayamana之子Abhyavartin效劳。

什么是Hariyupiya呢?学者们认为,这就是我们现在所说的Harappa。[144]我认为,这个意见是正确的。我在上面讲到,雅利安人进入印度,首先遇到的敌人就是印度河流域的原始土著。这个说法在这里得到最确凿可靠的证明。

3.4.9　我在上面用了那么多的篇幅,无非是想说明,在《梨俱吠陀》中,阿耆尼和因陀罗是雅利安人的大神,他们代表雅利安人的利益;因陀罗除了有自然神格的某些特征外,还有雅利安人酋长的形象。他们的对立面是印度河流域的两个部落或社会阶层:一个是Dasyu和Dāsa,一个是Paṇi,这些都是黑皮肤扁鼻子的本地人,是雅利安人的敌人,是他们的眼中钉。雅利安人当时还处在游牧阶段,只住帐篷,没有城堡,几乎没有什么商业活动,如果需要别人的产品的话,则以物易物,还不知道货币。他们的特性同其他游牧民族一样是慷慨好施。他们的对立面那些土著居民则住在城堡中,吃着城外农民生产的剩余粮食,从事贸易活动。特别是Paṇi人是专门以经商为职业的。他们的特性是视财如命,一毛不拔。一边是慷慨好施,一边是贪婪吝啬,二者形同水火。在雅利安人眼中,这些土著人简直是罪大恶极。他们把这些人看成恶魔,再三再四地吁请自己的大神把这些人杀掉。这种吁请成了《梨俱吠陀》中的一个十分显著的主题。一个民族的伦理价值和道德观念,是同他们的物质生活环境密不可分的。

(五) 雅利安人的东进

3.5.1　我在上面论述了《梨俱吠陀》时期雅利安人同印度河流域的土著斗争的情况。但是，在雅利安人内部，团结也逐渐遇到了困难。上面3.4.6中谈到“雅利安敌人”，明确无误地表明了他们内部的矛盾。矛盾的详细情况，我们不大清楚。在《梨俱吠陀》中有时可以看到pañca janāh或pañca krṣtayaḥ等字样，意思是“五个部落，五种人”，与雅利安社会是同义词，可见雅利安人中间已经划分了部落。这种情况起源可能很早，只是没有这样壁垒分明而已。不团结最终导致了分裂。一部分雅利安人留在原地，而另一部分则离开五河地区，继续向东南方向迁徙。

3.5.2　不团结的原因

原因可能是多方面的。其中之一也许是最重要的是为了争水。《梨俱吠陀》7.18；7.33；7.83等颂歌，讲到Sudās（后来变为Sudasa）王同十王联盟为了争水而搏斗的情况。7.53.3把sudās王称为“慷慨好施的”，可见是把他看做雅利安人的。

7.83.1：

> 杀死陀娑敌人和雅利安敌人吧！
> 帮助Sudās吧！因陀罗和婆楼那！

这是一首对雅利安大神因陀罗和婆楼那的颂歌。诗人吁请这两位大神帮助雅利安王（酋长）打败十王。敌人中有“雅利安敌人”，十分值得注意。这一次战争不是发生于雅利安人与土著陀娑或陀斯由之间，而是在雅利安人内部。[145]

3.5.3　东迁的时间

时间问题，是印度古代史上最困难、几乎无法精确解决的问题。雅利安人东迁的时间，也不是例外。尽管一些研究印度古代史的学者都提出了自己的看法；但是没有哪一个人的看法为大家所接受，所有这一些看法都只是臆测。我现在把印度学者高善必的看法介绍一下供参考。高善必说："从旁遮普向东方迁徙（不晚于公元前一千年）[146]的雅利安人，同大约在公元前1750年冲向印度河城市的人有相当大的不同。"至于有什么不同，我们在这里不谈，值得注意的是，在同书的年表（chronological outline）中，他把"第二次雅利安浪潮"（Second Aryan wave）列为"约在公元前1100年"。[147]好在都是臆测之词，差上一千年，无关重要。总之，按照高善必的推算，雅利安人在旁遮普五河地区住了七百年左右，终于由于内部矛盾，一部分人又继续长征，向东方迁徙。

3.5.4　迁徙的道路

在公元前1000年左右的时候，从旁遮普向东方迁徙有两条交通大道：一条沿喜马拉雅山南麓，一条从旁遮普到恒河盆地。这两条路都要通过原始大森林。在当时的技术落后的情况下，要想清除前进道路上的森林丛莽，只有一种手段，就是放火烧林。《百道梵书》（Śatapatha Brāhmana）中有一段讲到放火烧林的情况：1.4.1.14—17：

（14）Videgha Mathava当时在萨罗私伐底河（Sarasvati）岸边上。（阿耆尼）从那里沿着这个大地燃烧着奔向东方；当他（火神阿耆尼）燃烧向前时，（僧侣）Gotama Rahūgana和（国王）Videgha Mathava跟在他后面。他把这些河都烧干。现在那一条叫做Sadanirā（“永远充满了水”）的河自北方（喜马拉雅）山中流出：这一条河他没有烧干。古时候，婆罗门们不越过这一条河，心里想：“它没有被阿耆尼Vaiśvānara烧干”。（15）可是现在在它东边有许多婆罗门。在那时候，（Sadanira河东边的土地）还没有被开垦过，非常湿软，因为阿耆尼Vaiśvānara还没有尝过它。（16）可是现在它被开垦得很好，因为婆罗门已经通过祭典让阿耆尼尝过它了。甚至在夏末，那条（河）也好像在奔腾咆哮着；它是凉的，它没有被阿耆尼Vaiśvānara烧干。（17）Videgha Mathava于是对（阿耆尼）说：“我要住在哪里呢？”“在这条（河）东边有你的住处，”他说。直到现在，这条（河）仍然形成憍萨罗（Kosala）和毗提诃（Videha）的界限；因为他们是Māthava的后裔。[148]

这一段话，虽然涂上了一层神话的色彩，但是内容是异常清楚的：它讲的是雅利安人（在这里以Videgha Māthava为代表）用烈火焚烧原始森林慢慢向东方前进的情况。在这里面，连地理位置都讲得清清楚楚。这是一段十分重要的文献记录。《百道梵书》纂成的年代一般定为公元前600年。上面引用的那一段话所反映的情况当然早于这个年代，可能是公元前八世纪、前七世纪的情况：比这更早的时期的情况，《夜柔吠陀》可以帮助我们去了解。这一部书纂成的时代一般定为公元前800年，它反映的可能是公元前1000年至800年的情况。此时的雅利安人仍然是游牧部落。但是随着时间的推移，随着生产力的发展，商业活动已逐渐增多：雅利安人本来是反对做生意、不会做生意的，现在有的也学会了做生意，已经有了雅利安商人。

3.5.5 生产技术的进步

在雅利安人东进的过程中，生产技术有了长足的进步：支配印度河流域的是青铜文化。在那些古城中没有发掘出任何铁制的东西。在古代印度，铁的出现原来定为公元前800年左右。高善必定为公元前第一千纪初。[149]但是根据最新的碳测，公元前1100年铁已经出现了，比原定的时期早三百年。[150]同时，犁也出现了，这当然大大地促进了农业的生产。此时人口激增，游牧远远不能满足人民的生活需要。农业的兴起正好能弥补这个缺陷，它还反过来促进了人口的增长。与此同时，手工业也有了新的发展：陶师、织工、木工和其他工匠，在《梨俱吠陀》时期已具雏形，现在大大地发展了。他们给商业活动提供了商品。所有这一切都要依靠农民生产的剩余粮食；没有剩余粮食，手工业和商业的活动都是不可能的。

3.5.6 社会结构

在另一方面。雅利安人东进的过程，也是一个由部落向有组织的社会过渡的过程；借用印度历史学家Romila Thapar的话，[151]是一个由英雄时代进至国王和商人时代的过程。印度河流域雅利安人的文化中心逐渐向东方转移，终于转移到了中印度俱卢国（Kuruksetra）。在转移的过程中，雅利安人尽可能地同化在路上遇到的非雅利安人。这种同化活动并不是从现在才开始的。根据高善必的看法，它在《梨俱吠陀》时期已经开始了。他举的例子是 Divodasa，这是一个著名的雅利安王；但是他的名字却包含着Dasa这个字，Dasa我们上面已经讲过，是印度河流域一个非雅利安部落的名字，很可能他就出身于这个部落。[152]在同化非雅利安人的同时，雅利安部落从内部分化瓦解，社会结构变得更复杂起来。同土著部落不断的战斗促成了一些王国的建立，促成了一些城市的兴建。Romila Thapar称此时期为“第二次城市化”（second urbanization），[153]第一次是古代印度河的城市。城市中商业和手工业的行会组织起来了。从部落演变为行会，从行会又演变为种姓的过程正在发展中。

在这个时期，在社会结构中最重要的、影响最深远的现象就是种姓制度的形成。我在下面就专门谈一谈这个问题。

种姓问题是印度古代史以及以后各时代历史上的一个重要问题。讨论这个问题的书籍和文章真能汗牛充栋；但至今仍然是异说纷纭，莫衷一是。这些我都不详细讨论。我只想着重讲一讲与我们正在探讨的商人有关的一个种姓，这就是吠舍。有时候也顺便讲到首陀罗。其余的种姓我不去一一讨论了。

一讲到种姓起源，有人就会引用古代伊朗的经典Yasna 19.17，这里讲到四个阶级：僧侣、车夫、耕种者、工匠。但这与种姓毫无关联，其间没有高低之分，都同样地受到尊重。[154]这里面也看不出，哪一个阶级完全与吠舍相当。在《梨俱吠陀》中，吠舍只出现过一次，10.90.12《原人歌》有这样一颂：

他（指原人）的嘴变成了婆罗门，

他的两臂变成了罗阇尼雅（rājanya），

他的双腿变成了吠舍，

首陀罗出于他的脚下。

第十卷最晚出是大家公认的。根本不能认为，种姓制度在《梨俱吠陀》时期已经确立起来。这里的吠舍指的主要是从事畜牧的劳动者，他们间或也从事农业生产；吠舍同商人还沾不上边：到了《阿闼婆吠陀》时期，吠舍和新形成的种姓首陀罗之间的职业差距，变得很小很小了：他们都从事农业、畜牧业和手工业。吠舍为了保持地位巩固往往利用宗教仪式，他们毕竟是再生族，与一生族的首陀罗还有所不同。吠陀时期以后，出现了三种新的情况：一、货币的使用；二、城镇的兴起；三、商业和手工业行会的组织。这三种新情况都与商人有关，同时又促进了商业的发展。结果形成了一个新的有钱的阶级。国家的税收也对商人有利：农产品的税率是六分之一、八分之一、十分之一，而商品只是二十分之一。在吠陀时期，因为技术和手工业比耕种需要更多的技艺，工匠从而获得重要的地位。吠陀以后，新兴的土地所有者和富商出现了，工匠就让位于他们。此时吠舍中有能力有财富的成员鄙视农业而成为商人。其中较穷的人仍然从事农业、畜牧业和手工业。[155]从这里可以看出吠舍发展的一条直线：牧—农—商。也可以看出从劳力者向劳心者发展的过程。

为了把印度历史上吠舍商人地位的变迁弄出一个清晰的条理来，我在这里还必须谈一谈我们这一章时间下限以后的一些情况，我指的是公元前六世纪、前五世纪以后的情况。这时候佛教已经兴起，佛教与商人的关系是十分密切的，佛典对于商人有明显的偏爱。释迦牟尼（或者他的继承人）说法时也因材施教，有的放矢，针对商人爱发财的心理，动之以发财致富之道，导之以信佛得福之理。最著名的例子还是我在上面1.2.1—1.2.9谈到的给孤独长者。《增壹阿含经》卷四十九，释迦牟尼对他（他在这里的译名是阿那邠祁长者）讲的就是这样一番道理。[156]与佛教同时兴起的耆那教也有类似的情况。这个教门反对信徒从事农业生产，结果信徒大多成了商人。此风沿袭达两千多年之久，直至今日，耆那教徒中多有大商人、亿万富翁。从地理上来看，佛教和耆那教都兴起于印度偏东地区，这里距离婆罗门教的大本营旁遮普比较远，是鞭长莫及的地方，思想比较激进，可以说是保守的婆罗门教思想的对立面。东西两方成了思想的两极，东方进步，西方保守。这种情况长期影响了印度思想的发展。一直到公元前四世纪，马其顿的亚历山大侵入印度的时候，西方旁遮普一带仍然保守。Strabo记载说（15.1.66）：

> 还有，在别的部落中，土地共同耕种，打了粮食，每个人拿走自己全年吃的那一份。剩下的产品都烧掉。[157]

这说明，他们还不知道，用剩余的粮食来做买卖，或者以物易物。西方仍然是保守的。

在婆罗门的传承（Smrti，法经自公元前六世纪起至三世纪止陆续出现，紧接着出现的就是传承）中，商人和农、工都受到鄙视。[158]最著名的《摩奴法论》原名《摩奴传承》（*Manusmrti*），其中多有鄙视、歧视吠舍商人的地方，这是众所周知的。Kautalya

的《政事论》(*Arthaśāstra*)，虽然可能产生于东方，但代表的是婆罗门正统观点，所以也歧视商人。商业虽然这样遭受到婆罗门种姓在理论上和实践上的敌视，但是当时的环境，其中包括十六国的兴起，以及语言的统一、传统的统一、国家的统一等等，都大大有利于商业的发展。摩揭陀国的国王，比如瓶沙王(Bimbisara，亦译影坚王)等等本人就是商人。连孔雀王朝鼎鼎大名的阿育王也与商业有千丝万缕的关系，他岳父是商人，他自己也从事贸易活动。高善必说："正如我们就要看到的那样，摩揭陀国王们中止或者取消了古老的商业阶级的特权，加以新的国家限制。"[159]他又说："在国家直接控制下，第一批大村落兴盛起来，国家同私人企业，特别是商人，进行了一场殊死战。因此，印度的商人阶级看上去沉默下来，一直到了二十世纪。"[160]话虽然这样说，印度商人在几千年的历史上命运有沉有浮，有升有降，并不完全一样。笈多时期，商业成为首陀罗的正规职业之一。[161]七世纪义净在印度的时候，商人地位很高。义净在《南海寄归内法传》的夹注中写道："西国时俗，皆以商人为贵，不重农夫，由其耕垦，多伤物命；又养蚕屠杀，深是苦因。"[162]这说明，ahimsa的信仰当时支配着社会，因而产生了重商贱农的思想。比义净早几十年到印度去的玄奘在《大唐西域记》卷二明确指出："三日吠奢（按即吠舍——羡林），商贾也，贸迁有无，逐利远近。"可见此时的商人都属于吠舍种姓。我在这里顺便补充几句。在佛经中有几个地方明确说吠舍是农民。比如《白衣金幢二婆罗门缘起经》卷下："彼时众中，又一类人，广布田种，施作农事，养活其命。以彼营作田种事故，名为毗舍。"[163]《中阿含经》卷三十九："是各各诸方而作田业，谓之一陴舍。”[164]《梵志頞波罗延问种尊经》:“若有婆罗门、刹利、田家、工师是四种。”[165]在这里,按顺序来看,田家是吠舍,工师是首陀罗。说吠舍是农民,只是一个过渡的现象。这一点我们上面已经谈过,这里不再细谈了。

我在上面简略地回顾了一下吠舍这一个种姓在印度社会发展史上升降沉浮的情况。他们最初是牧民,后来成为农人,最后又成了商人,大体的情况就是这样。即以商人吠舍而论,他们也有一部升沉变化的历史,发展的进程并不是一条直线。社会演变大都如此,不足为怪。至于四姓的排列顺序问题,种姓制度的理论与实践的矛盾问题,我在《〈罗摩衍那〉初探》中已经有所论列,这里也不细谈了。

(六)印度古代的商路

3.6.1　下面谈印度古代商人阶级的发展和印度古代的商路。

公元前六世纪、前五世纪,也就是东迁的雅利安人抵达恒河盆地并在那里定居以后,在印度全部历史上,是一个大变动的时期。在某一些方面,有点像中国的春秋战国时期。此时历史的重心已经自旁遮普移至恒河流域。这一点,不管是唯心主义历史学家,还是唯物主义的历史学家,大家是都一致同意的。雅利安人已经逐渐同本地人混了种,连婆罗门种姓中都出现了非雅利安成分。《梨俱吠陀》时期的那种阶级矛盾改换了内容和形式。在这里产生了一种新类型的国家(a new type of state,借用高善必的说法),产生了一类新人,他们从事商业、商品生产或者生产剩余的粮食，产生了新的生产关系。随着商品流通的增长，随着货币应用范围的日益扩大，商业已经不再被认为是恶魔的事业。商人阶级蓬蓬勃勃地发展起来，他们在社会中所占的地位日趋重要。一种新的阶级随之而产生了。刹帝利同婆罗门的长期的矛盾与斗争，此时达到了一个新阶段。刹帝利终于占了上风。刹帝利征服者和吠舍商人都要求突破部落的藩篱；不突破这藩篱，他们就不能发展。刹帝利国王（还有一些不属于刹帝利种姓的国王）摆脱掉了部落的限制。商人也需要同部落外的人士来往，不然就无法做生意。国王与商人联合起来同婆罗门斗争，同婆罗门所代表的保守思想斗争。国王中间有的人本人就是商人，比如摩揭陀国王就做粮食和金属生意。《政事论》中也强调国家要从事商业活动。与此同时，正规的军队（sena）出现了。国王依靠军队来维护自己的权威，来保卫商路畅通。瓶沙王有一个绰号叫做“有军队的人”（Seniya）。正规军队的建立可能就是从他开始的。军队就其性质来说，也需要摆脱部落的束缚。没有税收，不能养兵；可见此时国家税收也已增加：商人和国王都住在城里，吃城外农村中农民生产的剩余粮食，他们共同构成“城里的人”（paura）。住在城里的商人阶级的头子，被称做 sresthin（梵文），setthin（巴利文），意思是“优秀的人”，掌握金融大权，在城里是极其重要的人物，连最独裁的国王对他们也都另眼相待。还有一个名称 grhapati（梵文），gahapati（巴利文），意思是“家主”、“居士”，主要也是商人。此时计算财富的标准也改变了，不再用牲畜的头数，而用金钱的数目或占有田地的大小（以多少张犁来计算）。总之，商人是城中要人，能自由出入宫廷，结交官府：城市之所以能繁荣兴盛，都与商人以及他们的行会有关。没有商人，城市不能建立，更不能兴盛。

在城外广大农村地区，则以耕种为主。农民把剩余的粮食运往城内，供宫廷、官僚、商人和士兵食用。粮食也成了商品。而在同时，在印度西北部，比如说呾叉始罗地区，直到亚历山大入侵时，还仍以畜牧为主。亚历山大打了胜仗，俘获很多士兵和物资，其中就有兽群。希腊人的著作中没有关于农业的记述。这明确说明，当东方恒河、阎牟那河流域已经走上以农为主的发展道路的时候，雅利安人原住地区西北印度仍以畜牧为主。

3.6.2　我现在想选出几个字来，从字源学的角度上加以解释，以说明印度东部商人的起源。

在梵文中，商人这个字有很多说法，上面已经谈过几个：现在再举出三个新字来谈一谈，这就是vaideha或vaidehika、māgadha和negama。vaideha，来源于Videha（毗提诃），而Videha是公元前七世纪、前六世纪印度东部跋祇联盟重要共和国之一。把这个字第一个音节中的单纯元音i变成vrddhi ai，意思就是“毗提诃人”。而《政事论》中说vaideha意思是商人。māgadha，来源于Magadha，而Magadha（摩揭陀）是同时代的东方重要国家。把Magadha经过同样的过程改变为māgadha,《摩奴法论》X，47说是商人，照字面讲是“摩揭陀人”。怎么样来解释这个现象呢？《摩奴法论》X，11说：吠舍男人与刹帝利或婆罗门女人结合生māgadha和vaideha。同书X，17又说：吠舍男人与高于自己种姓的女人（刹帝利或婆罗门女人）结合生māgadha和vaideha。这说明，māgadha和vaideha都是混合种姓，都不是雅利安人。这些非雅利安的摩揭陀人和毗提诃人从事贸易活动，成了商人，不是偶然的，而是有其历史根源和种族根源。这个道理，我相信，我在上面已经阐述得很明确很详尽了。恐怕一直到了雅利安人东迁恒河盆地以后，此风依然未改，雅利安人，至少是一部分雅利安人，仍然对做生意有抵触。而本地土著同印度河流域的土著一样，因为自己不从事游牧活动，对于当商人无所抵触，于是商业就被他们所垄断了。我在这里举一个中国眼前的例子。新疆个别的过去从事游牧的少数民族一直到今天还不大会做生意，有的刚刚开始学习这一行。拿这个现象来解释印度古代的情况，有些难以理解的问题可以迎刃而解。我前面提到的《摩奴法论》是代表正统的婆罗门观点的，它敌视、鄙视商人，对婆罗门规定，不许他们从事商业活动，只有在艰难困苦万不得已时，才允许他们干这一行。这同对东方土著民族的态度，形成了鲜明的对照。

最后我还想解释一个字：negama，也有“商人”的意思。这个字来源于nigama（梵文巴利文同）。nigama意思是“小城镇”。把第一个音节中的简单元音改换成vrddhi ai，意思就变成了“住在城镇里的人”。Monier Williams的*A Dictionary, English and Sanskrit*, London 1851，在merchant（商人）这个下面列举的梵文字中也有naigama这个字。巴利文字典中negama没有注明有“商人”的意思，我估计这是一个遗漏。为什么这个字有“商人”的意思呢？很明显，就因为商人住在城中。此外再没有别的联系。

3.6.3　现在谈印度古代的商路。[166]

十多年前，我开始在读佛经时注意研究释迦牟尼走的道路。佛祖成道以后，经过一番考虑，决心留在人间宣扬自己的福音。

于是他四出奔波，跋山涉水。有人对他每年夏坐[167]的地方作了一个统计，证明他经常改换地方，并不永远停留在一处。我认为，他游行走过什么道路，对研究他的活动范围和活动规律，会有很多启发，对研究佛教的传播也有用处。因此，根据佛典中讲到他游行经过的地方，我写了一些笔记，画过几张草图。现在，我在这里结合印度古代的商路，研究释迦牟尼游行的道路。看看他走的道路同商路的关系如何，从而也从这一方面探讨商人与佛教的关系。我不可能，也没有必要，把他一生所走过的道路统统加以研究。我只选出了两个典型：一个是他出家学道时所走过的道路，一个是他涅槃前游行时所走过的道路。另外附上了婆罗门波婆梨（Bavari）的弟子们走过的道路，因为这一条道路牵涉到南方的商路，是非常重要的。现在我就根据上面这个考虑，先提供一张印度古代商路图，再按照三个典型提供三张示意图；最后根据地图中提供的问题，加以必要的解释。有了地图，商人与和尚在行路方面的关系一目了然。至于波婆梨弟子的问题，下面4.4.1中我还要谈到，这里暂且不谈。

先对下面这四张地图作一点解释。第一张图是根据一般历史书描绘下来的，用不着什么解释。第二张《释迦牟尼出家——成道游行路线图》，根据的是释迦牟尼的传记，其中以《佛本行集经》为主。仅仅依靠这一部佛经是远远不够的，因为它讲得并不十分具体、清楚。因此必须参考其他佛经。根据《佛本行集经》，释迦牟尼离开家乡迦毗罗卫城（Kapilavastu），向南方逃遁。从出家、成道，一直到转法轮，他所走的道路大方向是没有问题的，中间经过的地方大城市也是清楚的。可是有一些小地方，有一些叫做什么聚落的村庄，却十分模糊。释迦牟尼离开迦毗罗卫（大3，731c），来到弥尼迦聚落（大3，733e），又到跋伽婆仙人（Bhzargava）住处（大3，745c），又到毗耶离城（大3，745a，751c），经阿罗逻居处，渡恒河，来到优陀罗罗摩居处（大3，757b），辞优陀罗罗摩处，来到般荼婆山（大3，758a），最后到王舍城（大3，758b）。他从王舍城来到伽耶，成道后，到了波罗奈鹿野苑，初转法轮。第三张《释迦牟尼涅槃前游行路线图》，根据的是《长阿含经》卷一（二）《游行经》，也参考其他几种《涅槃经》。释迦牟尼离开罗阅城（王舍城，大1，118），他游行的路线是竹园（12a）—巴陵弗城（12a，即华氏城）—渡恒河（12c）—拘利村（13a）—那陀村（13a）—毗舍离国（13b，即吠舍厘）—竹林丛（14c）—遮婆罗塔（15b）—香塔（16c）—巷婆罗村—瞻婆村—揵荼村（17b）—负弥城（17b）—波婆城（18a）—拘夷那竭城（19a，即拘尸城，拘夷城），释迦牟尼在此涅槃。[168]看样子他是自知病将不起想赶回老家的。第四张图根据的是Sutta Nipata。

这四张示意图本身已经非常清楚。只要把第二张、第三张和第四张同第一张对比一下，就可以看出，释迦牟尼出家、成道前后由北向南所走的道路，在涅槃前由南向北所走的道路，以及波婆梨弟子们由南向北所走的道路，基本上都是当时的商路。一些小的村庄可能离开大路，估计也不会太远。不这样也是不可能的。

释迦牟尼时代的商路

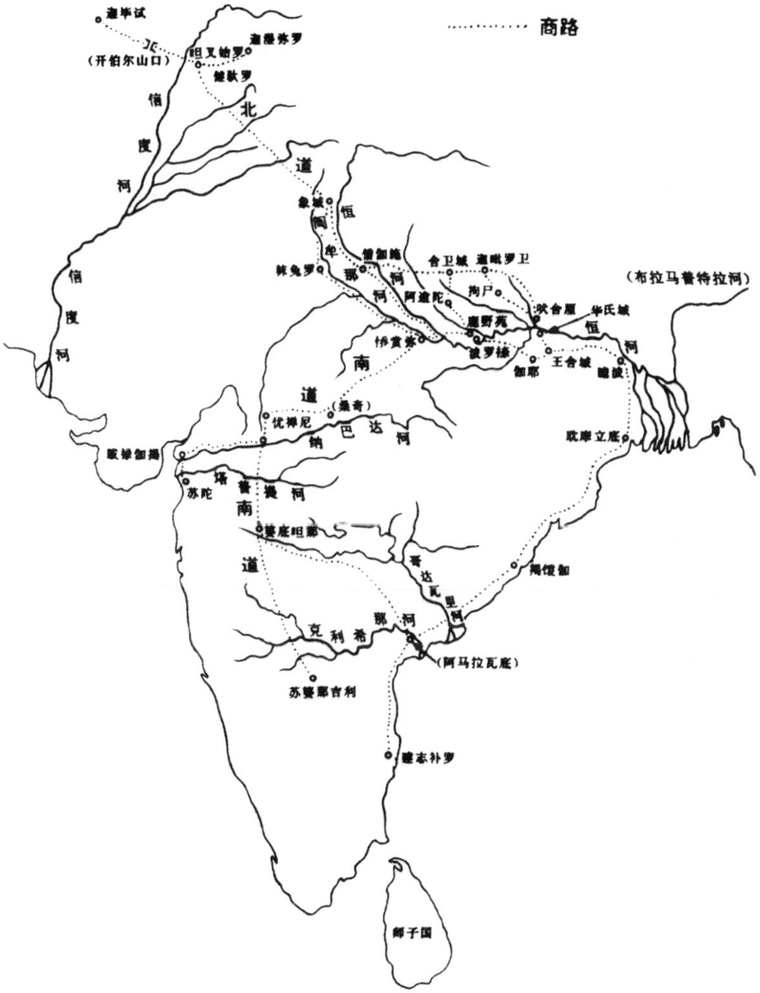
商路
迦毕试
北
(开伯尔山口)
迦湿弥罗
健驮罗
信度河
北道
象城
阎牟那河
恒河
秣兔罗
僧伽施
舍卫城
迦毗罗卫
拘尸
阿逾陀
吠舍厘
华氏城
鹿野苑
(布拉马普特拉河)
憍赏弥
波罗柰
伽耶
王舍城
瞻波
南道
(桑奇)
优禅尼
纳巴达河
耽摩立底
苏陀
塔普提河
南道
哥达瓦里河
克利希那河
(阿马拉瓦底)
建志补罗
师子国

释迦牟尼出家——成道游行路线图

释迦牟尼涅槃前游行路线图（据《长阿含经》卷一《游行经》）

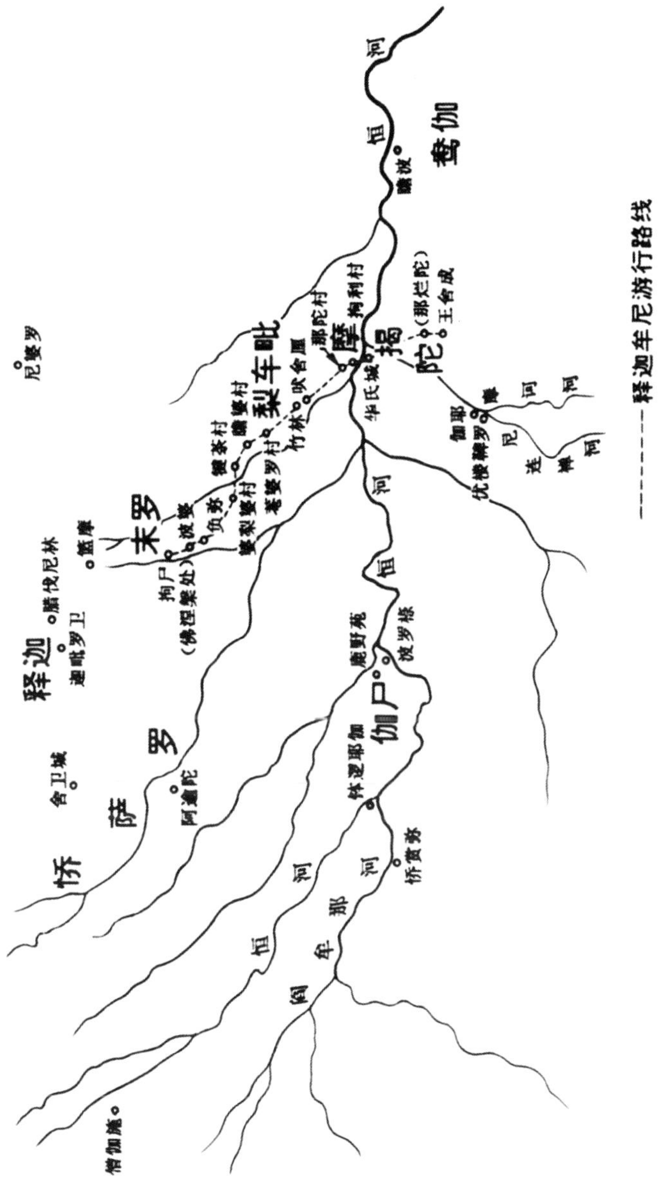

波婆梨弟子朝觐释迦牟尼路线图

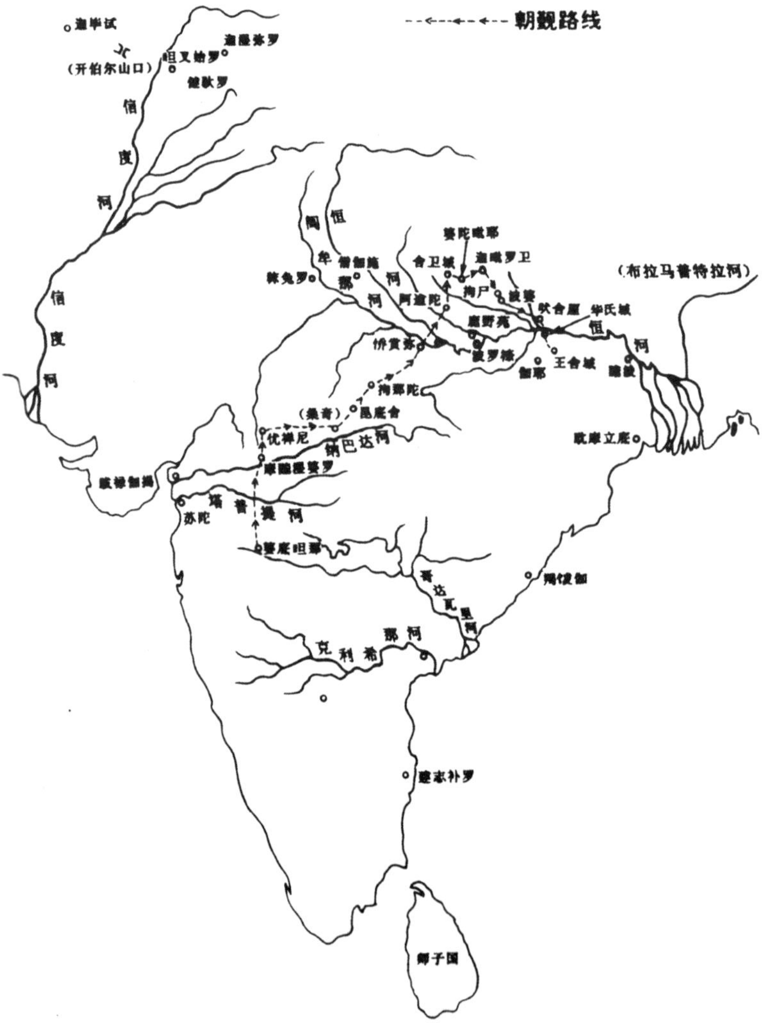

商路是多少千年以来商人们用双脚踏出来的。最初有一个摸索的过程，也可能走一些弯路。后来走得次数多了，时间长了，才找出一条最好走、最安全、最短的道路。这样就形成了古代的所谓商路。除非是笨伯，决不会丢开现成的路不走而独辟蹊径。世界各国莫不如此。释迦牟尼和他的弟子们不是商人；但是既然要出门远行，也必然选择最易走的路，而商路正是这样的路。因此，释迦牟尼本人和他身后的和尚们就在路上同商人结成了伙伴，互相帮助，利害与共；遇到盗贼，共同防御；遇到关卡，合谋偷渡。这样一来，商人与和尚更增加了感情。

（七）《罗摩衍那》中的商人

3.7.1　现在我想谈一谈《罗摩衍那》中的商业活动和商人。印度古代两部大史诗内容丰富，包罗万象，把印度古代社会绘制成了一幅色彩绚丽的画卷。两部史诗有共性，也有特性。《摩诃婆罗多》产生于印度西部，这里是婆罗门保守思想的据点。这情况必然反映在这一部大史诗中。而《罗摩衍那》则产生于印度偏东地区，这里思想进步而活跃，许多反婆罗门保守思想的哲学和宗教派别都源于此地。佛教和耆那教是其中最著名的。基于这种情况，这两部史诗都对商业和商人的态度也必然有所不同。《摩诃婆罗多》我们在这里暂且不谈，我只谈一下《罗摩衍那》的情况。

在《罗摩衍那》中，商人占有相当重要的地位。在这里，贸易活动是一种经常的活动，城市是活动的中心。在本书里面，同商业有联系的一些名词和术语都可以找得到，比如：vikraya（贩卖)、mulya(价格)、panya(商品)、panyaphala(利润)、nanapanya(各种商品)等等都是。详细情况请参阅Ananda Guruge, *The Society of the Ramayana*, Maharagama, Ceylon 1960中有关的章节，这里不再细谈。

我现在从《罗摩衍那》中选出一些颂来说明商人在当时印度东方的处境：

1.1.79[169] 这一颂讲到四个种姓读了《罗摩衍那》，都会得到好处。四种姓的名称和顺序是婆罗门、刹帝利、商人、首陀罗。按照传统的说法，第三位是吠舍，在这里却是商人。可见此时的商人就等于吠舍，这同玄奘《大唐西域记》里的说法完全一样。至于吠舍这名称为何竟不出现，这在巴利文佛典和汉译佛经中是司空见惯的事。在佛典以后的梵文古典文学著作中，也有这个现象，比如在Daṇḍin的著作中讲到四种姓时就没有吠舍。[170]请参阅上面3.5.6。

2.1.35 十车王想给罗摩灌顶，邀请的参加典礼的人中间有“各式各样的城镇居民”。这里虽然没有明确点明商人，但是商人必然包括在里面。

2.6.12

在商人们的铺子里，
那里充盈着各种货物。

可见阿逾陀城里商业兴隆的情况。

2.13.2 商人同大臣们和将军们一起来参加罗摩的灌顶典礼，可见商队首领地位之高，他们可以出入宫廷。商队头领算是朝廷官员。

2.77.11　婆罗多到森林中去迎接罗摩回城，同他一起来的有各种各样的人，其中有“受尊敬的城里的商人”。

2.94.35　罗摩在森林中询问婆罗多城里面的情况，他提到婆罗门、刹帝利和吠舍是否都各安其业，没有提到首陀罗。

7.56.3　设睹卢祇那出征时带着货物、商人和优伶。商人可能是随军的同士兵做生意的，也可能是同所到之处的居民做买卖的。

7.65.7　四个种姓完整地提出。

7.66.17　四个种姓也完整地提了出来。之所以这样完整，可能是由于第七篇晚出之故。

3.7.2　从上面简略的介绍中可以看出，商人在《罗摩衍那》中地位是重要的。他们能够同帝师婆罗门、大臣和将军等一起出席宫中的重要典礼，这在当时印度东部是不足怪的。在保守的西部，情况将是另外一种样子。在古和阗文《罗摩衍那》中讲到十车王和儿子与大臣和商人共同统治国家（见*Bulletin of the School of Oriental and African Studies*, vol. X, Part 1 and 3, pp.1939, 2801）。在这里，商人的地位更突出。

四　商人与佛教关系密切的原因

4.1.1　上面我用了相当长的篇幅从不同的方面论证了印度古代商人与佛教之间的密切关系，也讲到了印度古代商人的起源问题、印度商人阶级的形成以及形成的特点。现在，我觉得是回答我在本文开始时提出来的问题的时候了：释迦牟尼本人以及他的弟子和再传弟子为什么都同商人有那么密切的关系？其中原因千头万绪，异常复杂。我只能尽上我的力量从以下几个方面来加以论证：（1）经济关系；（2）来源关系；（3）意识形态；（4）共同的历史使命。这些因素发挥的作用，也不能完全一样；其中必然有主有从，有轻有重。我将在论证过程中加以说明。我在这里遵循的原则是马克思的两句话："我们不把世俗问题化为神学问题。我们要把神学问题化为世俗问题。"（《论犹太人的问题》,《马克思恩格斯全集》，第一卷，第425页）我认为，这是最正确的原则。

（一）经济关系

a. 商人是施主

4.1.2　要讲商人与佛教的关系，首先要讲经济关系。因为，同世界上其他宗教徒一样，佛教徒也不从事物质生活资料的生产活动，他们在经济上必须依靠信徒，才能维持生活。在这里，关键问题是什么样的信徒，哪一个阶级的信徒？在依靠什么信徒这一点上，世界宗教不尽相同。有的宗教依靠平民老百姓，有的依靠国王、皇亲、贵族，而佛教则是依靠商人，这是它同其他宗教不同的地方，也是值得我们深思的地方。

在佛教典籍中，向僧伽布施的人有一个专门的称呼，梵文和巴利文都是danapati，意译施主，音译陀那钵底、旦那、檀那、檀越等，还有一个意音混合的译名：檀主，檀是dāna的音译，主是pati的意译。不管他们在社会上是什么职业，属于什么阶级，佛徒统呼之曰施主。向僧伽布施的人当然不限于商人，其他阶级或阶层的人物也出钱出物，布施僧伽。但是从我搜集到的资料来看，积极在经济上支持佛教的人主要是商人。有的国王也支持佛教，但是从数量上来看远远比不上商人。

商人们积极出钱出物，供应僧伽。结果是，佛徒得到衣食之资，商人得到精神上的慰藉，甚至物质上的好处，皆大欢喜，各得其所。我在上面第二节中举了大量的例子，来说明商人向佛徒布施的情况。比如2.1.3，长者烹制了美食，请比丘来吃；2.1.5，估客让自己的老婆给比丘做衣裳；2.1.7，估客供给尼姑食物；2.1.9，比丘把估客们外出经商路上食用的食品吃光；2.1.10，优婆塞设饮食，招请同名的比丘来吃。除了供给佛徒饮食、衣服之外，商人还向他们布施许多别的东西，其中包括蒜（2.4.5）、葡萄（2.4.7）、酥（2.4.8）、垫子（2.4.9）、毛毯（2.4.12）等等。总之，和尚所需的一切食用之物，商人无不布施。没有这些布施，和尚是连一天也活不下去的。

b. 二者都以城市为据点

4.1.3　在古代，商人一般都居住在城市中，吃城外农村中农民生产的剩余粮食，他们有时也把农村的粮食当做商品拿来做生意，有一些农产品也是他们买卖的对象。在一些国家的历史上，城市的兴起同商人有密不可分的联系。郭沫若主编的《中国史稿》中说："大都市是工商业者集中的地方，也是贵族、官僚和大地主聚居的地方。"[171]这是古代各国共有的现象。我在上面3.6.2中分析了一个字：negama，意思是"住在城镇里的人"，同时也有"商人"的意思，可见商人与住在城镇里的人是二位一体。这里还要补充一句：商人是住在城镇里的人；但是住在城镇里的人并不都是商人。商人住在城镇里，除了做买卖以外，还有一些别的活动。国王要找商人备咨询，商界也需要在朝廷上有自己的人，必要时可以通风报信。因此商界的头子setthi每日要三进王宫。[172]朝廷每有大典，被邀请参加的人中就有商人。我在上面3.7.1讲《罗摩衍那》时已经讲到这情况，请参阅。

商人是这个样子。佛教徒怎样呢？按理说，和尚们不一定非住在城市中不行。我们甚而可以说，如果真想修身养性，澄心寡欲，还是以住在城外为佳。中国古诗中有一句话“天下名山僧占多”，透露的就是这个道理。但是，根据我自己多年来读佛经的印象，印度佛教是在城市中成长起来的一个宗教，和尚都住在城市里，同商人住在一起。我在上面2.2.1–2.2.35里举了大量商人同和尚结伴旅行的例子，其中很多讲的都是商人同和尚结伴从一个城市到另一个城市去旅行的故事。他们共同合谋偷税漏税也都发生在城关附近。我读佛经，特别是汉文和巴利文的佛本生经，还得到一个印象，这就是，里面讲的几乎都是城市里的事，很少讲到农村。我多少年来在脑筋里就有一个问号：为什么马克思、恩格斯常常提到的农村公社在佛经里面几乎看不到任何影子呢？我自己对于这个问题的回答是：佛教是以城市为大本营的，对乡村情况不了解，没兴趣。后来当然也到乡村去传教；但是在最初他们传教的对象只是住在城市里的商人。佛祖释迦牟尼的活动场所就是大城市。根据佛典的记载，他每年夏坐的地方都是城市，夏坐和平时停留的地方，所谓什么精舍之类，也都在大城市中，有的就是大商人赠送给他的。他同当时的国王也有深厚的交情，[173] 同大商人一样，也是出入宫廷，结交官府。总之，有这样一个在大城市中共同居住的背景，商人与佛徒关系密切就又增加了一个条件。在经济上，佛徒有求于商人；在政治上双方互相依靠。于是密切的关系就更加密切起来了。

c. 共同合谋偷税漏税

4.1.4　我在上面2.3.1—2.3.17中列举了一些商人同和尚狼狈为奸、走私漏税的事例。在2.7.6中对此事作了一些分析。如果佛经的律部不记载这些事例的话，凭空想是谁也想不出来的。一个看破红尘出家修行的僧尼竟然同商人勾结起来干这些非法的勾当，可见当时僧尼已经堕落到何等地步。在漏税偷越海关的活动中，绝大部分没有说明是什么商品，只说是“物”。这个“物”可能包括很多东西，我们现在已经无法确定。见2.3.2；2.3.3；2.3.4；2.3.6；2.3.7；2.3.8；2.3.11；2.3.12；2.3.13；2.3.14；2.3.16；2.3.17等等。有一个地方讲到缇：2.3.5。另一个地方讲到白叠：2.3.9。有两个地方讲到珍珠：2.3.1；2.3.15。我看，什么商品漏税，这无关重要；问题的关键在于漏税这个活动。至于究竟是和尚可以免税，从而商人沾了和尚的光，还是商人可以免税，从而和尚沾了商人的光，这也无关大局。重要的是双方合谋，蒙混过关。这说明了商人同和尚在这方面亲密无间的关系。在上面2.2.1—2.2.35中，我列举了大量双方结伴旅行的事例，结伴的原因当然也是多种多样的，共同合谋偷漏关税，肯定是其中之一。

d. 和尚不许捉金银

4.1.5　释迦牟尼（姑且假定是他吧！）规定，僧尼不许捉金银，不许做买卖。我在上面从佛典律中举出了一些律条。2.5.1：贩卖求利，尼萨耆波逸提；与白衣（俗人）交易，突吉罗；捉金银，尼萨耆波逸提；2.5.3和2.5.7：白手取金银，尼萨耆波逸提；2.5.6：沙门释子不应畜金银；2.5.10：为利而买，买了不卖，突吉罗；卖了不买，突吉罗；买了又卖，尼萨耆波逸提。最后这一个律条疑有错简，但内容还是清楚的。突吉罗和尼萨耆波逸提，表示犯错误的程度和应得的处分。突吉罗，梵文是duskrta，巴利文是dukkata："突吉罗"这三个字显然是从一种与巴利文近似的俗语译过来的，《翻译名义大集》9225，译为"作罪，小过"，是过失中最轻微的。尼萨耆波逸提，梵文是naihsargika-pāyattika，巴利文是nissaggiya-pācittiya，《翻译名义大集》8360，译为"令堕"，显然认为pāyittika（pācittiya）这个字是从字根√pat来的。这种过失共有三十种，《翻译名义大集》称之为"三十作弃堕"，是比突吉罗严重的过失。在这三十种中，《翻译名义大集》8403："触金银"，梵文jataruparajata-sparsanam，算是一种。根据这两个名词来解释2.5.10，可以看出，为谋利买了不卖或者卖了不买，都只能算是轻微的过失：突吉罗；但是买了又卖，有了买卖两方面的行动，罪过就严重了：尼萨耆波逸提。换句话说，要有赎罪的行动。总起来，我们可以说，僧尼亲自用手拿金子和银子，算是一种不大不小的罪过。

为什么禁止和尚和尼姑拿金银呢？我想，原因并不复杂，无非是想让他们丢掉对尘世的依恋。在这一方面，佛典律中有许多规定，规定僧尼不许有私有财产，规定他们只能占有最少量的生活和宗教行持的必需品：身上穿的袈裟、手里拿的乞食用的钵、脚上穿的鞋、剃头用的剃刀、为了防止饮水时把虫子（生物）喝到肚子里去而用来漉水的漏子等等，超过这一些是绝对不允许的。金银自古以来就是财富的象征，僧尼不但不允许占有，连拿一拿、摸一摸也算是罪过。这就是僧尼不许捉金银这一条戒律产生的根源。佛教在督促僧尼抛弃俗物，潜心静修，誓期涅槃，跳出轮回方面，防微杜渐，煞费苦心。《后汉书》卷六十下记载襄楷于延熹九年（公元166年）上书桓帝说："浮屠不三宿桑下，不欲久，生恩爱，精之至也。"连在一个地方睡上三宿都不行，生怕他们产生了恋恋难舍之心，金子和银子如何敢让他们捉拿触摸呢？

（二）来源关系

e. 二者在思想上同源

4.2.1　我在这里首先要对"来源"二字加以解释。我说"同源"，并不是说商人与佛教徒二者同出于一个地区，或者同出于一个时代，或者同出于一个宗派；也不是说二者同出于任何别的东西。我只是想说，他们之间在思想上，在感情上有某种微妙的、外面难以看得出来的联系。不承认有这种联系，只是从经济关系方面来解释他们之间的关系，有很多现象是难以解释得通的。斯大林在讲到形成一个民族的四个条件时，其中一个条件就是共同的心理状态。我看，商人与佛教徒之间确实有一些共同的心理状态。

我在上面已经详尽地论证了古代印度商人源于印度河流域的情况。他们原先不是雅利安人。随着社会的发展，在雅利安人中后来也出现了商人。但是保守的婆罗门和受婆罗门影响严重的人，始终认为商人“非我族类”，贬低抑压，无所不用其极。按照D. D. Kosambi的说法（参阅上面3.5.7），印度商人阶级在历史上一直受了几千年压抑，到了二十世纪才抬起头来。这可能与婆罗门的偏见有关。

新兴的佛教的教徒，在人种方面与印度河流域的人没有关联，在语言和风习方面也没有任何共同之处。但是原出于印度河流域原始居民的印度商人，同后来出现于恒河流域的佛教徒，在思想上，在感情上，确实有某些联系。他们都是受婆罗门歧视的，他们都是非正统的异端，他们对于婆罗门都有对抗情绪。“同声相应，同气相求”，在思想上和感情上起一些共鸣，这是完全可以理解的。根据对婆罗谜字母铭文的统计，商人对婆罗门仍然施舍；但是对佛教的布施远远超过婆罗门。这一个事实同我上面的看法是符合的。

也许会有人认为，我这些想法都只能是主观臆断。我不否认其中有某些臆断的成分，但是，如果不这样“臆断”，有些现象就无论如何也解释不了。比如，上面2.2.7；2.2.8；2.2.9讲到和尚与商人同行，在大便、小便、纵气（放屁）等方面都要照顾商人，这些行动只能在下风进行，不能在上风，免得熏着商人。这样精心的照顾，这样细腻的感情，连想象力丰富的小说家也难以想到和感到，而印度的和尚却非做到不行，其中消息不是十分耐人寻味吗？2.2.18讲到估客关心比丘的安全。2.2.11讲到佛教对商人的无限信任：比丘尼外出必有商人为伴。所有这一切都说明，商人与佛教简直如水乳交融。不从他们的灵魂深处，不从思想上和感情上去探索原因，原因是无法发觉的。

(三) 意识形态

f. ahimsā

4.3.1 ahimsā，来源予字根√han，"杀戮"，"打击"，加上前缀a-，"不"，"非"，形成一个名词，意思是 "不杀生"，"非暴力" 等等。

这个伦理概念，或伦理价值标准，不是佛教和耆那教的发明创造，虽然在一般人的思想中总是把这个概念同这两个宗教联系在一起。这个概念，在印度哲学宗教史上，由来已久。在奥义书中，比如说Chāndogya-upnaiṣad中，已有萌芽；虽然还没有形成这个专名词，但思想内涵是非常清楚的。在大史诗《摩诃婆罗多》中，虽然这部书的基调仍然重视畜牧，重视祭祀，书中的国王几乎没有一个对农业发生兴趣的，但是ahimsā paramo dhanmh（不杀生或非暴力是至高无上的达磨——法）却在几个地方都可以找到。[174] 在法论（Dharmasastra）和古事记（Purana）中，一方面允许杀生食肉，杀生祭祀，另一方面又强调ahimsā。《摩奴法论》X，63就讲到不杀生，可是这一部法论的基本态度是并不反对祭祀的。所有这一切都是显而易见的矛盾。Chāndogya-upnaiṣad规定，除了在tirtha（朝拜圣地）以外，不许伤害任何生灵。这是否意味着在朝拜圣地允许杀生祭祀而在别的地方则不允许呢？有一些古事记，比如说Brahmāṇḍapurāṇa，一方面宣扬不杀生，同时又反对把不杀生这一条戒律引向极端。Kane又指出，过去所有的法经都允许杀生食肉，杀生祭祀。连比较晚出的《吠檀多经》Ⅲ，1.25都不承认杀生祭祀是不洁的。家庭经和法经有的地方认为，连母牛都是可以杀的。[175]所有这一切都隐约透露出婆罗门提倡不杀生忸怩作态欲行又止的尴尬情景。看来提倡不杀生是违反他们的意愿的，可是又迫于什么外在的压力不提倡一下又不行。这就是关键之所在。

外在的压力究竟何在呢？压力产生的原因可能是，雅利安人在五河流域居住的后期，特别是在他们向东方迁徙到了恒河盆地以后，生活环境改变了，生活条件也改变了，人口越来越多，只靠吃牛羊等牲畜难以生活下去，必须转向农业，而杀生与农业是有矛盾的。他们被迫，非改变不行。这一点，连婆罗门中的有识之士也不能视而不见。因此在创作法经、法论和奥义书中就必然留下痕迹。世界上一切伦理概念都与现实的物质生活有联系，古代印度也不能例外。

上面这几段话是想说明，ahimsā这个概念是在佛教和耆那教兴起以前婆罗门的一些经典中已经形成。到了公元前六世纪、前五世纪这两个宗教兴起以后把这个概念接了过来，加以发扬光大。我讲公元前六世纪、前五世纪，是讲释迦牟尼和大雄生存的时代。 ahimsā得到发扬实际上一定比这个时期要晚。不管怎样，他们为了完善自己的学说，达到自己的目的，把ahimsā纳入自己教义的框框中，好像为他们所垄断了。但是，仔细分析起来，二者纳入的情况又有所不同。大家都知道，ahimsā出现在佛教的“五戒”(pañcaśīla)中。所谓五戒是：不杀生、不偷盗、不邪淫、不妄语、不饮酒。这五戒并不是佛教的发明创造。耆那教也有类似的戒条。据传说，Parsva Tirthamkara倡导四戒：不杀生、不妄语、不偷盗、丢弃财富。后来大雄添上了一戒：不邪淫，凑成了五戒。[176]佛教的五戒和耆那教的五戒，互相因袭，显而易见。但是他不是自我作古，而是因袭婆罗门教的说法。在因袭中不同之处在于，耆那教把不象生引向极端，范围包括一切生物；他们认为连植物也有灵魂。[177]因而也不能伤害。而佛教徒则强调在促进或防止暴力时人们的行动的伦理问题，范围只限制在人身上，不像耆那教那样漫无边际。二者间的区别就在这里。

在几千年的发展过程中，ahimsā的含义越变越繁多。根扼 Romila Thapar的归纳，约有以下这些不同的含义：一、反对杀生致祭，祭祀是吠陀婆罗门宗教的核心。巴利文Anguttara NikāyaⅣ，42—45，反复论证杀生无益。这可能与游牧部落转化为农民的现象相一致的。牲畜可以给农业提供劳动力和肥料，杀生致祭，耗尽牲畜财富，对农业是不利的。Śatapatha Brāhmaṇa只是顺便提到不应该伤害母牛。主要是由于佛教和耆那教的论辩，才把禁止的范围由禁止杀生扩大到禁止暴力本身。二、新的城市集团反对非城市集团（社会）任意地没有目的地破坏财富的面子经济（prestigeeconomy）。三、反对部落之间的战争，鼓励农业和商业的发展，让刹帝利和setthi都能得到好处。四、反对使用暴力推行极权政治由ianapada转变为王国，国王们力图扩大地盘，因而动用武力，发生战争。受战争之害最严重的是农民和商人。五、不杀生破坏了仪式化的战争（ritualized Wars），也就是在举行了马祠（aśvamedha）之后国王企图吞并祭马所漫游过的国土而引起的战争。六、不杀生非暴力可以缓和常常出现的紧张状态。七、在哲学和伦理学水平上。有意识的非暴力（这与怯懦完全不同）是最高伦理立场的表现。对于非暴力的信赖，只能来源于对自己内在道德（正义）的信心。有人说，佛的非暴力主张代表和平主义的消极哲学。佛不宣传革命叛逆，这是解决社会弊端的一种和解的伦理学，在这个意义上来讲，和平主义的消极方面也是未可厚非的。[178] Romila Thapar的归纳大体上就是这个样子。我们大家都知道，印度民族解放运动的领袖甘地最著名的主张之一就是非暴力。对于这个主张的评价五花八门，我们在这里不去讨论。我个人认为，至少不应该把这个主张全盘否定。[179]

在上面列举的这许多含义中，与商人有密切关联的是第四种。不杀生非暴力的学说反对战争，这是很明显的，而最怕战争的是商人和农民。因此，我们可以说，佛教的这一种不杀生非暴力的学说对商人是有利的，商人是拥护这种学说的。在意识形态领域内，不杀生非暴力的学说随即成了密切商人与佛教之间的关系的粘合剂。

g. 转轮圣王

4.3.2　转轮圣王，梵文是cakravartin，巴利文是cakkavattin，cakra是轮，vartin是转，意思合起来是大皇帝，最高统治者，他的车轮可以满世界转动，不受阻碍。对cakm这个字，也有不同的解释，比如Ksirasvamin就把cakravartin这个词儿解释为“对一个国王集团行使统治权的人”，把cakra理解为“集团”。他认为，cakravartin也可以理解为“让这个领域（指王国）服从自己的命令的人”，把 cakra理解为“领域”。[180]不管对cakra这个字怎样理解，cakravartin的意思是大皇帝则是没有异议的。

这样一个世界大皇帝的形象，在印度古代许多教派的典籍中都可以找到。在属于婆罗门思想体系的著作里萌芽较早，比如 Maitrī Upaniṣad讲到十五个cakravartin；大史诗《摩诃婆罗多》中也讲到cakravartin。《罗摩衍那》竭力宣扬国王的神圣与权威；3.1.18说，国王是天帝因陀罗的四分之一。Kautalya的Arthaśāstra Ⅰ，13让一个密探在城中居民（paura）和乡村居民（janapada）中散布流言，说国王发挥因陀罗和阎摩的作用，因为他们的赏罚是人们看得到的。这部书中（Ⅸ，1）把一个转轮圣王的疆土规定为自南向北，自海洋到喜马拉雅山，用一条直线来量，是一千由旬。Kautalya还使用cāturanto rājā这个词儿，意思是"统治大地直至四方极限的副王"。在古事记中，比如说在Vāyupurāna 57.72，说在过去和未来的 manvantara（一个Manu的时期，等于一万二千天年，四百三十二万人年）中，转轮圣王都出现。

但是，对转轮圣王宣扬得最起劲的是佛教。在各种文字的佛典中，"转轮圣王"这个词儿几乎到处可见。释迦牟尼一降生，预言家就对他作了预言：

《太子瑞应本起经》卷上：

> 王者生子而有三十二大人相者，处国当为转轮圣王，主四天下，七宝自至，行即能飞，兵仗不用，自然太平。[181]

《普曜经》卷二：

王者生子而有三十二大人相者，处国当为转轮圣王，自努七宝，千子，主四天下，治以正法。[182]

《方广大庄严经》卷三：

王之圣子具此三十二大人之相，分明显著。如是之相，嗜诸佛有，非轮王有。[183]

《佛本行集经》卷十：

大王！如是诸相，非是转轮圣王之种。大王！如是相者，皆是诸佛菩萨之相。[184]

以上只是几个例子，这一类的例子还多得很，不一一列举了。

至于以转轮王命名的佛经也可以找到一些。讲到佛经中提到转轮圣王的地方，那就多得不可胜数。我在下面只举几个例子：

《长阿含经》卷六（六）《转轮圣王修行经》；[185]

《中阿含经》卷十一（五八）《七宝经》；[186]

同上经，卷十五（七〇）《转轮王经》；[187]

《轮王七宝经》；[188]

《妙法莲华经》卷一；[189]

《大方广佛华严经》卷五；[190]

《无量寿经》卷下；[191]

《十诵律》卷三；[192]

《根本说一切有部毗奈耶杂事》卷十三；[193]

《阿毗达磨俱舍论》卷十二；[194]

《瑜伽师地论》卷四十。[195]

例子就只举这几个，其余的也不一一列举了。

印度古代的教派，特别是佛教，这样不厌其烦地大肆宣扬所谓转轮圣王的威德，好像印度古代历史上真曾有过这样一种人物。但是事实却正相反。印度古代从来没有过统一的大帝国，当然不会有类似转轮圣王的人物。阿育王虽然开疆拓土，征战不休；但也没有能统一全印度。他的疆土，从新近发现的碑铭来看，要比过去历史书上讲的大得多，可也够不上一个 cāturanto rājā，其余的帝王更勿论矣。为什么在比阿育王更早的年代里竟然有转轮圣王的形象呢？我认为，这只表达了印度老百姓渴望统一的愿望，他们在现实生活中感觉到小国纷起，连年征战，刀光剑影，民不聊生。他们梦想能出一个转轮圣王，剪除群雄，统一全印，让人民过上太平日子。在老百姓中最厌恶战争的是农民和商人，后者尤甚。国家不统一，小国林立，收税关卡，到处可见，这对于商人是一个极大的负担。比如说，在水路的交叉地带，商人要缴纳双重税：摩揭陀国王的官员收一份，离车人也要收一份，商人怨声载道。[196]当时的国家在一定程度上控制商业和手工业。国家垄断矿山，垄断造币，控制价格，设立种种名目的税：人口税、出口税、入市税、消费税等等。全国分为许多站，站站收税。[197]一国如此，其他国家亦然。给商人造成的麻烦，可以想见。而且路上盗匪很多，成伙结队，抢劫行旅。还有林中野人，什么 Mleccha，什么Kirata也是神出鬼没，伺机抢劫。因此商人们都希望有一个国王能保证商路畅通。[198]他们更幻想能有一个转轮圣王，统一大地，直到四方极限。这样一来，缴税可以减少麻烦，商路又能保证安全。商人之乐，莫过此矣。此外，转轮圣王这一个形象总是与adanda“不使用暴力”相联系，这同上面讲过的ahimsā相似，是很符合商人的愿望的。上面引用的《太子瑞应本起经》中有两句话“兵仗不用，自然太平”，其含义完全与此相同。总之，佛教着重宣扬转轮圣王，或者是有意投合商人的心意，或者是不谋而合，反正是商人与佛徒“心有灵犀一点通”，一切尽在不言中了。

h. karman

4.3.3　梵文karman，巴利文kamma，汉文音译是羯磨，意译是业，意思是所作所为，是行动。行动一般分为三类：身、口、意。古代印度人认为。行动是因，有因必有果；因有善恶，果有好坏。这表现在轮回转生（punarjanman）上。做善事，来生就转生为比今生要好的个体，或人或神；做恶事，来生就转生为比今生要坏的个体，或人或虫豸动物。没有哪一个人或动物（有的教派连植物都包括在里面）能摆脱这个轮回转生，连神仙也不例外。神仙虽然看来是“终身制”，但并不保证来生。决定来生的就是karman和ptmya（功德）。这种信仰在古代世界几乎所有的国家都有所表现，中国也有。中国的这种信仰可能与印度有千丝万缕的联系。由于这种信仰领域极广，内容又非常吸引人，所以世界上讨论这个问题的学者非常多，讨论的书籍和文章汗牛充栋。请参阅印度学者P. V. Kane的*History of Dharmaśāstra*，vol. V，Part II，Poona，1962，p.1530－1612，这里引证繁博，详尽翔实，我不再仔细讨论。

专就印度而言，这种信仰虽然来源很古，但还不是原始雅利安人的信仰。他们是乐观的，强调现世生活，不大想到死后怎样怎样。在《梨俱吠陀》中，没有这种信仰的痕迹。karman这个字曾多次出现，但不是现在这个含义。其他吠陀中也找不出这个思想。在婆罗门思想体系中追溯来源，最早只能追溯到Satapatha Brāhmava时期。但在这里也只能算是一个萌芽，这里只说，一个人在这一生中做了坏事，在后一生中要受到惩罚。最早的比较系统比较全面的关于业报（karma-vipāka）和轮回转生的学说见于奥义书中，比如说在Brhadaraoyaka Upanbad Ⅳ，4.5-7；Ⅲ，3.13. A. L. Basham说，这种信仰在公元前七世纪、前六世纪迅速传播开来，[199]是有根据的。吠陀时期，人们把大米团子奉献给死去的男性祖先，这种做法同晚出的业报转生说是有矛盾的。但是人们却把二者都保留下来，并行不悖。大史诗《摩诃婆罗多》中讲到，一个人作了恶，子孙要受到报应。被收到《摩诃婆罗多》中的《薄伽梵歌》（*Bhagavad-Gita*）中隐约透露出业报思想。在《摩奴法论》Ⅲ，100，*Śāntiparva*，*Virtu Dharmasūtra*和几部古事记中，讲到一个人如果不尊敬（婆罗门）客人，客人将把自己的过失给主人留下，而把主人的功德（ptroya）带走。这让我们立刻想到我在上面3.4.5中谈到的慷慨好施与吝啬鬼的问题。雅利安游牧人自命为慷慨好施，而认为印度河流域的商人是吝啬鬼。在这里，这几本书中讲到的待客的问题，显然是古代雅利安人的遗风。这种遗风同业报转生论的功德问题联系起来了。此外，婆罗门之所以起劲地宣扬要厚待客人，就是因为他们靠别人的施舍为生，不大肆宣扬一番，甚至不惜以带走功德来恫吓，一旦别人不肯施舍，他们就会碰到困难。在《罗摩衍那》中，也可以找到类似业报转生的思想。当罗摩辞别父亲十车王流放去野林的时候，父亲对他说：

> 盼望来世和今世的功果，
> 盼望你重新走上归途。（2.31.26）

这是一个很好的证明。把上面讲的归纳起来，我们可以说，业报轮回转生的思想非雅利安人所固有。它同顽固保守的婆罗门思想体系是矛盾的，比如说同种姓制度就互相排斥。但是，随着时间的推移，环境的改变，这种思想也侵入婆罗门的著作中。它不属于婆罗门思想的核心部分。

到了公元前六世纪、前五世纪，佛教和其他几个新兴的教派，其中包括邪命外道（Ajivika）[200]把业报和轮回转生的学说接了过来，而且加以发扬光大。此时这种学说或者信仰在社会上已经根深蒂固，人们认为它是很自然的。佛教最基本的教义之一，十二因缘的核心就是这种思想。不管怎样解释十二因缘的因果关系，是在几次转生中来体现这种因果关系，这种因果关系反正是再清楚不过的。我上面使用了“接了过来”这个词儿也许是不恰当的。因为，我认为，这种思想从本质上来看是属于与婆罗门思想体系相对立的思想体系的。婆罗门的种姓制度是同这种新学说无论如何也不能相容的。这种思想同佛教的思想基本是完全一致的。两者本是一家人，说“接了过来”，反而显得有隔阂了。根据我个人肤浅的观察与体会，我觉得，在世界上许多国家（如果不是所有的国家的话）的历史上，某一个阶级或社会集团，当它已经立定了脚跟成为既得利益者时，为了维护自己的既得利益，它不希望变；在哲学上往往倾向保守，主张一切不变。中国汉代的封建地主阶级的思想家董仲舒主张“天不变道亦不变”，是一个鲜明的例证。而在另一方面，新兴阶级或社会集团，为了取得统治地位，必须改变现实情况；在哲学上的反映就是倾向革新，主张一切皆变。共产党的哲学基础是辩证唯物主义，同历史上所有的阶级都不同，千万不能混淆。古代印度的顽固派坚持种姓制度，各种姓成员永远变不了。他们的神仙当然更不能变。佛教是新兴势力，反对种姓制度（当然有其局限性），主张业报轮回学说，说明种姓是可以改变的。连婆罗门教的天老爷因陀罗也要受业报约束，不能永远当天老爷，做了恶事（印度的神仙是能做恶事的），下一生可以转生为猪狗。这种思想低级种姓听得进去，农民和商人也听得进去。农民看到种子能长出粮食，商人看到金钱能产生利润，他们都非常容易接受业报学说。在这一方面，商人与佛教的利益和情感又一致起来了。我还要补充一点，在这样的环境中，连个别的婆罗门也反对杀生祭祀了。巴利文 Digha Nikaya Ⅴ，Kutadanta-Sutta，汉译《长阿含经》卷十五《究罗檀头经》有下面一段话：

> （国王想举行祭祀，大臣说：）“若于此时而为祀者，不成祀法。……诸近王者当给其所须；诸治生者当给其财宝，诸修田业者当给其牛犊、种子，使彼各各自营。”……时王闻诸臣语已，诸亲近者给其衣食，诸有

商贾给其财宝，修农田者给牛种子。是时人民各各自营，
不相侵恼，养育子孙，共相娱乐。[201]

这个故事很有启发性。婆罗门居然劝国王停止祭祀，而把种子送给农民，把金钱送给商人，可见在当时这是大势所趋，连婆罗门也不得不改弦更张了。

最后我还要谈一谈业报转生学说与图腾的关系。Kosambi指出了其间的关系，[202]这是正确的。图腾信仰在几乎所有的原始人民中都可以找到。其内容是，一个人死后转生于一个图腾内。人在这里是被动的，个人主观意志和个人行动不起什么作用。这很有点天不变道亦不变的味道。顽固的婆罗门是能够接受的。而业报说则是对图腾信仰的一种发展。死后转生，不完全被动，个人意志和个人行动在这里起决定性的作用。善业导致善生，恶业导致恶生，而善恶是自己能够操纵的。二者的区别是显而易见的。

i. 同属沙门思想体系

4.3.4 在上面4.2.1中我曾讲到商人与佛教思想上同源，我的意思是，从二者思想上和感情上一些迹象来看，二者思想同源，因而感情一致。这里我专讲思想体系的问题。

表面上看起来，商人似乎与什么思想体系毫无关系；但是实际上是不能没有关系的。商人的本质是想发财。想发财必须有创新精神，否则财是发不成的，至少是有局限的。如果商人像保守的婆罗门那样固步自封，相信天命，讲什么天不变道亦不变，他们就不敢进取，不敢摆脱部落的束缚，因循守旧，寸步不行，那就决不会发财。

谈到思想体系，在印度古代佛教及其他新兴教派兴起时，思想界共有两大体系：一个叫婆罗门思想体系，一个叫沙门思想体系。 Strabo, XV, 1, 59把哲学家分为两组：Brachmanes（婆罗门）和Sarmanes（沙门）。[203]前者隐居苦修，读书三十七年。后者又分为一些小的集团：1. hylobioi，是苦行者，最受尊敬；2. 包括医生、占相者和巫师。R. Fick把婆罗门分为两类：1. udicca，正统的信徒，僧侣，国师；2. sātakalakkhana，世俗的，迷信的，无知的。[204]这是他根据巴利文本生故事而得出来的结论，是符合当时社会上的实际情况的。Megasthenes把当时的社会分为七个阶级或等级：1. 哲学家；2. 农人，叫做georgoi；3. 牧人；4. 手工匠人和零售商人；5. 兵士；6. 监督官员；7. 顾问参议官员。[205]第一种哲学家显然包括婆罗门和沙门两类人物。Megasthenes为什么不讲四个种姓而讲七个阶级或阶层呢？关于这个问题，有种种不同的意见，我自己宁愿相信这个希腊外交官的观察。无论如何他看到当时社会上存在着婆罗门和沙门，并且把他们排在首位，这一点是丝毫也无可怀疑的。至于婆罗门和沙门这两个思想体系的差别何在，我在上面已有所涉及，这里再简短扼要地归结为两句话：婆罗门思想体系顽固保守，主张一切不变，而沙门思想体系则是革新进步，主张一切皆变。前者的根源在雅利安人中，而后者则一方面与印度河流域原始印度文化有关，另一方面又与恒河流域的原始文化有千丝万缕的联系。在雅利安人中，婆罗门和刹帝利长期斗争的结果是，刹帝利也逐渐掌握了文化。刹帝利一些国王所宣扬的奥义书中渗人了一些沙门思想体系的成分，比如说业报轮回转生的学说。总起来看，沙门思想体系是反婆罗门的，而商人也同婆罗门对立（婆罗门也有成为商人的，那只是例外）。这就给商人与沙门思想体系，其中也包括佛教思想，提供了共同的语言。这就是我在这一节里想阐明的主要内容。

（四）共同的历史使命

j. 二者同是历史的不自觉的工具

4.4.1 我在上面列举了三大项九小项原因，说明印度古代商人与佛教关系为什么这样密切。这些原因所起的作用是否完全等同呢？当然不是的。其中经济关系是基础，其重要性是不言自喻的。但是这并不等于说，其他原因都不重要。属于上层建筑的原因所起的作用决不可低估。我现在讲商人同佛教都是历史的不自觉的工具，其用意就是想进一步再把这一点强调一下。[206]

到了公元前六世纪、前五世纪佛教和其他一些教派兴起的时候，印度雅利安人和一些非雅利安人已经建立了一些王国和一些类似共和国的国家，统治着广大的地区。其中㤭萨罗和摩揭陀最为强大，互争雄长。不晚于公元前470年，也不会早于这以前的60年，摩揭陀成了恒河盆地的至高无上的统治者。国境以内，行政单位叫做janapada（县、区）；在janapada之间，往往横亘着大片的原始森林，里面居住的人叫做atavika（林中居民），他们是采集食品为生的“野人”，还不知道耕种。商队来往于janapada之间，通过密林时，往往受到atavika的抢劫。国王有义务保护商队。到了一个新的janapada，要缴纳关税。[207]此外，在一些边远地区的深山野林中，也有一些原始部落，同样靠采集食品为生。这些尚处在比较原始的社会发展阶段的人们，同当时印度广大地区的发展水平相距甚远，不相适应。从当时极权主义的王国来说，国王们要进行征服，同化大林中的非雅利安部落，以扩大自己的疆域，并扫除部落障碍，开垦耕地。林中可能有一些部落已达能生产食品的水平；但是同先进地区比起来，仍处于落后状态。*Arthaśāastra* 第十一卷专门讲摧毁自由的、有力的、武装的、还没有归入极权王国的部落的手段。这些手段主要是软的，就是不用武力的。一方面利用贿赂、烈性酒等等；另一方面又派遣间谍、密探、星相家、婆罗门、妇女、优伶、妓女等等，伪装潜入，从中制造分裂，以瓦解部落组织。这里只提到婆罗门，没有提到佛教的和尚。原因大概是，当时佛教力量还不大，和尚数目还不多，还没能得到Kautalya这位“铁血宰相”的垂青。从以后的一些记载来看，商人和和尚都承担了类似的任务。他们走在军队前面，到部落里刺激以物易物的活动，鼓励人们在处女地上耕种。[208]

从历史的发展规律来说，历史总是要前进的，生产力总是要发展的。林中居民的那种食品采集的生产方式，生产力十分低。社会决不能停留在这个水平上，食品采集必须变为食品生产，也就是说，渔猎采集野果的方式必须变为耕种的方式，变为农业；同时接受外面的水平比较高的文化。怎样改变，又怎样接受呢？走出去是一种办法。更简便切实可行的是请进来。商人、婆罗门和佛教和尚就担任了这个被请来的任务，虽然也许根本没有人去请他们，他们是自己走进来的。我看，在这里，请或者不请是不重要的，重要的是他们进来了。

根据Kosambi的看法，摩揭陀国的商人们带着摩揭陀国的货币，一小帮一小帮的和尚伴随着他们，来到了“野蛮人”的地区。

商人们当然是来做买卖，而和尚则宣传和平友爱的福音，缓和各阶级人们之间的紧张状态。[209]勇敢的商人走出比哈尔向南方跋涉，深入“蛮荒”，一直走到Godāvari河中游地区。[210]巴利文三藏中有一部经，叫做《经集》(*Sutta Nipāta*)，里面讲了一个故事。讲的是憍萨罗婆罗门波婆离（Bavari）离开首都舍卫国，带着几个弟子，沿着南方商路，走到Mula河与Godāvari河汇流处，定居在那里，采集野果为生。他举行了一个祭祀，施舍财物。一个婆罗门没得到，诅咒了他。此时佛祖出世，只有他能解除诅咒。于是波婆离派弟子十六人沿着南方商路去寻佛。[211]商路我在上面3.6.1已经谈到过。这里想说的是北方婆罗门到南方去传播文化。

我在上面主要讲了两点：一点是摩揭陀国的商人同和尚进入国境以内janapada之间的深山密林中，去做生意，去宣传佛教的福音；一点是北方的商人，婆罗门和佛教僧侣远征到南方德干高原以南去干同样的勾当。二者达到的目的是一致的：把先进的生产技术带进去，发展了农业，把食品采集的生产方式改变为食品生产；同时也带来了婆罗门教或佛教的教义，帮助林中居民或边鄙居民从部落中组成新的社会，这样把社会发展向前推进了一步。在这里，商人同和尚（当然还有婆罗门）都成了历史的不自觉的工具。

商人与佛教关系密切的原因，就写到这里为止。我决不敢说，原因只有这样多；但是我目前能想到的，就是这些了。

归纳起来，我想，我们可以这样说：释迦牟尼虽然出身于刹帝利种姓，而且有时候以此自傲，但是他和他的继承者和僧伽所代表的却是商人和农民等吠舍的利益。商人与佛教互相依赖，互相影响，商人靠佛教发财，佛教靠商人传布，二者的关系有点像狼与狈，都是为了适应当时的社会生产力的发展而产生而发展的。

上面我从佛典的律中列举了大量的例证，说明商人与佛教关系之密切。为了从根本上解决这个问题，我追溯了印度商人阶级的起源，以及商人地位的演变。最后我分析了二者关系密切的原因。在探讨这些问题时，我利用前人的一些研究成果，同时——这是主要的一面——我提出了自己的看法。一孔之见，一得之愚，不见得都能符合实际情况。但是，我认为，商人同佛教的关系在印度佛教史上，甚至在印度古代史上，是一个重要而又有趣的问题；不解决这个问题。有许多历史现象就说不清楚。因此，我不揣谫陋，把自己在这一方面的看法提了出来，以求教于通人。[212]

五　与中国对比

5.1.1　本文的主要任务已经完成了。但是，我无论如何也按捺不住，想把印度古代商人与佛教的关系，特别是商人阶级发展的历史，同中国的比较一下。我在探讨上面提到的那一些问题的过程中，经常不由自主地想到中国。我现在索性把一些零零碎碎的想法，归纳一下，整理一下。写在下面。这一类的工作从前还没有人做过，我这个尝试也许能提供一些参考，引起一些兴趣。

5.1.2　我在下面分两大部分把印度情况同中国情况对比一下：

（1）商人与宗教的关系；

（2）商业与农业的关系，中印两国商人阶级发展的规律。

（一）商人与宗教的关系

5.1.3　在印度古代，商人与宗教，特别是佛教，关系异常密切。这一点我在上面已经用了相当长的篇幅详细论证过了。恩格斯关于商人产生的论述和印度商人产生的特点，我都已谈过，这里不再重复，我只谈中国的情况。

首先，中国没有像印度雅利安人那样的"外来户"，也没有像印度河流域从事商业活动的那样的原始居民。其次，在先秦，中国根本没有自成体系的宗教。以上几点都与印度大不相同。谈到宗教，道教是第一个"中国制造"的宗教。虽然假托老子，实则是东汉末年张鲁、张道陵之流所创。比起印度宗教的起源来，时间晚多了。因此，在先秦，中国虽然早已有了商人。但在当时中国只有百家争鸣，而没有宗教。商人不可能同什么宗教发生关系。这是客观环境所决定的。

汉代佛教传入中国以后，中国开始有了自成体系的宗教。但是，这个宗教是外来的，不是土生土长的。在世界许多国家的历史上，一个外来的宗教进入一个国家，首先必须想方设法立定脚跟。从外面来的最初的传教者往往利用一些科技知识，甚至一些方术，以耸动此国的朝野，然后才慢慢地把教义拿出来。倘若操之过急，轻则被视为异端邪说，重则遭到驱逐，甚至杀身之祸。明末天主教入中国是这样，汉代佛教入中国也是这样。初期来华传教的和尚，像安世高、康僧会等人，都是多才多艺的。慧皎《梁高僧传》卷一《安清传》说："（安清，即安世高）外国典籍及七曜、五行、医方、异术，乃至鸟兽之声，无不综达。"[213]同书，《康僧会传》说："（康僧会）明解三藏，博览六经，天文图纬，多所综涉。"[214]

这样的例子还多得很。这样一批和尚来华以后，靠自己的技艺争取同情与援助，他们争取的对象最初不是，也不可能是人民大众，而是王公大人。同书，卷一《摄摩腾传》说：“（摄摩腾）至乎雒邑，明帝甚加赏接。”[215]同书，《安玄传》说：“以功号日骑都尉。”[216]同书，《康僧会传》说：“孙权闻其才慧，召见悦之，拜为博士。”[217]这是后汉、三国时期的典型事例。到了晋代，同书，卷五《道安传》记载道安的话说：“不依国主，则法事难立。”[218]这是他的经验总结。虽然讲的情况与佛教初来华时不同，但精神是一致的。《梁高僧传》以外的书籍也证明了同样的情况。我现在从汤用彤《汉魏两晋南北朝佛教史》中引几个例子。第一部分，第四章，《汉代佛法之流布》引鱼豢《魏略·西戎传》：“昔汉哀帝元寿元年，博士弟子景卢受大月氏王使伊存口授浮屠经。”（中华版，上册，第49页）同书，第53页，又引东汉明帝诏楚王英：“楚王尚黄老之微言。尚浮屠之仁祠。”同书，第55页，论桓帝并祭二氏（指黄老与浮屠）。这些例子都说明，佛教初入中国，不是在人民群众中扎根，而是得到皇帝和王公的垂青，这同佛教在印度最初受到商人的支持是完全不同的。在中国，佛教与商人风马牛不相及。因此，要谈中国古代商人与佛教的关系．实在无从谈起，因为二者根本没有关联。

5.1.4　此外，中国古代自黄帝以后，许多少数民族被汉族赶到深山老林中去。他们备受历代封建统治者的压迫与剥削；一直到中华人民共和国成立，才真正获得解放。有的从原始公社后期一跃而进入社会主义社会，成为人类历史上的奇迹。他们在历史上同印度的林中部落不同。他们虽然也间或不同程度地受到山下林外先进生产技术或社会制度的影响；但是，不管是商人还是宗教信徒，都没有能够彻底影响他们，使他们彻底改变生产方式或社会制度。在中国，同在印度不同，商人和佛教和尚都没有，也可以说是没有机会成为历史的不自觉的工具。至于后来传入中国的天主教和基督教，虽然进入了深山密林，挟方术以兜售天国入门券；但是他们居心不良，明目张胆地为殖民主义效劳，即使改变了一点林中人的生活方式，离马克思所说的历史的不自觉的工具，也相距不可以道里计。

(二)商业与农业的关系，中印两国商人阶级发展的规律

5.2.1　马克思说："在古代社会和封建社会，耕作居于支配地位，那里连工业、工业的组织以及与工业相应的所有制形式都多少带着土地所有制的性质。"(《马克思恩格斯全集》，第十二卷，第757—758页)我体会，马克思是强调农业在古代社会和封建社会中的重要性。我们在中国和印度都可以看到，农业实际上是封建社会的基础。在农村中，自给自足的自然经济占统治地位。除了偶然地交换一点生产品以及购买一点本地不出产的盐和铁以外，人们根本不需要商品和商人。生产领域受到重视，流通领域则几乎完全被忽视。其结果必然是轻商。中印两国两千多年的封建社会总的倾向是轻商、抑商，这是完全可以理解的。

5.2.2　在中国，自先秦起总是把农商作为一个对立面而并提。许多思想家以农为本而以商为末。这种本末之说首先提出来的似乎是春秋末叶的计然。《史记·货殖列传》引计然的话说："末病则财不出，农病则草不辟矣。"这虽然可以说是重农主义的

滥觞；但是计然并不轻商，与他以后的许多思想家和政治家的本末之辩有别。[219]在这些思想家和政治家心目中，农真正是本，是基础，而商只是末，是可有可无、无关重要的。这种本末之说在中国一直流行了两千多年。

在印度则根本没有什么农本商末的提法。在古代的法经法论中，农、牧、商经常并提，不成为对立面，三者的地位是完全平等的。谈到畜牧，我在上面已经说过，婆罗门同畜牧的关系特别密切。欧洲封建社会长期保留着畜牧的古老传统。[220]这一点同印度的婆罗门完全一样。其原因我还没有去探讨。难道是因为他们都保留了原始雅利安人的古老传统吗？这种重畜牧的情况是中国所没有的。总之，无论从农本商末的关系来看，还是从重视畜牧的情况来看，中印两国都是完全不同的。

5.2.3　现在我来谈一谈中印两国商人阶级发展的规律。

印度的规律，我在上面已经谈过，这里专谈中国的。中国的规律同印度不完全相同。郭沫若说：

> 随着农业、手工业和畜牧业之间的分工，以及各专业部门内部的分工日趋巩固和加强，商品的生产和交换在商代取得了显著的发展。“商人”的名称可能即由此而来。[221]

这是一个一般人都承认的看法。到了周代，商业有了进一步的发展。范文澜说：

> 工商业者自共和以来益趋兴盛。幽王时，许多贵族破产流落，庶人富有，却可以做官受爵，过着贵族式的生活。当时君子（贵族）也想做买卖，谋取三倍的利息。王叔郑桓公知道周快灭亡，同商人订互助盟约，请商人帮助他建立新郑国。西周末年，商人地位提高，分享政权，旧贵族不平，《诗经》在《小雅》、《大雅》里写下了不少的怨恨诗。[222]

西周末年的情况就是这样。到了春秋时期（公元前770年－公元前476年），商人地位仍然比较高，换句话说，就是仍然重商。此时，虽然周室已衰，列国并立，战争时常发生；但是国与国之间的和平尚可维持；既有战争，亦易结束。政治局面有利于农、工、商业的发展。因之列国一般都有重商的倾向。[223]这个时期出了不少在中国历史上大名鼎鼎的大商人，比如越国的范蠡、郑国的弦高等等都是。连孔子本人以及他创立的儒家学派也都不鄙薄商人。孔子的大弟子之一子贡就是一个大商人，孔子大概在经济上得到他不少的资助。《论语》记孔子的话说："赐不受命，而货殖焉，亿则屡中。"语调亲切，毫无贬损之意。只是到了后代，特别是汉武帝罢黜百家、独尊儒术以后，儒家才同历届的王朝一鼻孔出气，起劲地维护小农经济，轻视、抑制商人。这种做法还化为伦理教条，说什么商人不劳而获，所得皆不义之财。商人在社会上没有地位，简直是不齿于士林。这种伦理教条无独有偶，在欧洲封建社会中流行的宗教伦理，就有几乎完全相同的说法；有人甚至说，商人不得进天堂。[224]连天国入门券都给商人剥夺掉，从事商业活动，简直是罪大恶极了。对比一下中国封建伦理学家，即所谓道学家同欧洲宗教伦理学家的看法，是非常有趣的，也是很有启发的。

到了战国时期（公元前476–公元前221年），客观环境改变了。此时，林立的小国更加强了对周室的独立性，互相勾心斗角，战伐频繁而又激烈。每一个国家的首要任务就是打仗，否则不能生存。要打仗就要养兵，要养兵就要有粮食，要有粮食就要耕种务农。种地与打仗，合称耕战。当时的思想家和政治家几乎都主张耕战。孟子是重视农业的。在《孟子》一书中，很多地方谈到农业。比如：

> 不违农时，谷不可胜食也。
>
> 王如施仁政于民：省刑罚，薄税敛，深耕易耨……
>
> 五亩之宅，树之以桑，五十者可以衣帛矣。鸡豚狗彘之畜无失其时，七十者可以食肉矣。百亩之田，勿夺其时，八口之家可以无饥矣。

最有趣的是他同梁襄王的一段对话。

> （王）猝然问曰："天下恶乎定？"吾对曰："定于一。"
>
> "孰能一之？"对曰："不嗜杀人者能一之。""孰能与之？"对曰："天下莫不与也。"

“不嗜杀人者”简直同印度古代的ahimsā几乎完全一样。孟子反对杀人，反对战争，主要似乎是反对“不义之战”，这是与农民和商人的利益是一致的。[225]前期法家李悝（克）主张务尽地力，可见他是重视农业的。《韩非子·内储说上》又记载他诱人习射，可见他又是重视战争的。吴起虽然以兵家著称，实则他也是法家，他令贵人出去垦荒，可见他也重农。李悝的学生商鞅以变法著称。重耕战，贱工商，是他变法的主要内容。《韩非子·和氏》说：“（商君）禁游宦之民而显耕战之士。”可见他的主张之一斑。至于法家的集大成者韩非，更是力主耕战的。他在这方面的言论非常多，我只简略地举几个例子。《五蠹》：“不事力而衣食则谓之能，不战功而尊则谓之贤。贤能之行成，而兵弱，而地荒矣。”“富国以农，距敌恃卒。”最后这两句话简明扼要地说出了耕战的重要性。《显学》：“磐石千里不可谓富，象人百万不可谓强。石非不大，数非不众也，而不可谓富强者，磐石不生粟，象人不可使距敌也。”这也点明了耕战的重要性。韩非的学说在秦国影响极大。李斯、姚贾、秦始皇、秦二世，实际上都实行他的学说。我们甚至可以说，秦之所以终能吞并六国，统一寰宇，建立第一个封建王朝，是与韩非学说的作用分不开的。他以后的吕不韦，虽出身阳翟大贾，本人却是一个重农主义者。至于秦始皇，虽然颇有一些重农的表示，实则有重商的倾向。[226]

我在上面写了这样一大篇，无非是想说明，在中国古代，春秋重商；春秋之末本末之说起，渐渐向重农发展；战国重农轻商；吕不韦身为大贾，却似重农；而秦始皇貌似重农，实则并不轻商。

到了汉代，自高祖起，直到文帝、武帝以及他们的继承人，都是重农轻商。这种风气，虽然中间也有起伏波动，一直延续了两千多年。详细情况，可参阅谷霁光论文，这里不再缕述了。

5.2.4　同中国的情况对比一下，印度的情况有所不同。在同中国的春秋后期到战国前期相当的时期内，也就是公元前六世纪至公元前四世纪，印度北部也是小国林立，通常称之为十六国（Sodaśamahājanapadā）。既然国家众多，必然会有战争。但是，印度此时的战争有点像中国春秋时期的战争，规模不大，时间不长，不甚激烈，容易结束。不像中国战国时期的战争那样，既频繁，又激烈，有时还旷日持久，久战不决。因此，印度的思想家和政治家没有必要主张耕战，而鄙视商业。一般说起来，商人在朝廷上和社会上的地位是很高的。这一点，我在上面3.6.1和3.7.1–3.7.2中已经谈到，这里不再重复。此外，印度这个时期的宗教家和思想家，像释迦牟尼、耆那教的大雄，以及邪命外道（Ajivika），特别是释迦牟尼及其弟子们，大力宣扬ahimsā，cakravartin，karman等等新学说，投合了商人和农民的心意。他们在中国的同行们则宣传的完全是另一套东西：前期投合商人的心意，后期代表农民的利益，除少数的例外以外，整个漫长的封建主义统治时期，始终没有改变。这一点与印度完全不同。我在这里还要着重谈一下佛家的思想。印度佛教的律中翻来复去、不厌其烦地创立戒条，禁止僧尼捉金银。为什么这样做呢？这同中国六朝的王夷甫口不言阿堵物是完全不同的。王夷甫口不言钱，是认为钱脏。佛教不让僧尼手拿金银，丝毫也没有鄙薄金钱、轻视商业活动的意思，而是表示不与商争利。佛教也没有欧洲那种宗教伦理，认为商人所得全是不义之财，不许商人进天堂。原始佛教没有创建天堂乐园，否则，我相信，释迦牟尼对给商人颁发天国入门券，是决不会吝惜的。到了更晚一点的时期，公元前三世纪阿育王等孔雀王朝的大王们登极御宇，他们有的就是商人，阿育王的岳父也是商人，他们更不会鄙视商人了。但是好景不长，婆罗门教的思想影响既深且远。婆罗门鄙视、敌视商人，这影响了印度商人的命运至数千年之久。这个问题与我目前要谈的题目无关，这里不去谈了。

同中国的对比就写到这里。

我对印度古代商人与佛教关系的论述，也就到此为止。我再重复一遍：像印度商人与佛教这样的关系，在世界宗教史上是绝无仅有的，加以探讨，意义重大。我把印度情况同中国情况作了对比。我也希望精通其他国家历史的学人们也把印度商人与佛教的关系同他们所熟悉的国家的商人与宗教的关系加以对比，看看能抽绎出一些什么规律来。我认为，这是一件有意义的工作。对于这个问题，我自己虽然考虑了多年；但是限于水平，我的看法必有偏颇、片面甚至错误之处。我热切期望志同道合者能继续探讨，以期取得更加切实可靠的结论，从而丰富印度佛教史的研究内容。

1984年7月17日

注释：

1 《大正新修大藏经》(下面缩写为㊀),3,526b。

2 ㊀3,601c。

3 Lalita Vistara, *Herausgegeben von Dr. S. Lefmann*, 第一部分, 本文。Halle 1902, p.381—382。

4 ㊀3,643b。

5 ㊀4,28c。

6 ㊀4,87b—c。

7 ㊀4,147c。

8 ㊀22,103a。

9 ㊀22,781c。

10 ㊀24,125a—b。

11 ㊀24,788a—b。

12 ㊀1,458b—459e。

13 ㊀2,819b—820b。

14 ㊀2,157b—158b。

15 ㊀2,158b—c。

16 ㊀2,818b—c。

17 ㊀22,166c—167b。

18 ㊀3,528c—529a。

19 ㊀3,530b。

20 ㊀3,605c。

21 国外研究印度佛教史的学者在他们的著作中都讲到第一次说法。我举出几本书，请参阅：H. Oldenberg, *Buddha*, Stuttgart und Berlin, 1923,

p.142ff, ; E. Frauwallner, *Die Philosophie des Buddhismus*, Berlin 1956, p.10ff. ; Etienne Lamotte, *Histoire du Bouddhisme Indien*, Louvain-la-Neuve 1976, p.28f. ; A. K. Warder, *Indian Buddhism*, Delhi, Varanasi, Patna 1980, p.50f.

22 ㊅22,2b。这一个门类同下面“商人支持佛祖与僧伽”这一门类的界限，颇难截然划分，见佛后出家的故事一般都归入此门类。

23 ㊅22,15b。

24 ㊅22,27a。

25 ㊅22,29b。

26 ㊅22,34a。

27 ㊅22,80c。

28 ㊅22,229a。这与上面的2.1.2是同一故事。

29 ㊅22,361a。参阅《五分律》卷七，㊅22,51c。

30 ㊅22,486a—b。

31 ㊅23,467e—468a。

32 ㊅23,878a。苾刍即比丘，译者译法不同。

33 ㊅22,80a。

34 ㊅22,245b。

35 ㊅22,296c。

36 ㊅7.2,359a。

37 ㊅22,450a。

38 ㊅22,456a。

39 ㊅22,504e。

40 ㊅22,505a。

41 (大)22，514a。

42 (大)22，518b。

43 (大)22，539b。

44 (大)23，49e—50a。

45 (大)23，104b—c。

46 (大)23，351a。

47 (大)23，457b。

48 (大)23，458e—459a。

49 (大)23，459c。

50 (大)23，587c。

51 (大)23，644b。参阅(大)23，644b—645a。

52 (大)23，780a—b。

53 (大)23，784abc。

54 (大)23，785a。

55 (大)23，806c。

56 (大)23，807a。参阅(大)24，582c。

57 (大)23，835c—836a。参阅《大唐西域记》健驮逻国。

58 (大)23，976a。

59 (大)23，984a。

60 (大)23，1035b。

61 (大)24，223e—224a。

62 (大)24，226e—227a。

63 (大)24，437a—b。“褒洒陀”即上面的“布萨”。

64 (大)24，447b。

65 (大)24，451a—b。

66 (大)24，530a。

67 (大)24，882a。

68 (大)22，184a。

69 (大)22，252b。

70 (大)22，253a。

71 (大)22，681b。参阅《四分律》卷一，(大)22，573e："若私度关塞不输税。"

72 (大)22，976a。

73 (大)23，570a。

74 (大)23，612a。与2.4.6相差无几。

75 (大)23，641a—c。

76 (大)23，643a—644a。

77 (大)23，645a—646b。

78 (大)23，852e。参阅(大)23，853a。

79 (大)23，991e。

80 (大)24，597b。

81 (大)24，830e。

82 (大)24，840e。

83 (大)24，853e。

84 (大)24，942b。

85 (大)22，33b。

86 (大)22，72e。

87 (大)22，140b。

88 (大)22，276b—e。

89　㊅22，530b。

90　㊅22，664a。

91　㊅23，468e。

92　㊅23，589a。

93　㊅23，737a—b。

94　㊅23，741c—743a。参阅㊅23，959a—960b。

95　㊅23，751a。

96　㊅23，819b—e。参阅㊅23，978b。

97　㊅23，823c。

98　㊅23，829b—e。参阅㊅23，982a—b。

99　㊅23，874c。

100　㊅24，46a。

101　㊅24，193c。

102　㊅24，231a—b。

103　㊅24，452b。

104　㊅22，36c—37b。

105　㊅22，117a。

106　㊅22，202b。

107　㊅22，225e。

108　㊅22，309e。

109　㊅22，310c。

110　㊅22，311b。

111　㊅22，314a。

112　㊅22，527a。

113　㊅23, 536b。

114　㊅24, 69c。

115　㊅24, 70c。

116　㊅24, 74b。

117　㊅24, 83a。

118　W. Geiger, *Pali Literatur und Sprache*, Strassburg 1916, § 66。

119　恩格斯:《家庭、私有制和国家的起源》,《马克思恩格斯选集》, 第四卷, 第161—162页。

120　同上书,第172页。参阅恩格斯:《自然辩证法》,人民出版社1971年版,第156页。

121　D. D. Kosambi, *The Culture and Civilisation of Ancient India in Historical Out1ine*(下面略称Kosambi Ⅰ), 5th impression 1977, p.72。参阅同作者, *An Introduction to the Study of Indian History*(下面略称Kosambi Ⅱ), Bombay 1956, p.75.

122　Kosambi Ⅰ, p.75. 参阅Kosambi Ⅱ, p.75—76.

123　Kosambi Ⅰ, p.77.

124　W. Geiger und E. Kuhn, *Grundriss der Iranischen Philologie*, Strassburg 1895—1901, lster Band, 1. Abteilung, chr. Bartholomae, Vorgesehichte der Iranischen Sprache, p. Ⅰ.

125　Kosambi Ⅰ, p.32.

126　Ananda Guruge, *The Society of the Ramayana*, Maharagama, Ceylon, 1960, p.115.

127　下面的叙述基本上根据Kosambi Ⅰ, p.53—71和Kosambi Ⅱ, p.49—74.

128　Kosambi Ⅰ, p.69—70.

129 Kosambi Ⅱ, p.52.

130 Kosambi Ⅱ, p.131.

131 Kosambi Ⅱ, p.55.

132 *Der Fremdling im Rgveda.*

133 参阅John Brough, *The Early Brahmanical System of Gotra and Pravara*, Cambridge, 1953.

134 Kosambi Ⅰ, p.78.高楠顺次郎、木村泰贤著，高观庐译《印度哲学宗教史》，商务印书馆1935年版，第86页，认为阿耆尼赞歌数目次于因陀罗，不确。

135 下面引诗，如不特别注明，都引自《梨俱吠陀》。

136 原文grathinah，含义不明。Geldner认为，意思或是“把自己的财宝捆扎起来”，或是“把自己封锁在堡垒内”。

137 Karl Friedrich Geldner, *Der Rig-Veda*, Harvard Oriental Series, Vol.36, 1957, p.50, Dasyu ; p.108, Pani.

138 Kosambi Ⅱ, p.70.

139 Kosambi Ⅰ, p.80. 参阅Kosambi Ⅱ, p.86—87.

140 有人主张，Pani就是腓尼基人。我无法否认这种可能性，聊记于此，以备一说。

141 过去日本学者多从此说，比如高楠顺次郎、木村泰贤著《印度哲学宗教史》，高观庐译，商务印书馆1935年版，第79—82页。

142 Kosambi Ⅱ, p.86说只出现一次。误。

143 Geldner, *Der Rig-veda*, Harvard Oriental Series, Vol. 33, 1954, p.452.

144 Kosambi Ⅰ, p.79 ; Ⅱ, p.68.

145 关于十王之战，参阅Kesambi Ⅰ, p.82—83.

146 Kosambi Ⅱ, p.91.

147 同上书, p.XVii.

148 转译自Kosambi Ⅱ, p.116.

149 Kosambi Ⅰ, p.90.

150 Romila Thapar, *Ancient Indian Social History*, Orient Longman, New Delhi 1978, p.19.

151 同上书, p.42.

152 Kosambi Ⅱ, p.88—89.

153 注150引书, p.41。关于建立王国的问题，参阅Hermann Oldenberg, *Buddha*, Stuttgart und Berlin 1923, p.10.

154 Kosambi Ⅱ, p.95.

155 参阅《吠陀时期以后吠舍社会地位的变动》,《南亚译丛》1982年第4期。

156 ㊅2, 818b。

157 转引自Kosambi Ⅱ, p.92；参阅Kosambi Ⅰ, p.85.

158 参阅*The History and Culture of the Indian People*, Vol. Ⅱ, The Age of Imperial Unity, Bombay, 1953, p.609.

159 Kosambi Ⅱ, p.172.

160 同上书, p.176.

161 Ram Sharan Sharma, *Sudras in Ancient India*, Delhi, Varanasi, Patna 1980, p.267.

162 ㊅54, 230a。

163 ㊅1, 221a。

164 ㊅1, 676b。

165 ㊅1, 877a。

166 在为写这一节做准备工作时，我曾在几年前画过几张草图。此次写定时，王邦维同志帮助我画成详图，核定地名，做了大量烦琐细致的工作。谨志于此，以表谢意。

167 亦称夏安居。每年到了雨季，和尚们就停留一个地方，不再游行。理由是怕踏死草木和小虫。实际上是泥泞载途，无法活动。故有时亦称雨安居。

168 这些地名，Ernst Waldsehmidt，*Die Uberlieferung vom Lebensende des Buddha*，Abhandlungen der Akademie der Wissemchaften in Gottingen，Phil.-Hist. Kl.，dritte Folge，Nr.29，30，Gottingen 1944，1948，都做了分析、对比，请参阅。

169 都根据Baroda东方研究所的精校本，参阅季羡林译本，人民文学出版社。

170 见D. K. Gupta，*Society and Culture in the Time of Dandin*，New Delhi 1972，p.205.

171 第二册，人民出版社1963年版，第23页。

172 Richard Fiek，*The Social Organisalion in North-East India in Buddha's Time*，Calcutta 1920，p.258，259.

173 见季羡林《论释迦牟尼》，《世界宗教研究》，1982年第2期。

174 参阅P. V. Kane，*History of Dharmasastra*，vol.Ⅴ，Part Ⅱ，Poona，1962，p.945. 在同书p.1028，Kane大有感慨，对佛教狠狠地射了几支冷箭。他认为，法论和古事记的ahimsa学说影响深远。一直到今天，印度还有千百万人吃素，其中不但有婆罗门，而且也有吠舍、首陀罗。而全世界的佛教徒有的并不严格素食。

175 P. V. Kane，同上书，vol. Ⅱ，Part Ⅱ，Poona 1946，p.776.

176　参阅Kosambi Ⅰ, p.105.

177　R. C. Majumdar, *An Advanced History of India*, Part Ⅰ, London 1955, p. 86 ; Romila Thapar, *Ancient Indian Social History*, New Delhi 1978,

178　p.54.

179　Romila, Thapar, 上引书, p.54—56.

参阅A. L. Basham, *The Wonder that was India*, Calcutta, Allahabad, Bombay, Delhi, p.124。Baaham还指出来，同佛教和耆那教一样，Ajivika也相信ahimsa，见所著*History and Doctrines of the Ajikas*, Delhi, Varanasi, Patna 1981, p.123.

180　P. V. Kane, 前引书, vol. Ⅲ, Poona 1946, p.66.

181　大3, 474a。

182　大3, 496b。

183　大3, 557a—b。

184　大3, 697b。

185　大1, 39ff..

186　大1, 493ff..

187　大1, 520ff..

188　大1, 821ff..

189　大9, 2b。

190　大9, 427c。

191　大12, 278b。

192　大23, 14c。

193　大24, 57a。

194　大29, 64b—c。

195 ㊅30, 511c。

196 Kosambi Ⅱ, p.152.

197 *The History and Culture of the Indian People*, vol. Ⅱ, The Age of Imperial Unity, Bombay 1953, p.605.

198 Kosambi Ⅱ, p.151.

199 A. L. Basham, *The Wonder that was India*, p.244.

200 参阅 A. L. Basham, *History and Doctrines of the Ajivikas*, p.8.

201 ㊅1, 98e。参阅 Kosambi Ⅱ, p.161.

202 Kosambi Ⅱ, p.123, 158.

203 转引自 Romila Thapar, *Asoka and the Decline of the Mauryans*, Delhi 1980, p.59.

204 Richard Fiek, *The Social Organisation in North-East India in Buddha's Time*, p.212.

205 Kosambi Ⅱ, p.184. 参阅 Romila Thapar, *Asoka*, p.57.

206 在论证过程中，我采纳了Kosambi和Romila Thapar的一些看法。但是历史的不自觉的工具这个看法是我提出来的。这个词儿马克思曾使用过。

207 Kosambi Ⅰ, p.147.

208 Kosambi Ⅰ, p.140.

209 Kosambi Ⅱ, p.172. 参阅同书P.126；Romila Thapar, *Ancient Indian Social History*, p.59.

210 Kosambi Ⅱ, p.137.

211 Kosambi Ⅰ, p.111—112.

212 佛教以外的个别宗教，比如说回教，在某一方面也同商人有某些联系，参阅《陈垣学术论文集》第一集，《回回教入中国史略》，第558页。回教势力传播之原因，第一就是商贾之远征；丝绸之路既是交流商品、交流文化的大动脉，也是宗教传播的主要通道。

213 ㊅50，323a。

214 ㊅50，325a。

215 ㊅50，322c。

216 ㊅50，324b。

217 ㊅50，325a。

218 ㊅50，352a。

219 参阅谷霁光：《战国秦汉间重农轻商之理论与实际》，第4页，第21页，见《中国社会经济史集刊》，1944年第7卷第1期。

220 参阅吴于廑：《世界历史上的农本与重商》，《历史研究》，1984年第1期，第8—9页。

221 《中国史稿》，第一册，第199页。

222 《中国通史》，第一册，人民出版社1978年5月第五版，第96—97页。

223 参阅谷霁光，上引文，第2页。

224 参阅吴于廑，上引文，第5—6页。

225 这一段是受到刘大年同志的启发而增添上的，向他致谢。

226 参阅郭沫若《十批判书》中的《前期法家的批判》、《韩非子的批判》、《吕不韦与秦王政的批判》。